MISTRESS
OF THE

U0615013

丽兹酒店的
女主人

Melanie Benjamin

［美］梅勒妮·本杰明 —— 著

王晓英 ———— 译

浙江文艺出版社

目录

自 序

当我在搜索新的小说主题时，会去寻找许多东西。一个有吸引力的主人公，一段有趣但陌生的历史，一个可以成为角色本身的背景——所有这些都激发了我写书的灵感。但有时候你遇到的，我简单称之为"前途无量的故事"。

我最初是在蒂拉尔·J.马泽奥（Tilar J. Mazzeo）的纪实小说《旺多姆广场上的酒店》（*The Hotel on Place Vendôme*）中遇到布兰琪和克劳德·奥泽洛的，这本书让我理解了丽兹酒店在德国占领期间所扮演的角色。

在这本书里，我发现了那个生动迷人，但却存在很多空白的故事。

马泽奥的书最早向我展示了奥泽洛夫妇、他们的出身背景，以及他们在战争期间的贡献。但这本书的性质使奥泽洛夫妇无法占据舞台中心；关于他们的笔墨不多，只是战争年代丽兹酒店里众多简单勾勒的生活故事中的一则。我感到有一本小说亟待书写。实际上，当我开始研究布兰琪、克劳德和丽兹酒店时，我在文章、博客和其他书里不断看到一个问题：为什么没有人写出一本关于这两人的小说呢？

这叫我如何不动心？

从前我描绘过的小说人物，早已在很多作家的书中都出现过——安妮·莫罗·林德伯格、杜鲁门·卡波特、玛丽·皮克福德——但关于布兰琪和克劳德的描写真的不多。我们甚至不知道他们确切的出生日期。只有我上面提到的那本书，以及布兰琪的侄子塞缪尔·马克思的人物传记《丽兹的女王》中提到过这对夫妇。《丽兹的女王》里记载了几段关于布兰琪的访谈，时间定格在战争结束很久以后的某天。该书并没有触及布兰琪性格的实质，对她婚姻的描述也只拘于争吵、矛盾、克劳德的情妇之类琐碎的日常，未曾探究婚姻表象之下的细节，甚至连布兰琪讲述她在战争期间的英勇事迹那一段，也流于表面。幽默似乎是她的本能反应，即使谈到被关在牢里受折磨时，她也带着玩笑的口吻。她的真实性格是个谜。

还有一本书，斯蒂芬·沃茨（Stephen Watts）的《巴黎的丽兹》（*The Ritz of Paris*）中曾描述过其本人二战期间在该酒店的遭遇，书中还包括了一系列关于克劳德的人物访谈（这本书写于1963年）。可是，当被问及战争期间那里发生了什么，以及他本人如何英勇时，克劳德依旧守口如瓶。

所以，《丽兹酒店的女主人》比起我的其他小说，更合适的说法是，整部作品是受到了真实故事和真实人物的"启发"，而非基于事实。由于缺乏真实细节——例如，莉莉和嘉理的名字在寥寥几篇关于布兰琪的文字中确有提及，但是我在其他地方找不到任何关于他们的具体资料——而且鲜少有现成的材料真实展现布兰琪和克劳德的性格，我便任想象力自由发挥了。

我们知道布兰琪第一次到巴黎是在20世纪20年代早期，跟她的朋友帕尔·怀特一起去的，她是埃及王子嘉理的情人。我们知道，没过多久，她就嫁给了克拉里奇酒店的经理克劳德·奥泽洛，后者很快就成了丽兹酒店的经理。我们知道她伪造了护照，抹去了犹太裔。我们知道布兰琪曾与抵抗军合作过，还将几名空军军人送出了国，但具体细节无从查证。我们知道她被逮捕过——可能不止一次，但我在这本小说中只当作一次来写。我们知道她带莉莉去马克西姆饭店庆祝诺曼底登陆时发生了一些事。我们知道她是怎么从弗雷斯纳出来的，甚至知道就在她快被处决的那一刻，同盟军踩着点及时赶到。我们知道莉莉失踪了。

我们知道克劳德与其他酒店的主管合作，通过法国境外的供应商传递情报，一个名叫马丁的男子是他的联络人。

我们知道，1969年，克劳德杀了布兰琪，随后自杀。

没了，就这些。

布兰琪本可以享受着奢华，轻松安逸地度过这场战争，为什么要去冒生命危险？事后，在她所有的老朋友——海明威、温莎公爵和公爵夫人——战后回到丽兹后，有什么样的创伤？布兰琪有什么变化？克劳德呢？在我提到的几本书中，他们似乎还是老样子，日子照常过，仿佛战争只是一个小插曲，但实际上肯定不是这么回事，既然有那样的结局。作为一个小说家，这始终是我的动力——想象这些真实人物的生活的真相，情感方面的真相。

还有一点，告知二战的历史学家：实际上有两个冯·斯图普纳格尔住过丽兹酒店；先是奥托，然后是他的堂（表）兄（弟）卡尔-海因里希。奥托被调走后，由他来接任。卡尔-海因里希就是那个与丽兹酒吧里策划的暗杀希特勒的行动有牵连的冯·斯图普纳格尔。为了便于阅读，我将这两个冯·斯图普纳格尔合而为一。

从一开始，我就知道丽兹将成为本书的第三个主角，这让我很兴奋；它的名字本身就能引发吸引力和魅力！在调研期间，我有幸在丽兹住了三晚。当然，在布兰琪和克劳德离开后，丽兹酒店进行了举世瞩目的重新装修和现代化改造，但对于我来说，了解酒店的布局、奢华程度以及它所激发的感觉还是很重要的。就像布兰琪说的，它确实会让你坐得更挺，打扮得更体面，行为举止更规矩——出了它的门，你也许做不到这么规矩。

再者，还有巴黎，我最喜欢的城市。多年来，我一直在寻找一个以巴黎为背景的故事，好让我在印刷出来的白纸黑字上宣告对它的爱。

我对布兰琪和克劳德满怀感激，他们的出现成全了这个故事，他们的故事。

莉　莉

布兰琪死了。

"死"有时反倒是一件幸事，我觉得对布兰琪来说就是这样，因为她生前是那么鲜活明媚，当她的生命戛然而止时，定格在我脑海中的，永远是那个活力四射的形象：布兰琪唱着水手的歌，手背上稳稳地托着一杯香槟酒；布兰琪向街头的妓女演示怎么跳查尔斯顿舞；布兰琪对待一个不值得给好脸色的人温暖如春；布兰琪倔脾气发作，一扭身，一跺脚，像个孩子。

布兰琪疾恶如仇，傻乎乎地反抗得罪不起的人。

然而，关于她的记忆，最清晰、最生动的，是第一次见到她在那个最适合她的地方：丽兹，她心爱的丽兹。

1940年，纳粹来的那天，她还在路上，正从法国南部赶回来，还没到家，但她向我讲述了那天的情形。

一开始，丽兹的员工和客人只听到他们的声音：一路轰鸣的坦克和呼啸而来的吉普驶入那个巨型广场，围着方尖碑停下（拿破仑雕塑站在高高的碑上，惊恐地俯视着脚下）；随后传来靴子的金属后跟叩击鹅卵石和人行道的声音，一开始隐隐约约，继而越来越响，德国人来了，一步一步逼近，他们快到门口了。丽兹的员工和客人两只手绞来绞去，你看看我，我看看你，有些人冲向楼下的员工通道，但没能跑多远。

里兹夫人，个子小小的，仪态万方，穿着她最好的一条黑裙子，还是爱德华七世时代的款式，她候在自己家的大门内。她的家，就是这座全巴黎最豪华的酒店。她双手在胸前交握，那两只佩戴着珠宝的手一直在抖。不止一次，她的目光瞥向那幅挂在上方的巨幅肖像，似乎亡夫的肖像能告诉她该怎么做。

有些员工从1898年起就跟着她——还有他——直至今日。他们还记得开业第一天的盛况：这几道门突然间敞开，衣着光鲜、满面春风的宾客首次踏足富丽堂皇的"大殿"（对，里兹先生的新酒店没有"大堂"，他不想让"庶民"有流连之处，因为这会令金碧辉煌的酒店正门失色），都无法掩饰惊叹的神情。这些客人，不外乎王公贵族，或者像马塞尔·普鲁斯特①和莎拉·贝尔纳尔②那样的社会名流。然后，乐师奏响音乐，枝形吊灯熠熠生

---

① 马塞尔·普鲁斯特（Marcel Proust，1871—1922）是20世纪法国最伟大的小说家之一，意识流文学的先驱与大师。——编者注

② 莎拉·贝尔纳尔（Sarah Bernhardt，1844—1923）是19世纪末至20世纪初最有名的法国女演员之一。——编者注

光，厨房里送出一道道出自奥古斯特·埃科菲①之手的精品——点缀着薰衣草和紫罗兰糖渍花瓣的香草糖霜蛋白甜饼、罗西尼牛排、肥美的肉酱，甚至还有以奈丽·梅尔巴②夫人之名特制的梅尔巴氏桃子冰激凌（她已经答应为宾客献唱小夜曲）。他们最后整一整自己的新制服，绽开笑容，带着满腔的工作热情，搬啊，擦啊，切啊，剁啊，掸啊，安抚，宠溺，各尽所能。他们兴奋极了，为自己能参与这家豪华的新酒店开业——这可是世界上唯一一家带独立卫生间、每间客房都配电话、引入新的电灯照明、全部用电灯替代传统煤气灯的酒店。

旺多姆广场③上的丽兹酒店。

但今天，他们没有笑，有些人甚至还在德国人闯进前门的那一刻不加掩饰地哭了起来。这些德国人挎着枪，沾满尘土的黑靴子玷污着地毯。他们没有摘下帽子，那盛气凌人的带鹰徽的帽子。灰绿色（四季豆的颜色）的军服，在门厅耀眼的金色、大理石和水晶，墙上华丽的挂毯和铺着地毯的大楼梯那雍容的帝王蓝的映衬下，显得丑陋又粗鄙。

他们胳膊上那截血红的袖章上爬着一只凶狠的黑蜘蛛——卐字——在场的人无不瑟瑟发抖。

---

① 奥古斯特·埃科菲（Auguste Escoffier）是法国最负盛名的厨师之一。——编者注
② 奈丽·梅尔巴（Nellie Melba，1861—1931）是著名的澳大利亚女歌唱家，在乐坛以抒情的花腔女高音驰名。——编者注
③ 旺多姆广场（Place Vendôme）是巴黎的著名广场之一，位于巴黎老歌剧院与卢浮宫之间，由于旺多姆公爵的府邸坐落于此而得名。——编者注

德国人来了，正如大家听到的那样。在法国军队像埃科菲先生的精致酥皮糕点一样溃散之后，在事实证明马其诺防线不过是小孩子的幻想之后，在英国盟军抛弃法国、在敦刻尔克越过英吉利海峡溃逃之后，大家都听说德国人要来了。真的来了，他们就在这里，在法国，在巴黎。

旺多姆广场上的丽兹酒店。

第一章

布兰琪

1940年6月

她的鞋。

她担心的是她的鞋。这么说有人信吗？在这个可怕的日子里，那么多事该操心，这个女人担心的竟然是她的鞋。

不过，这也说得过去——你想想她是谁，再想想她要去的是哪里；况且，她的鞋确实有问题，脏兮兮的，裹了层干泥巴，后跟也磨平了。当丈夫扶她下火车时，她满脑子想的就只是可可·香奈儿这个贱人看到她会作何反应；她穿着脏兮兮的旧鞋子，美腿上的长筒袜破得几乎解体，以这副样子出现在丽兹，大家会作何反应。袜子只能由它去了，就连布兰琪也不敢在大庭广众之下换袜子；她心急火燎地想找一条长凳，好让她在行李箱里翻出一双鞋来换上。可是她还没来得及说出这个想法，夫妇俩就被一大拨晕头转向的……呃，该怎么称呼这些人呢？法国人？德国人？逃难者？他们被这些人裹挟着，拥出巴黎北站，大家都怀着迫切而忐忑的心情张望着，想看看在他们背井离乡的这些日子里，巴黎变成了什么样子。

布兰琪和丈夫也混在这批贩夫走卒当中。尘土和煤渣凝结在下巴下、耳朵后、膝盖窝和肘部积汗的地方。油腻的脸上有一道道煤烟灰。他们已经连着几天没换衣服了。克劳德在离开卫戍区前就把上尉军服收了起来。"下次再穿，"他向布兰琪保证，她觉得这话更像是说给他自己听的，"等我们反击的时候，我们一定会的。"

但没人知道是什么时候，或者说，不知道还会不会有这么一天，现如今德国已经占领了法国。

两人好不容易挤出人群，让自己喘口气，再把手中滑落的一件件行李归置到一起。九个月前，收拾行李的时候，他们不知道这一趟要走多久。夫妇俩自然而然地将目光投向车站入口外，那块地方通常有一排出租车候着，但今天一辆都没有，只有一驾孤零零的马车，套着一匹她见过的最哀伤的马。

克劳德扫了一眼，见它呼吸粗重，嘴边挂着白沫，肋骨暴凸，犹如被剔了肉一般，他摇摇头。"它活不到明天的。"

"喂！"布兰琪大步走上前去。坐在马车上的男人长着两只小眼睛，笑嘻嘻地咧着嘴，露出稀疏的牙齿。

"有何吩咐，夫人？十法郎，十法郎，巴黎随便哪个地方，我都可以送你去！方圆二十公里就只有我这一驾马车！"

"放了这马，混蛋，它都快倒下了，你看不出来吗？你得把它带到马厩，好好喂它。"

"疯婆娘。"那人咕哝了一声，然后叹了口气，指指满是行人的街道，"你不明白吗？纳粹一来就把所有健康的牲畜都收了，我只剩它来养家糊口了。"

"我不管，如果你让它躺下来歇一歇，我就给你二十法郎。"

"它一旦躺下，就再也起不来了。"可怜的马儿摇摇晃晃，腿都站不直。他看了看，耸耸肩。"我想应该还能再跑个三四趟，然后它就该垮了，我也一样。"

"那我就自己动手了，你——"

但克劳德赶上来硬生生地把她拖走了。

"嘘，布兰琪，嘘，别这样。我们得走了。亲爱的，巴黎的问题太多了，你一天到晚打抱不平，也管不过来啊！尤其是现在。"

"你敢拦我！"虽然嘴上这么说，她还是任由丈夫把她拉走了，因为严峻的现实摆在眼前：奥泽洛夫妇离丽兹还远着呢。

"我本来可以发电报，叫人来接我们的。"克劳德说着用他的脏手帕擦了擦额头；他看看手帕，眉头皱了起来。布兰琪的丈夫想要块干净的手帕，急切的心情恰似她想要双干净的鞋子。"可是……"

布兰琪点点头。德军入侵时把巴黎跟外部通信的电报和电话线杆全都砍了。

"先生！夫人！"两个很有生意头脑的小男孩自告奋勇要替他

们搬行李，赚个三法郎的酬劳。克劳德答应了。他们跟在这两个小男孩后面，一路上走过的街道通常车水马龙，交通混乱不堪。布兰琪不禁想起了当初第一次试图从凯旋门兜一圈绕过去的情景，那么多条车道全是车，各个方向的都有，全在摁喇叭。可是今天，一辆车都看不到。她很诧异。

"德国人把所有的车都没收了，给他们自己的军队。"其中一个男孩说。他个子高高的，肤色苍白，长着头金发，掉了颗门牙，说这话时一副老气横秋的样子——有些小屁孩就这德性：觉得自己年纪不大，但比老家伙们见识多。

"我宁愿炸了它，也不会给德国人。"克劳德嘴里嘟嘟哝哝的。布兰琪差点想提醒一句他们没车，但她还是忍住了——连布兰琪都知道，眼下没必要特意说明这点。

几个人拉开距离，队形散乱，走着走着，她发现了一个现象：沉默。不仅是跟跟跄跄拥出车站，像一摊泥泞的雨水在这个城市蔓延开来的那一大批人沉默不语，到处都是一样。要说巴黎有什么是永恒不变的，那就是话多。咖啡馆里总是坐满了情绪无常的客人，没完没了地争论太阳是什么颜色；人行道上也挤满了半道上停下来打嘴仗的人，政治、西装的剪裁样式、最好的奶酪店，什么都要争一争，大家嘴上各不相让，手指还点点戳戳对方的胸口——这不要紧，从来都不要紧，因为巴黎人喜欢在小事上论长短，这一点布兰琪很清楚。

今天，咖啡馆里空荡荡的，人行道上也空荡荡的。没有学童在空地上嬉闹，没有小贩推着小车一路唱，没有店主在和供货商讨价还价。

但她感觉到有人在盯着她，没错。尽管天很热，火辣辣的大晴天，可她还是哆嗦了一下，把手插进丈夫的胳膊底下。

"看。"他悄声说着，头向天空一扬。布兰琪听话照办，只见覆斜屋顶下的窗口都是人，躲在蕾丝窗帘后面偷偷摸摸地往外张望。她的目光被拉向天空，屋顶上有什么东西一闪一闪地反射着阳光。她被吸引了目光。

纳粹士兵，端着擦得锃亮的步枪，正俯视着他们。

她开始发抖。

直到这一刻他们才遇到德国兵。德国人没去尼姆，克劳德在这场"假战"开始时驻扎的地方。甚至在驶往巴黎的火车上，每个人都害怕自己会像许许多多逃亡的人一样遭到轰炸机的袭击，尽管火车每停一次，无论是计划内的，还是计划外的，他们都会闭上嘴，屏住气，生怕听到德国话、德国靴子叩地的声音和德国枪声，但一路过来，奥泽洛夫妇没有遇到一个纳粹分子。

可现在他们到了这里，进了家门，真的，见鬼，纳粹真的占领了巴黎。

布兰琪深深地吸了口气，感觉肋骨隐隐作痛，胃里直翻腾，她想不起上一次吃东西是什么时候。她踩着已经踩烂的鞋子继续走。最后，终于走到了铺着地砖的巨型广场——旺多姆广场。这里也没有巴黎市民，但有士兵。

布兰琪倒吸了一口凉气，克劳德也一样。只见广场上几辆纳粹的坦克围着拿破仑的雕像；一面巨大的纳粹党旗，上面一个扭曲的黑色卐字，悬在几个门洞上方，包括丽兹的。丈夫心爱的丽兹，也是她心爱的丽兹，他们的丽兹。

正门前的台阶，最上面一级，站着两个纳粹士兵，佩着枪。

啪的一声。两个男孩已经把大包小包都丢到了地上，像野兔一样咻溜一下就逃窜走了。克劳德目送他们远去。

"也许我们该去公寓。"他说着又摸出了那块脏手帕。他像是拿不定主意，这在今天是头一回，也是自布兰琪认识他以来头一回；也就是在这一刻，她明白什么都变了。

"胡说。"布兰琪回答他。一股热血突然涌上来，陌生的热血，这股热血不是她自己的，而是一个有胆量的女人的，这个女人坦坦荡荡，没什么需要藏着掖着，怕被纳粹发现。接下来的举动令她自己都感到意外，更别说克劳德了。她拎起几个行李箱，大步迈向两个士兵。"我们要从正门进去，克劳德·奥泽洛，你可是丽兹的总经理。"

克劳德开口反对，但这次总算没有跟她争起来。他闭上嘴，默默地走向两个士兵；那两人都跨前两步迎上来，但是没有举起武器，谢天谢地！

"这位是克劳德·奥泽洛先生，丽兹酒店的总经理。"布兰琪从来没说过这么地道的德语，流畅而自信，连她自己都没想到，丈夫更是满脸都写着惊讶。毕竟，在他看来，自己这位在美国出生的妻子说法语的口音实在是难听得无人能出其右，所以听到这句无可挑剔的德语，他大吃一惊。

但说句实在话，奥泽洛夫妻自打相识那会儿起就时不时令对方感到意外。

"我是奥泽洛夫人。我们想跟你们的长官谈谈，马上。快点！"

士兵似乎被震慑住了，其中一人跑进了酒店。克劳德悄声说："天哪！布兰琪。"布兰琪注意到他抓着包的手攥得更紧了，知道他正在使出洪荒之力克制自己，否则会不由自主地在胸前画十字，摆出他那副法国天主教徒的烦人样。

尽管四肢在颤抖，布兰琪仍然站得直直的，昂首挺胸，那样子甚至有点盛气凌人。当一个面部潮红的小个子军官出现时，她已经胸有成竹，知道自己该说些什么。

她是布兰琪·罗斯·奥泽洛，她是美国人，也是巴黎人，除此之外，还有很多事——过去、现在、将来不一而足的很多事——从这一刻开始她都必须向外界隐瞒。可说实话，这二十年来，绝大多数的事她不一直在隐瞒吗？这点她很擅长，就是骗人；她必须承认，在这方面，丈夫也是高手。

也许，正是这点，把他们分开的同时，又把他们更紧密地联结在一起。

"奥泽洛先生！奥泽洛夫人！很高兴见到你们！"指挥官从门内跌跌撞撞地滚出来，跟他们打招呼，操着德语发音特有的滑腻喉音，但他的法语讲得无可挑剔。他向克劳德点点头，然后俯身去吻布兰琪的手，她及时把手藏到了身后。

因为手突然间开始发抖。

"欢迎回丽兹。久仰大名。是这样的，管理人员都挪到另一边去了，"纳粹分子朝后面的康朋街扬扬头，"我们——我们德国人——已经在旺多姆广场这边安顿下来了，多亏你们的员工热情好客。其他的客人都在康朋街那边。我们冒昧地把你办公室里的私人物件都搬到了别处，就在那边大堂上的游廊。你会发现许多员工都好好的，毫发无损，在等你指示。"

"好，好。"布兰琪听到自己这样回答，就好像每天都会碰到纳粹军官似的，她都忍不住佩服自己的演技。真是见鬼，非得要德国人入侵，才把她打造成自己梦寐以求的好演员。"正合我意。好，你能叫人帮我们拿一下行李吗？"

她转过头去冲克劳德莞尔一笑，让他安心。这一看，吓一跳——丈夫那张脸，虽然在法国南部晒成了健康的古铜色，但看得出此刻已经失了血色。两名士兵开始拎行李，当他们要去拿他手上的箱子时，她注意到他抓得更紧了，因为用力，手上的关节都变白了，脖子上两条僵直的肌肉一抽一抽的。她疑惑地瞟了他一眼，但他不动声色，看上去很镇定。

他们跟着两名士兵穿过广场，向左一拐，进了狭窄的康朋街，窄归窄，但时髦得不得了。她又感觉到有人在盯着她。她伸出手，握住克劳德的另一只手，他紧紧抓住她。两个人十指相扣，脚步就不会踉跄。这一点，她确信。当纳粹士兵"护送"着夫妻俩走向丽兹的后门时，当现实中的一切都走样时，在这个失去真实感的幻境中，她唯一确信的只有这一点。

他们跟着士兵走进这个小一些的大门，狭小的大堂一下子就挤满了熟悉的面孔，惊恐、苍白，但看到奥泽洛夫妇回来后顿时绽开笑颜，如释重负。布兰琪也笑盈盈地向大家点头，但他们没有停下来聊。布兰琪感觉丈夫不在状态，没有回家该有的心情，没心情接受阔别近一年的员工的问候——这些员工，简直算得上是他的家人，他自己的孩子。通常情况下，他会把她丢下，去跟他们叙旧，他会在办公室里打开一瓶波特酒，听大家讲各种故事，就等他回来讲给他听的那些故事：年轻的花匠走了，嫁给了她的男朋友；黄油供应商换人了，因为原来的那个过世了，他的孩子把乳品店卖了。

但是今天，布兰琪怀疑他已经知道大家要告诉他的不是什么令人愉悦的琐事，而是在德军入侵时，有员工在混乱中失踪，有年轻的侍应生在战斗中丧生，那个姓查巴的年轻的美女花匠其实并没有结婚，她千方百计地想搞到去英国的签证，还有纳粹在他的酒店里怎么发号施令，立规矩——对，她丈夫觉得丽兹是"他的"，虽然恺撒·里兹一家才是真正的主人。他在那方面很傲慢，她的克劳德；如果她够诚实（她允许自己每天至少诚实一次），就得承认这是她最欣赏他的其中一点。

克劳德急得要命，三步并作两步往他们的房间赶。布兰琪撒开腿，一溜小跑才跟上他和士兵。士兵穿着黑靴子，钢鞋尖砸着毛绒地毯。她意识到自己在担心——谁让她是丽兹酒店总经理的妻子呢——她担心地毯会承受不了这样的虐待,要知道这些地毯娇生惯养,更适应用皮革制作的纤细而精致的鞋跟啊。这时,她又想起了自己的鞋,现在她鞋子上的泥巴也踩进了地毯;很长时间以来,这是她第一次觉得自己没有环境重要。

多年来,布兰琪已经习惯盛装打扮,行头须与丽兹的排场相称。这个地方有种说不出的魔力,驱使你穿上最好的衣服,挺直腰杆,端正坐姿,轻声细语,戴上最好的项链,出场前还要再照一下镜子,然后才昂然踏进大理石大厅。大厅的每一面都在闪闪发光,而那些擦拭打磨的员工一看到客人,就会迅速遁入隐蔽的储物间和角落,于是人们会觉得这就是一座神奇的城堡,只有在夜间,才会有精灵出来悉心打理它。

可现在她注意到,盛着棕榈树的大瓮中插着纳粹党旗。富丽堂皇的厅堂走廊和休息区一片寂静;每扇擦得锃亮的门背后,都贴着一只耳朵在偷听。她又忘了她的鞋。

夫妻俩被带到他们原本住的套房,原本就在康朋街这一侧,省事。两个士兵把行李整整齐齐地码放好,布兰琪没给他们小费。她怎么可能给纳粹分子小费呢?他们走的时候,她只是点了点头。克劳德和布兰琪互相背过身去,回避对方,似乎离开那么久,这一刻终于回到家,虽然噩梦一般,一时间两人还是激动得不能自已,需要沉淀一下。于是两个人像游客一样,开始走来走去，东看看，西看看。布兰琪惊奇地发现每样东西的表面都有一层厚厚的灰，这在以前是无法想象的。金色的墙纸上有几道小小的裂纹线——在德军占领巴黎之前，这附近是不是投过炸弹？空气中弥漫着一股霉味，就好像这个小套房（在丽兹算是小的）一直在屏着气，直到他们回来，才又开始呼吸。她打开一扇窗；下方有一群纳粹士兵，有说有笑，就像放假的小学生一样快乐。

"你刚才为什么像个心虚的孩子似的？"她哆嗦了一下，下意识地缩回，离开窗边，转向克劳德，他还抓着自己的箱子。

"我有……"他呵呵笑了几声，笑声在颤抖，整齐的小胡子也在颤抖，微微凸出的眼睛一眨一眨的。"噢，小琪，你这个傻女人。我带着证件。"他拍了拍箱子。"非法证件，空白旅行证和复员证明。我从卫戍部队那里偷的，我在巴黎这里可以给……给有需要的人。要是刚才被纳粹发现，我就得进监狱了。"

"我的天，克劳德！"现在轮到布兰琪面色惨白了；她想象着那个场景，瘫软无力地跌坐进椅子。"哦，克劳德，我们离开尼姆的时候，你就该告诉我的。"

"不。"克劳德摇摇头，摸了摸衬衣的领子，"不，布兰琪，有些事你不应该知道，这是为你好。"他又恢复了常态，所谓"常态"，就是作为布兰琪的丈夫的样子，让她火冒三丈的法国丈夫，动不动就搬出那套规矩、论调来压人，动不动就说教。他们已经结婚十七年，他还想把她这个叛逆的美国摩登女郎改造成一个顺从的法国小媳妇。

"哦，克劳德，不会又来这一套吧？我们一起经历了过去这一年，再加上今天，你还要来跟我扯这一套？"

"我不明白你什么意思，布兰琪。"丈夫一本正经地说。通常情况下，他这自负傲慢的腔调，往往如同斗牛士的红披风，能条件反射地激起她的怒火。她突然心头一惊，愧疚地想起来，墙纸上的有些裂纹早在他们离开前就有了。这是花瓶和烛台飞过去留下的痕迹，某一次争吵的战果。争的无非又是婚姻（确切地说，是他们的婚姻）的本质，他们已经为这个问题吵了无数次。

但是今天，布兰琪提不起劲来吵——她实在太累了，六神无主，而且突然间，酒瘾犯了。上一次喝酒是什么时候？几天前吧。她笑了；这笑声在嗡嗡作响的耳朵听起来很轻很轻。德国人入侵可真是个戒酒的"好"法子。

"好吧，就这样吧。"她说完这话，下意识地抹了一下眼泪，自己都没想到会掉眼泪。"恐怕也只能感慨一句'曾经拥有'……"

"你说什么呢？"克劳德皱起了眉头，他在各个房间转来转去，找地方藏他的违禁证件。

"我的意思是，说到底，还是老样子。之前在尼姆，我们总算有点夫妻样了，可那又有什么用？对，德国人是占领了巴黎，可你还是在跟我撒谎。"

"不，不，根本不是那么回事。"克劳德说这话的时候，带着几分忧伤，布兰琪很意外。他把箱子放到桌上，仿佛没力气再承受这个负担。他的表情柔和了，看起来似乎年轻了，温顺了，会笑了，就像他们第一次见面时那样。有那么一刻，他流露出几分悔意。布兰琪身子倾向他，双手在心口交握，像个少女，一个傻乎乎的但满怀希望的少女。

可是克劳德并没有向她解释到底是怎么回事。于是，布兰琪耸了耸肩——就只有这点，得到她丈夫认证，觉得绝不亚于法国女人。然后，她开始把东西从行李箱里一件件取出来。

"哎，"克劳德挺背往后伸展了一下，骨头嘎吱嘎吱地响，听起来有点吓人，平日里镇定自若的面容此刻显得十分疲倦，布兰琪看在眼里，纵使心里失望，还是闪过一个念头，想放水让他泡个澡，然后逼他上床，给他掖好被子，"我得去找里兹夫人，看看那边的情况。德国人看样子是住在那边。这可是恺撒·里兹亲手打造的宝殿啊，现在居然被纳粹霸占了，他泉下有知，肯定会气得躺不住的。"

"走吧，走吧，把你的宝贝丽兹每寸地方都走一遍，不然你心神不定，啥事都干不了。我知道你的，克劳德·奥泽洛。不过晚点我们是不是该回公寓啊？去看看那边的情况？"布兰琪终于想起了在埃菲尔铁塔的阴影下蒙田大道上的那套宽敞的公寓。在混乱的撤退过程中离开尼姆的那刻起，夫妻俩的目的地，一直都是丽兹。这是他们的"真北"①。但他们确实另外还有个地方可以待，那里没被纳粹霸占。一想到纳粹士兵潜伏在丽兹的每个角

①真北（true north）是指沿着地球表面朝向地理北极的方向，是真正的、恒定的北极点。指南针所指示的"北"被称为磁北（magnetic north），会随着时间变化而改变。——编者注

落，布兰琪就心惊肉跳，她想逃走，想躲起来。刚刚在外面装得那么大无畏，把纳粹当乡巴佬一样使唤，此刻已经变了个样——现在，她只是个女人。

一个受了惊吓的女人，没有真正的家，这里毕竟是异国他乡，而且还被可怕的敌人侵占着。在这种情形下，她不由自主地要去依赖丈夫，纵使她很不甘心，很恼火，因为他常常令她失望。

在这方面，两人几乎不相上下，她也常常令他失望。

"我看不必。"很明显带着他那种居高临下的口吻；照平常，布兰琪听了只会火大，此刻却松了口气，安心了些。"眼下要是实施定量配给或者出现物资短缺，我们最好还是待在丽兹。德国人肯定要保证他们自己样样优先，有多出来的，我们兴许可以蹭一点。"克劳德犹豫了一下，走到妻子跟前，把她揽进怀里，在她耳边轻声细语。

"我的小琪，今天你真勇敢。"他语调轻柔，听得布兰琪禁不住颤抖了一下，越发往他怀里钻。"很勇敢，但最好别那么逞强，好吗？现在不是时候，等将来——等将来吧。"

她点点头，他说得有道理。嗯，他总是有道理，她的克劳德，除了在某一方面，很重要的一方面。可她还是任由自己靠过去，靠在他身上。他不高，不魁梧，也不健壮，但是他总能令她有安全感，从一开始就这样——像他这样自信，这样正正派派得烦人的男人，是有这能耐的，尽管他手掌很小，颈项还跟舞者一样纤细。所以她依偎着他，毕竟，除了他，她已经一无所有。天刚开始塌下来那会儿，她本可以回美国去，她本可以去另一个国家投奔旧情人，找那个可以安全地待在场边、不被卷进这场荒诞的马戏的男人。但是她没有，她留在了法国，守着这个男人，她的丈夫。

总有一天，她该好好问问自己为什么；但不是今天，这一天实在够她受的，她得好好喝一杯。

克劳德走了，虽然说好不会去太久，但他们心里都清楚，这话等于白说。等他一走，布兰琪就决定好好照照镜子，看看自己的样子，她已经好几天没照镜子了。一头金发，不是天然的。右手戴的红宝石戒指，不是真的——几年前，她就把首饰当了，弄了枚假的，克劳德一直蒙在鼓里，他要是知道，不会认同她的理由。脖子上那枚精美的金十字架还是丈夫送的结婚礼物，当时她觉得是个笑话，但很快就意识到不是那么回事。她手提包里的护照，天天带着，已经皱了，软了。说白了，这些都是笑话，她以前是这么想的，心里很不好受。

如今，一切都是笑话，是闹剧，是虚假的把戏。

她所处的这个新的现实，这个新的噩梦，离她当初第一次离开美国后遇到的那个男人，那个巴黎，那个丽兹是那么的遥远，远至光年以外，遥及天地玄黄。十七年前，恍若隔世。

隔了一个梦，几个梦吧，大多数都是没有实现的梦。

梦不往往都是这样吗?! 这点布兰琪清楚得很。

第二章

克劳德

1923年

从前，纳粹还没来的时候……

"嗨，听我说好吗？嗨，先生，嗨！"

正在看账簿的年轻男子抬起头，眉头已经蹙了起来。果然，是个美国人。就在克拉里奇酒店大堂另一头冲他喊，嗓门很大，很刺耳，一直在你耳边响。美国人就是这样，以为全世界都想听他们说话，他们总是大剌剌的，不识趣。

但是，美国人给他发工资啊。于是，他强迫自己舒展开眉头。

巴黎——他的巴黎——到处都是这些咋咋呼呼的外来客，这自然是那场大战的后果。那些狂妄的美国兵大言不惭地说是他们力挽狂澜救了巴黎，其实他们到的时候哪有什么狂澜，只有劫后余波。他们只是在放假的时候瞄到几眼"欢乐巴黎"，心痒痒的，意犹未尽，决定回头再来好好领略一下它的风采。于是，他们真的来了，成群结队，带着他们的女人，霸占了咖啡馆，点咖啡佐餐——荒唐！——还狂喝苦艾酒，一直喝到瞎。这些人嘴巴一刻不停，连不认识的人都要去搭讪。"你好！"昨天在一家咖啡馆里就有个人一屁股坐到他旁边的椅子上，跟他搭讪，还说这店面小。"我是巴德。你叫什么？"

年轻人当然没有告诉他。叫什么关这美国人什么事？他真是不理解美国人为什么每到一个地方都要宣告一下我在这里。谁在乎啊？

巴黎人只想自己待着，自己伤心难过，毕竟丢了性命、打了败仗的是他们。他们尤其讨厌年轻的美国人，因为在1923年，整个法国六十岁以下的男人寥寥无几。

美国人可不在乎，他们笑得可灿烂了，咧着一口白牙，挥着大爪子，抓着一大把法郎，一个劲地感叹东西好便宜。其实他们说的是：我们不是真的盟友；我们比你们强。

但这个叫克劳德·奥泽洛的年轻人忍住愤怒和厌恶，因为他的生计仰赖这些乐颠颠的外国人，他们源源不断地在加莱被冲上岸，像垃圾一样沿着塞纳河涌进巴黎。

"能为您效劳吗？"他大步迎向这个大叫大嚷的美国女人，她正在大堂另一侧冲着他挥手。

"是的，谢谢，贵姓？"

"奥泽洛，奥泽洛先生。有什么需要，尽管说。"他微微欠身，手指抚弄了一下衣服上的黄铜名牌，显示他在克拉里奇酒店的尊贵地位：副经理。

"哦，你是'蜜蜂的膝盖'①啊？"她冲他抛了个媚眼。克劳德阅人无数，这个俗气的女人在他眼里该有三十几岁，快四十了，说实在的。她脸上的皱纹卡着厚厚的粉，那两瓣丘比特娃娃的嘴唇抹着与她肤色极不相称的浓艳的口红。她个子高，肩膀宽，披着毛皮，戴着珠宝，像一棵脏兮兮的圣诞树。

"哦，帕尔，你说得对。观止观止，果然无以复加！"

又一个强势的女人！克劳德硬生生地把一声叹息咽了下去，转过身去应付，一个职业化的微笑已经攀上嘴角，但这笑容一下子就被这个女人冻住了，胸口有什么东西砰的一下塌进去，有生以来头一回，他怀疑自己——克劳德·奥泽洛——被丘比特的箭给射中了。

因为这个大步走过来的女人是他见过的最美的女人。她带着美国人的那种自信伸出一只手。她也是一头金发，但克劳德猜想不是天然的。可既然这发色这么适合她，是不是染的又有什么关系？她有一双亮晶晶的大眼睛，褐色的。金发褐眼，这是克劳德无法抵御的类型。

但使他心跳漏拍的不只是这美妙的颜色，还有她的微笑，那么迷人，那么自然。她比她的同伴至少年轻十岁；这朵美国玫瑰上的露珠还很新鲜。她也很高——所有的美国女人都很高——以至于克劳德不得不稍稍仰起头，迎接她流转的眼波。

---

① 蜜蜂的膝盖（bee's knees）是禁酒时代的一种有趣而非常简单的鸡尾酒。——编者注

"这是你第一次来我们酒店吗,小姐?"

"这是我第一次离开纽约。真不敢相信我真的来了!"太迷人了!不像许多初来乍到的外来客那样装腔作势,她毫不掩饰自己的兴奋,不在意他人的眼光。

"那我要亲自陪你逛一逛巴黎了。"他这样回答她,心里很快就做了决定。

作为克拉里奇酒店的副经理,克劳德·奥泽洛对陪美女逛巴黎这种事可不生疏;他觉得这是这份工作的一项福利。事实上,如果他够坦诚的话,就得承认上个月他和一个美女之间有一个小小的……误会,导致美女在离开酒店时向所有人保证克劳德会帮她付账的。这无疑是一笔交易,虽然在马克西姆餐厅享用午夜烛光晚餐时,两人从未讨论过;香槟酒加上克劳德层出不穷的殷勤攻势,这个漂亮女人根本把持不住,动情的模样也确实迷人。

事后,理所应当,他挨了批。酒店的负责人狠狠地训了他一顿,要他以后收敛些,谨慎行事。

谨慎!这对法国男人,尤其是经历战争毫发无损的法国男人来说,是护身符。可克劳德能保住性命,得感谢他的膀胱。这件小事他不想再提起。他当时离开岗哨去撒尿,在树丛中时,一枚炮弹击中小屋。他还因此受到了嘉奖——人生无常啊!于是,跟许多从小一起长大的朋友不同,他得以活下来享受美好生活:照当时巴黎的情形,每个体格健全的年轻男人可以拥有五个漂亮女人。他父亲跟他重逢,眼泪汪汪地拥抱后,对他说:"克劳德,我的儿子,法国是你的天下了，整个国家都感激你。别浪费这个机会！"

他没有，亲爱的爸爸，他没有。

"请问两位是用谁的名字预订的？"他问得很顺溜。

"帕尔·怀特。"那个年纪大些的美国女人大声说。

"我叫布兰琪，嗯——罗斯，布兰琪·罗斯。"年轻些的那个说的时候羞涩地一笑，还稍微犹豫了一下，似乎是头一次报出自己的名字。

她们跟着他走到前台，把护照递给了他。他看了看护照，稍稍停顿了一下，又还了回去。

"哈，都妥了。"克劳德微笑着对迷人的罗斯小姐说。他让她们在账册上签了名。罗斯小姐的签名很活泼，占了整整两行。随后，他拿出两把钥匙。当他把其中一把递给她时，刻意去触碰她那戴着手套的充满生气的指尖，还逗留了一会儿——他克制不住自己！——然后，低下头去亲吻她的手背，听她惊讶的一声大喘气。

"我们法国就是这样跟美女打招呼的。"克劳德摸了摸他那整齐的八字胡——这是很实用的装饰，因为他的脸成熟的速度不太跟得上他的个性。

"嗯，你很放肆啊？"罗斯小姐冲着他微笑，双颊泛着迷人的红晕。她化着美国女人常见的妆容：双唇画得像缎带，一边脸上点了颗假的美人痣。金色的秀发剪成了蘑菇头，她穿着新式的平胸长腰的裙子，据说这叫"新女性风"，可罗斯小姐丰满的胸部被束胸绷得紧紧的，实在曼妙迷人。

"新鲜①?"这下轮到克劳德惊讶了,他一直对自己的英语很有把握,但在当下的语境中他心里没了底。"像桃子一样?"

"像个浪荡子②。"

克劳德一头雾水,摇摇头,被这个年轻女人逗得脸上火烧火燎的。

"耙子?

"园艺工具?"

"像瓦伦蒂诺,你知道他吗?"

哈——克劳德的脸色顿时明朗起来。当然,他在好几部电影里见过鲁道夫·瓦伦蒂诺。瓦伦蒂诺先生有一口细密的牙齿和一双灵活的眼睛,可他似乎对美女没什么抵抗力。所以,这是好话!

"鲁道夫可不是什么浪荡子,"另一个女人——帕尔——不屑地说,"他是基佬,好莱坞人人都知道。"

克劳德怔住了:这说的什么话。

"听帕尔的没错。"布兰琪明确告诉他。一只手带着体温搭在他的肱二头肌上,克劳德暗暗使劲,确保灰色的细条纹圆角燕尾服下那块地方有肌肉鼓起来。"帕尔也是电影明星。你知道吧?《宝林历险记》?这位就是宝林!本尊!"

---

①上一段的"放肆",原文fresh,一词多义,常用义"新鲜",在上文语境中意为"放肆"。——译者注

②原文masher一词多义,常用义"捣碎器",在本文语境中意为"浪荡子"。——译者注

他从没听说过帕尔·怀特——宝林——但很自然地装作知道有这么一号人物。可是这么粗俗的女人怎么可能是电影明星？她当真就在克拉里奇酒店大堂里伸手摸进胸衣去调整一边的乳房。克劳德·奥泽洛心里很怀疑。

"当然。"他对迷人的罗斯小姐说，"我看很多美国电影，美国电影在法国很受欢迎。葛洛丽亚·斯旺森小姐光临克拉里奇酒店很多次了。"他自豪地挺直腰杆；那是值得骄傲的事，因为斯旺森小姐很美，克拉里奇酒店的大堂里有很多张她上报的照片。

"葛洛丽亚？"帕尔哼了一声，"那个小不点。要我说，她不过就是个赶时髦的丫头。"

"我也要成电影明星了。"布兰琪坦白。说这话的时候，她腼腆地垂下头，双颊燃起了红晕，似乎她自己也不相信。"所以我们才会来巴黎，来拍电影！"

"啊。"克劳德脱口而出。他尝到了沮丧的味道。电影明星？那可不行。虽然电影明星大驾光临可以为克拉里奇酒店增辉，可电影明星——尤其是那些有抱负的——从现实意义上来说配不上这位克拉里奇酒店的副经理，他有更高的抱负。电影明星博关注，为了吸引眼球，什么疯狂的事都做得出来，在喷泉里沐浴，在夜总会里脱衣服，这在克劳德眼里是相当低俗的行为。

可罗斯小姐的胸部随着呼吸节奏加快，极度诱人地上下起伏；柔滑的睫毛擦过脸颊，对，真的有那么长。

"我倒不是马上就得开始。我是来见一个人的，但我的……

我的朋友有事，被拖住了，要晚一个星期才能过来。"罗斯小姐举起一张皱巴巴的、沾了泪渍的电报，一把塞进外套口袋，仿佛觉得这东西让她很丢脸。

"一星期？"这可是个好消息。一星期这有限的时长真是恰到好处，不至于暧昧不清，不至于到了最后一刻哀婉叹息，心绪不宁，游移不定地琢磨"我或许可以再多待一阵"。

"让我带着你逛逛巴黎吧，"克劳德压抑着对演艺圈的反感（也许只是针对这个特定成员的职业），再次提出建议，"你第一次来，我特别想好好陪你逛逛。"

"嗯，我不确定……"

"噢，去吧，布兰琪。趁他来之前好好玩玩！"

哈！有个"他"，这个"他"有一个星期不会出现。

克劳德的嘴角又上扬了。

"嗯，哎呀，那可太好了，"罗斯小姐点点头，脸上又绽开一个灿烂的笑容，"我真的很想看看巴黎。"

"那就开始吧。"他打了个响指，有点夸张，他一般不这样，但今天实在把持不住。克劳德召来侍应生把她们带过来的一大批大箱子和手提行李归拢，他一直都搞不懂美国人为什么要带这么多行李；他们的衣服那么难看，明明可以在巴黎买到精美得多的时装，而且还很便宜。

克劳德整整领带，示意她们跟他走，然后带着她们穿过克拉里奇酒店大堂。他很自豪——所有的吊灯今天上午刚擦洗过；垃坂桶每小时清理一次；黄铜电灯开关每两小时擦一次。他带她们看了一下女士沙龙在哪里，又在美式酒吧稍微逗留了一会儿；这里挤满了喧闹的客人，都在听一个女歌手哼唱一首很傻的歌，好像是在跟一个叫"杜茜"的性别不明的人道别。他按铃召来镀金的电梯，吩咐守电梯的侍应生带他们去顶楼。

到了顶楼，他领着她们穿过铺着地毯的走廊（每天都要用吸尘器吸两遍），很高兴地看到打扫好的走道还没被人踩踏过。到了她们的套房前，他用他的万能金钥匙打开门，退后一步，让两位女士先进。

"哇，帕尔！"布兰琪拍手惊叹，欢快雀跃的样子太迷人了，克劳德真想当场将她揽入怀中；他真想让那充沛的活力贴紧自己同样充满活力的肉体。他用力地咽了下口水，打开灯，想让她们看看房间有多华美。他带着一种职业化的冷静打开卫生间的门，教她们怎么用水龙头，但他略过了坐浴器，毕竟这不适合有教养的男士来说明。克劳德还向她们展示了床头所有发光的按钮；这些按钮可以召唤各种服务：打扫房间、擦鞋、洗衣、客房服务。

"接下来——看！"他动作夸张地拉开华丽的窗帘，展示下方宽阔的香榭丽舍大街。

这条大街还是跟往常一样嘈杂：此起彼伏的汽车喇叭声；在街头流连的一群群游客，有的在叫，有的在笑，有的在用笨重的盒式相机拍照；人头攒动的路边咖啡店，小桌椅挤满了人；卖微缩版埃菲尔铁塔、红白蓝三色法国小国旗和便宜的贝雷帽的纪念品小摊；狗叫声；向路过的游人挥着菜单的餐厅老板。所有这些都是克劳德不喜欢香榭丽舍大街的原因，要不是布兰琪·罗斯兴奋地尖叫起来，他会开口道歉，怕她们看到更乱的场面。

"啊！啊，太壮观了！帕尔，你说是不是像时代广场？比时代广场好得多！看——那是不是埃菲尔铁塔？"

"是，小姐，是的。"

"那边——那是什么？"

"凯旋门，那是为了庆祝拿破仑奥斯特里茨战役大捷建的。"

"那个呢？"这个迷人的美国摩登女郎已经打开窗，探出身去。看到这危险的举动，克劳德一个箭步冲上去一把揽住她的腰。为了她的安全嘛——他这样告诉自己。双臂环抱着她纤细的腰肢，感受那紧致成熟的肉体绷得紧紧地贴着自己的双臂，吸取她年轻的身体散发出来的热量，她天真无邪的热情深深感染了他，以至于心脏有了异常的反应。

克劳德·奥泽洛的心脏是个强健的引擎，在此之前，一直很可靠，从来没有异常表现，此刻却轻轻地响了一声，很古怪，有点像开香槟酒时你听到的那一声"噗"。这声音只有他自己能听到，可他还是尴尬得耳朵尖火烧火燎。他把罗斯小姐猛地拽回来，生硬地放开她；其实照道理不应该这么粗暴。他深吸了一口气，呼吸有点不顺畅，他差点抽出手帕去擦突然间亮晶晶的额头，但还是回过神来提醒自己这是工作时间，于是他整整领带，其实这动作很多余，因为它没歪，也没皱。他的领带显然比他的心脏可靠得多。

"那是协和广场，罗斯小姐。"

"噢，叫我布兰琪吧。既然这星期我们要一起过，那就直接叫名字吧，你说呢？"

"如果您希望这样的话。"他点点头，知道这语气远比自己想表现的严厉拘谨得多，但此刻他不太信任自己的声音。"我叫克劳德，小（姐）——布兰琪。"

"很好。"

"我七点来接你可以吗？蒙马特高地有家很不错的餐馆，我觉得你会喜欢。天气这么暖和，我们可以在那边走走。"

"太好了，克劳德，太好了！"

"那我怎么办？"帕尔·怀特噘起嘴——一把年纪的样子配上这个表情，傻。

"啊，天哪，帕尔，我忘了！"布兰琪转向克劳德，褐色的大眼睛眼巴巴地看着他。

"呀，没事。"怀特开怀大笑，"我开个玩笑而已，布兰琪，我已经跟人约好了。"

克劳德觉得自己真真切切地看到了布兰琪如释重负的表情，不是幻觉，所以道别的时候，他不太能抑制嘴角的笑意。他又吻了一下罗斯小姐的手，然后关上门，回到自己的岗位。除了那位迷人的小姐（她柔软的腰肢被自己的双手揽住的感觉还在），他还有其他的客人要招待。然后，还要向夜班经理交代当天的各种琐碎问题，这些问题每天都会冒出来，像时钟一样有规律。洗衣部报告说其中一个绞拧机坏了；明明没下订单，可供货商却送来一批床单；大厨发现多佛鳎不够当晚的用量，扬言要辞职，这是他这个星期第三次闹这出了；餐厅的两名侍应生没来上班，不得已只能提拔两名打杂工顶上；总统套房的卡特夫人投诉说房顶有脚步声，很响，尽管一再向她澄清：她住的是顶楼。

克劳德一头扎进工作，他还秉持着战争期间雷厉风行的作风。虽然他不好意思讲自己是怎样活下来的，但他在部队里的表现一直都很出色。他不会一味故作谦卑，他知道自己生来就该给别人带头，而不是跟在别人后头亦步亦趋。他当过上尉营长，亲眼看着手下的几个兄弟在他身边倒下，在他怀里抖到咽气，他的双手曾经——此刻他审视着这双手，昨天才刚修剪过指甲，白净的样子令他自己都惊讶——就是这双干干净净的手曾经伸进血泊、粪便和肠子里，他摸到过肉里支出来的尖锐的碎骨。

他活了下来，真的就是这样一件无意识的事，你还在呼吸，而周围的人已经停止了呼吸；因为活下来，他得了一枚法国荣誉军团勋章。

他并不奢望这样的殊荣，他只是在尽自己的职责。

他希望有一天能拥有自己的酒店，但他还年轻，才二十五岁，而且有耐心。所以目前，就在克拉里奇酒店当副经理，这是家体面的酒店，是的；光顾的客人除了一些不上不下的贵族，还有许多美国电影明星。照他的喜好，这地方可能有点太热闹，太普通——就在香榭丽舍大街上，所以人流太集中，后门出去是一条小街，沿街一溜爵士酒吧，他讨厌这些酒吧，丁零当啷的音乐，让人紧张。克拉里奇目前来说还不错，以后嘛……可他还是得一步一步来，先把里外都摸透了，才能考虑自己开酒店。为此，克劳德已经把目光投到了另一家酒店。

一家与众不同的酒店：丽兹。光是说到这个名字就让他战栗，恰如一个叫布兰琪的金发尤物令他感受到的那种激动。

他瞟了一眼挂在办公室里的员工排班表，暗自庆幸酒店老板马尔凯先生出差在外，两个星期都不在酒店，他可以轻松调整自己的日程来配合她。来一场闪电恋爱——在蒙马特用餐，再照例在塞纳河边散散步，在皇家宫殿的花园里吃顿午餐，在森林里野餐——他会从巴黎圣母院旁的小摊给她买一幅小小的画，这种手法屡试不爽，总是能够打动对方。

除此之外，还要每天送花到她房间，直接从西岱岛的花市上买鲜花，他是那里的老主顾，而且还有点名气。

等到了周末：再见，罗斯小姐。

他的心脏又发出了那种奇怪的声音。到底是什么？克劳德把手指搭在手腕上，放慢呼吸，摸自己的脉搏。得吃颗解酸药吗？是不是在午餐时吃了什么不对劲的东西？

他耸耸肩，拿起电话给蒙马特那家可爱的小餐馆打电话。

服务业尽人皆知，这家餐馆出了名的识趣。

第三章

布兰琪

1940年6月

布兰琪在镜子前嫌弃地别过脸去，她见不得自己这副邋遢样：脸上有尘垢，头发里有沙砾（还有一英寸长的黑色发根），眼睛被火车上的煤渣熏得红红的，衣服上污渍斑斑，长筒袜抽丝，鞋跟是断的。虽然很想喝一杯，可她还是先去放了水，准备泡澡。趁着水还在放，她从包里拿出一件斯奇培尔莉设计的日礼服，挂在冒热气的水边，想去掉些皱褶。她知道可以叫人来拿去熨熨平（在丽兹，她甚至可以叫人出去给她买条新的），但她迫不及待地要把这身脏兮兮的难民皮蜕掉，回归本来的自己，回归丽兹。

她把化妆包里的化妆品都掏出来，一件件摆好，走了这么多月，这些瓶瓶罐罐差不多已经空了。她该下楼去克劳德的办公室里看看锁在保险箱里的几件（真）珠宝首饰是不是还在，可她又想起来那已经不是他的办公室了，所以她的珠宝也已经没了吧。

这就是生活。

泡了个澡（其实还想多泡一会儿的，虽然不过瘾，但足以溶掉表层的污垢），她穿上衣服，把最后一点香水喷在耳后，然后抽出一双鞋。

一双定制的缎面半高跟鞋，从赫尔斯特恩父子店①买的，还是崭新的，在尼姆一直没穿。（天哪，她在想什么？准备这样的行装哪里像是要陪从军的丈夫去一个偏远的小卫戍区，这分明是要去参加贵族子女的教育旅行啊。）这双鞋颜色很漂亮，苹果绿。她把疲惫肿胀的双脚滑进鞋子里，叹了口气。她想起克劳德第一次带她去店里量脚的情形，想起当她看到成型的木鞋模时有多兴奋。那上面刻着她的姓——奥泽洛。

这是第一件她看到有自己的新姓、夫姓——法国姓——的东西。这也是第一件她骄傲地说着"记在奥泽洛先生的账上"买下的东西。那一刻，她觉得自己很欧派，很时髦，甚至还有一种挣脱束缚的自由感。但她会发现，现实截然相反。然而，在当时，拥有一双定制的鞋子，把账记在巴黎人丈夫名下，她觉得就是在反抗。在老家，作为家中未出阁的老幺，她只能将就着一年去一趟洛德-泰勒②买点朴素的衣物，直到她的影视事业开始腾飞——

事实上，这项事业从来没有腾飞过；可正是因为追逐这个梦想，她才来到巴黎，来到克劳德身边，才在赫尔斯特恩父子店拥

---

① 赫尔斯特恩父子店（Hellstern & Sons）是一家1920年创立于巴黎的老牌鞋店。
② 洛德-泰勒（Lord&Taylor）是一家连锁的美国百货商店。

有了一个账户，第一次试穿定制鞋，第一次让克劳德带她去蒙马特跳舞（虽然他配合得勉勉强强），第一次感到自己脱胎换骨，成了十足的巴黎人，彻底重获新生，成了十足的奥泽洛夫人。

当时，成为奥泽洛夫人相当于梦想成真。

有时候，布兰琪会好奇：如果那个星期没有让这个自负的法国小男人带着自己满巴黎转，跑得腿都快断掉，听他叽啦叽啦讲解，毫无防备地被他抓住手，一通激情热吻——那两撇整齐的小胡子可看不出他是这么有激情的人——如果没有这样，那她的生活会是什么样？他给她从小贩那里买来大捧大捧的玫瑰；从饥饿的画家手上买来塞纳河浪漫的画作；他带她去看旅游手册上没有提到的有意思的景点，比如在荣军院前那条路上的那颗小小的心，这是几个世纪前的一个瓦工为自己的爱人砌的。如果他在带她看这些私人的小纪念物时，没有表露他异常温柔的内心，她又会在哪里？

她在收拾行李的时候，在无忧无虑地跟伤心的父母道别的时候，在纽约港踩着跳板大步登上去法国的轮船时，她的计划里没有克劳德。没有，她收拾行装不是为了某个叫克劳德·奥泽洛的人，而是另一个人。

她也绝不是为了丽兹。

此刻，她打量着包在崭新的缎面鞋里的脚，心里在想：我干净了，我时髦了，我到家了。丽兹和布兰琪之间有个约定，在很久以前就做了这个约定。

她会在它金碧辉煌的墙内循规蹈矩，做出个淑女的样来，她会给丈夫长脸，还可以当他的贤内助。她又会得到什么回报呢？

那些金碧辉煌的墙会保护她，准确地说，是保护她免受自己的伤害。因为在丽兹不会有坏事发生；它有求必应，不管多离谱的要求，它都能满足。你想要一束鲜花，嗅着花香在一个带金天鹅水龙头的巨型大浴缸里泡澡吗？丽兹能办到。你想把爱犬交给别人去遛，自己在满庭的棕榈树间喝茶，脚边的缎垫上放着给你烹制料理的大厨给它准备的食物吗？丽兹能办到。你丈夫昨天出轨了，你想报复，可又不认识合适的年轻男人？

丽兹能帮你。

还能保护你。不过话说回来，不光是富人有秘密，就连身无分文的清洁女工说不定也有最不能说的秘密；不要紧，因为你一旦踏进丽兹，就能松一口气，其他地方办不到的，你在这里可以随心所欲，因为丽兹能保你平安无事——没办法，你只能相信。

可现在呢？现在守着那著名的正门的不是戴高帽的门童，而是纳粹士兵。

布兰琪惊得一激灵，抓起手袋，出门去喝酒。

这个丽兹也有。

第四章

克劳德

1923年

英俊的王子用一个吻唤醒了美丽的姑娘……

"带我去看看你老挂在嘴上的丽兹，克劳德。"她一边逗他，一边用手指轻轻挠他的后脖颈，然后神色一正，"问吧，问你想问的那个问题。"

克劳德已经赢得了她的芳心，得到了这个迷人的美国女人。在共度了美好的一周后，他得到了她，他头一次不希望一周就这样画上句号，他把她从她那个讨厌的埃及王子那里抢了过来，那个男人是永远不会娶她的，明摆着的事，他只会把她沦为其中一只金丝雀，毁了她。

于是，克劳德就问了，布兰琪答应了。他们的人生结合了，就此改变了。往好的方向改变——那时候他是这么想的。布兰琪是宝贝，是他从埃及暴君手上解救出来的美丽的姑娘。这很戏剧化，是克劳德这辈子做过的最冲动、最浪漫的事，完全不符合他的性格。他自己知道，所以，也许有点太过得意，顾不上去想这胜利时刻之后的事；他被自己的英雄行为感动，太过陶醉，没去考虑这样的两个人——一个美国的时髦女郎，一个巴黎的酒店经理——怎样才能幸福地一起生活下去。

但她的确有旺夫运，至少一开始是这样。就在丽兹，他下跪求婚的那天，解救了落难少女的得意劲还没过，红光满面的，就有人来请他移步玛丽-路易丝·里兹的套房，邀请他担任酒店的副经理。

走之前，他的新晋未婚妻在他耳边悄声说的最后一句话是："你跟她说，要当就当总经理。你可不是什么二把手，克劳德·奥泽洛。"

确实，他不是——过去二十四小时发生的事不是已经证明了这点吗？她这种美国人的自信天性鼓舞了他，他真的照她说的做了。丰满的里兹夫人微微一笑，有点刮目相看的意思，但同时又觉得滑稽。她答应了，然后叫他去给她遛狗，克劳德当然没有反对。

未婚妻更是乐不可支，赏了他一个灿烂的笑容，她觉得滑稽得不得了。克劳德不明就里，一头雾水，但他一向自诩喜欢研究人类行为，于是下定决心一定要找出原因。

几个星期、几个月过去了，克劳德了解了她的许多事。这个姑娘，现在奇迹般地成了他的妻子。当他们拿着结婚证在见证人

——克拉里奇酒店的勒诺丁先生和布兰琪的倒霉朋友帕尔·怀特——的陪同下大步走向市政厅时，在声音颤抖着说出誓言时，在被宣布依法结成夫妇时，在回克拉里奇酒店赶赴一场闹哄哄的喜宴时，这些事并不明朗。布兰琪和帕尔那些电影圈的朋友搞了场突袭，喜宴现场充斥着酒精、狂笑和黄色笑话。然后，一群人陪着头晕目眩的新婚夫妇去火车站——两人要搭乘火车去海边度蜜月，然后去尼斯见克劳德的父母。这些浮夸的狂徒在火车站出尽洋相，扔了一地的香槟酒瓶。帕尔还一定要朝火车砸个瓶子，说是给它来个启动仪式。最后总算熬到可以上车，布兰琪的朋友们跟跟跄跄地离开，克劳德这才松了口气。他只能祈祷这些酒鬼不会栽倒在冲过来的火车前。

两人一坐进车厢，克劳德就有了第一个新发现，之前他并不知道他的"小琪"（这是他给她起的爱称）还有这一面。

"既然我们已经结婚了，我就要效仿拿破仑对约瑟芬的做法了。"他平静地对她说。他很高兴终于可以和新娘独处了。"听我的，离开你那帮朋友，他们跟你的身份地位不相称，况且我就要开始在丽兹工作了。他们配不上你，布兰琪。"

"你——什么？"她眨了眨眼睛，他给她的那束兰花被她捏得花朵都快掉了。

"离开你那帮朋友，布兰琪。"克劳德不明白为什么要再重复一遍：据他所知，她听力不差。

"噢。"她伸手去拿化妆盒，然后开始往脸上扑粉，抹口红。

"还有件事。"克劳德接着说下去，很高兴有这个机会可以跟自己的美国新娘好好解释解释，她也许不完全理解自己作为他妻子的这个角色，因为他也不了解美国那边的做法。"我希望你别抹那么多东西了。我知道这是职业需要，但生活中就没必要涂脂抹粉了。"还有一句克劳德没说出口：但愿为职业涂脂抹粉的日子也不长了。他们订婚后，她在法国拍了一部电影，一部粗制滥造的言情片。她在片中得和另一个演员做爱，克劳德看了也许有二十遍，每每看到自己的未婚妻（现在是妻子）被别的男人亲吻，他都憋得脸色铁青，又生气又无奈。尽管如此，可他还是得承认布兰琪的演技真不是太有说服力。想必别人也迟早会看出来吧？

"你不需要，布兰琪。"他继续说下去，美滋滋地享受着自己作为这个可人儿新晋丈夫的角色，之前是救赎她的恩人，现在又成了保护人。"你天生丽质，再说了，你现在已经结婚了。"

"噗仔，这话什么意思？"

克劳德皱起了眉头。布兰琪也给他起了个爱称。他之前昏了头，把自己第一眼看到她时心脏"噗"了一下这事告诉了她，他觉得很浪漫，可新娘没觉得浪漫，反倒觉得很滑稽，似乎很喜欢用这个有辱斯文的昵称来叫他。

"意思是你现在是我的妻子了，你该照我说的做。"他脸上还是挂着笑容。她一定是在开玩笑吧？

"我该照你说的做？"

"反正在法国就是这样，我不知道在美国夫妻怎么相处，但你现在是在法国。"

"只是暂时的。"她的声音很生硬。

"什么？"

"我没想到我嫁了个原始野人，我以为我嫁的是一位绅士，会尊重我，不会像某个埃及王子那样。"

"我尊重你啊！"克劳德不明白她什么意思——是语言障碍吗？

"那你就别像个原始野人一样啊。"

"我只是希望你不要再跟那帮朋友来往，不要再涂脂抹粉。"火车在巴黎城外的郊野飞奔，随处可见连绵青山、小茅舍和奶牛。

"我不，我喜欢他们，我喜欢自己这个样子，大多数男人也喜欢。"

"别的男人怎么看你已经不重要了。"克劳德笑了；她实在天真得让人着迷。"你已经结婚了。"

"如果你认为我不会再在意别的男人怎么看我，那你就是个大傻瓜，比嘉理还傻。"

"别再跟我提这个人的名字，布兰琪。"克劳德不再觉得好笑了。

"我想说什么就说什么！嘉理，嘉理，嘉理，嘉理！"

然后，太离奇了——克劳德·奥泽洛居然任由脾气战胜了理智，把礼仪体统全都抛到了脑后，深埋在他心底的一枚未被引爆的（也许是那场战争遗留下来的）炸弹在这一刻被他的新娘引爆。在过去的几个星期里，她触发了他那么多新的情绪，所以，也许他不该惊讶现在被她惹得这样火冒三丈。他还从来没有这么生气过。更可怕的是，她没有污蔑他，他确实表现得像个原始野人，大吼大叫，还一把抓起她的化妆盒，打开车窗，扔了出去。

他们盯着打开的车窗愣了好一阵。克劳德开始解释，但还没等他说完一句话，她就做出了更加惊人的举动。

她扑到窗口，使劲往外钻。

他一把抓住她的腰，把她拽了回来。

两个人呆呆地瞪着对方，喘着粗气，场面十分荒唐。火车慢下来，开始进站。

突然间，布兰琪挣脱他的束缚，还没等他反应过来就已经一道闪电似的冲出车厢，跳下了火车；上一刻她还在他怀里，下一刻就已经消失了。他还没来得及想清楚刚刚究竟发生了什么，就匆匆抓起其中几件东西，追了上去。他刚迈下最后一级台阶，火车就开动了。他飞奔着绕过惊愕的旁观者，冲到对面站台，正好看到他的新娘跳上一辆反方向的火车，开往巴黎的火车。克劳德撒开腿追，可怀里抱的、手上拎的一直在掉——有那么一刻，他意识到她的一件薄如蝉翼的睡袍缠在脚跟上——火车已经飞驰而去。

妈的。

手掌湿哒哒的，衣领汗渍斑斑，怀里抱了一大堆不好意思说出口的东西，他疲惫地坐到长凳上，想要厘清刚刚发生了什么。这个可怜的男人回想了一遍又一遍，仿佛这是一篇他必须熟记的课文，可这课文到底讲的是什么意思，他却不太懂。

此刻，他应该蹭着新娘的后脖颈，面前摆着冷鸭肉和更冷的香槟（当然，克劳德在出发前就已经安排好了；可现在，他真不愿意去想行李员推着行李车走进空荡荡的包厢时那一脸困惑的表情）。他应该轻抚她，亲吻她，为晚上的重头戏预热。（他们已经上过床了，所以不会再有什么惊喜，只有激情和愉悦的熟悉感。）

然而，他却一个人在某个乡间小镇的火车站，他不知道下一班去巴黎的火车什么时候会来，也不知道到了之后该上哪里去找他的妻子。

克劳德是不是犯了个错误，不该这么仓促娶了这个美国女人，无论她有多迷人？

最后，一列开往北方的列车终于来了。克劳德上车后，直奔餐车，灌了杯烈酒下肚。火车进站后，他一下车就看到了布兰琪，她坐在长凳上，双手还握着那束揉坏的捧花，两只眼睛哭得红红的。她抬起头看克劳德，抽泣得愈加厉害，见她这样，他的心又"噗"了一下，他把她揽进怀里，忘了火车上发生的一切。

直到他又有了新的发现。

"哇，你收了这么多宝贝啊，噗仔。"布兰琪说。他们刚度完蜜月回来。她在他的单身公寓里转来转去，欣赏他那些整整齐齐挂在墙上的铜锅。"怎么这么亮啊？你是怎么办到的？"

"擦啊，"克劳德困惑地回答，"用醋和盐。"

"哦。"她打开抽屉，微微地倒吸了一口气，"还有这些刀。这么多！为什么要这么多？"

"因为都不一样啊。"克劳德又一次感到困惑，渐渐开始不安，"你看，比如说，这把长方形的大的是切丁的，这把长一点的是切片的，这把带锯齿的是用来切面包的。"

"哦……"她又惊讶得轻轻地倒吸了口气。

"小琪，"他说的时候心里有种怪怪的感觉，他本该意识到这是种不祥的预感，但他没有，"你——你不会做饭吗？"

"我？"她惊讶地睁大了褐色的眼睛，仿佛他问的是会不会用木头雕船，会不会开飞机，会不会脚尖点地跳舞。她笑了；一仰头，发出她那低沉的笑声，笑得无所顾忌，酣畅淋漓。"克劳德，你想到哪里去了？谁说我会做饭？我当然不会！"

"你这话是什么意思，说什么'当然'？"他关上抽屉，他恼了，感觉受了蒙骗。"我怎么会知道？女人就该做饭，在法国就是这样。"

"在美国也一样。"她承认。一边说着一边打开另一个柜子，取出一把曼陀林，细细鉴赏，仿佛那是一件古希腊文物。"大多数女孩都得从小学习做饭打扫，即使家里很有钱，请得起佣人来做。我姐姐和我也是那样过来的，只不过我总会想办法逃避，我才不学那些把戏呢，我告诉你，我不想学我妈妈教我的那套。我就是那样滑头，克劳德。"她抬头看着他，眼睛闪闪发亮，性感的红唇调皮地噘着。"我现在还是。"

"是的，可……"克劳德很矛盾，既想把她掳进睡房，又想把她押到蓝带厨艺学院①去上课。"可你怎么给我做饭呢？"

她耸耸肩。"我想你会自己动手的，克劳德，要么就出去吃，我听说丽兹有厨房。"她又笑起来。

克劳德张口结舌，眼下这一刻超出了他的经验范围；于是，他真的把她掳进了睡房。不然还能怎么办？

温存过后，他做了一个蘑菇、青葱和大蒜的蛋卷，被她狼吞虎咽吃个精光，他不得不再给自己做一个。

这段婚姻的初期充满了激情，他过得既兴奋又不安，这个迷人的美国女人给他的生活带来了翻天覆地的变化，有时候他甚至怀疑这不是个小女人，而是女巫。在这段时间里他还发现了什么？他发现她睡着时会梦呓；他发现她用他的牙刷心安理得；他发现她丝袜抽丝了不补，直接扔掉；他发现她喜欢漫无目的地在街上溜达，坐久时却会像个孩子一样不安分；他发现她喜欢猫，也不抗拒狗，还对鸟类很着迷，但只限于户外，要是屋里有只鸟，就会吓到她。

克劳德还发现她脚很小，这点她引以为傲。这双脚很迷人，脚背很怕痒；有些时候，她兴致一来，喜欢让他挠这个部位。

---

①蓝带厨艺学院（Le Cordon Bleu Culinary Arts Institute），1895年创建于法国巴黎，是世界上第一所专门培养西餐类人才的厨艺学校。

克劳德发现她还想继续从事她的电影事业，因为有几晚他累得筋疲力尽从丽兹下班回来，看到他的小公寓里挤满了那帮狐朋狗友——帕尔·怀特和其他演员。他们抽烟喝酒，讲八卦，无非就是"摄影棚""镜头"和"烂导演"那点事。这些人无一例外全都是粗人、俗人，令克劳德大跌眼镜，因为他一直把布兰琪看作童话里的公主，他还是不肯放弃这个印象。

克劳德还知道了另一件事。

他知道了他的布兰琪爱丽兹，爱得跟他一样深。

第五章

布兰琪

1940年6月

"我们为什么要这样，帕尔？"布兰琪想起自己在1923年曾这样问朋友帕尔。那个有趣的小个子男人克劳德·奥泽洛刚走，说好要跟她一起吃晚饭。她兜里还揣着嘉理的电报，电文说他要晚一个星期过来。"为什么要对这些男人动心？他们花言巧语无非就是为了哄我们上床，哄我们漂洋过海跑过来，连个契约都没有，更别说是结婚戒指了。"她的那位英俊的王子，她的情人，向她承诺：如果她跟他来欧洲，他会在埃及把她捧成电影明星，她会跟埃及艳后一样耀眼，在尼罗河上拥有自己的彩船。他会娶她。

才不会，他说过那么多话，可从来没有承诺过这一点。

"因为我们是傻瓜，我们是活在男人世界里的女人。我们很蠢，蠢到相信只要找对了男人就能忘记这个现实。"

"可我爱嘉理，真的爱他，我真是疯了。"

"忘了嘉理，跟那个叫奥泽洛的家伙出去玩吧。他看到你，舌头都快挂下来了！玩得开心点，丫头，好好玩。"

"可嘉理想自己带我逛巴黎。"布兰琪取下舌头上的一小片烟草，把烟灰弹进一个黑底镶金的烟灰缸里。到底是克拉里奇啊！

"嘉理又不在。换成是他，你觉得他会等你吗？"

她忍不住发笑——想到嘉理在等她，或随便哪个女人，她自己都觉得荒唐。如果说这真是男人的世界，那么嘉理王子就住在伊甸园里，女人们来这里就是为了给他送苹果，最好还能用两个乳房夹着给他。

但是布兰琪还是追随他来了巴黎，伤透了父母的心，抛下她熟知的一切，只因为她——这个叛逆的时髦女郎，这个"爵士宝贝"——还是不知道怎么应对爱，只会跟着感觉走。

可她没想到感觉最终并没有把她引向埃及。

"欢迎回家，丽兹酒店的女主人！"

布兰琪站在楼梯顶端，咧开嘴笑了，向底下仰望她的众人垂首致意，随后，忍不住笑出声来。

这只是个戏称，就像小孩子给自己封的花名，可这是克劳德给她起的，只不过他当时这么叫她是出于生气。他越来越烦她多管闲事，越来越无法忍受她酗酒，越来越嫉妒她的好人缘。那天夜里，他发现她和员工们在一起吃三明治，喝香槟酒，而对于他来说，这漫长的一天还没有结束；他噘起嘴说她是丽兹酒店的女主人，可不是在恭维她。

可布兰琪还是当作恭维笑纳了。

因为做了十七年的夫妻，你是很难再从对方嘴里听到恭维话的，而抱怨则如春天的天竺葵一样多，即使是第一眼看到你时舌头都快挂下来的男人。这个曾经狂热地追求过她、为她抗争过，甚至为她反抗埃及王子的男人已经变成了一个丈夫；但她也不能怨他，因为她自己也已经变成了一个最典型的妻子。

只有丽兹能令她忘记这一点，她的"人民"在她面前俯首敬拜，正如此刻这样，而她刚刚沐浴过，包裹得像个精美的礼物，穿着她最美的鞋，款款移步下楼，走向康朋街这侧这个狭小的大堂。几个泪如雨下的清洁女工紧紧抱住她。"啊，布兰琪夫人，我们真是担心死了！"其中一个拉拉布兰琪的袖子，苍白的脸转向她，棕色的大眼睛因为缺觉眼圈发黑。那姑娘低声说："布兰琪夫人，我知道你——我们听说，你知道吗——有人告诉我你改了——"

布兰琪摇摇头，心开始狂跳，手指贴到嘴唇上；她刚刚瞥见下面有个德国兵站在长廊口，那条长廊连着丽兹酒店的两边。她俯身亲了一下女孩的脸颊，小声说："晚上来找我，十点以后，一个人来。"女孩倒吸了一口气，差点抽抽搭搭哭起来，但还是稳住了情绪。

布兰琪继续往下走，侍应生戴着粗糙的手套抓住她的手，晃得她胳膊快要脱臼才停下来。"奥泽洛夫人，您总算回来了！一切都会好起来的，顺利的话！"

"还好吗，小伙子们？"她问。侍应生发挥法国人对细节的执着，绘声绘色地说给她听，直到她笑得弯下了腰，一只手按着隐隐作痛的肋骨。她表现得很夸张，她自己也知道：笑得太多，太过。但她必须这样，不然她会泪崩。这么多可爱的脸不见了，男员工人数锐减，她只能祈祷这些年轻人还会退伍回来，别被关进德军的战俘营里。

这时，一扇门开了；全场鸦雀无声；笑声停了，下流的八卦故事也没了。侍应生和清洁女工退到楼梯栏杆边和墙边，眼睛看地，笔直立定，一动也不敢动。

因为是她，小姐。

可可·香奈儿，那个贱人。

她刚从街上进来，注意到眼前的景象后，她停顿了一下，抬起头，眯起眼看着布兰琪。只见香奈儿鼻翼一翕，鼻孔张得老大，眼神里流露出不加掩饰的鄙夷，打量着布兰琪身上那条鲜艳的斯奇培尔莉礼服——巨大的火烈鸟衬着亮绿色底的印花裙。

"你好，布兰琪。看来这段时间你没白过啊。"她的声音压得轻轻的，柔柔的。她从坤包里掏出一支烟，很不客气地杵到离她最近的侍应生面前，那人给她点火的时候手抖个不停。"你瘦了，亲爱的，也许很快就不用再穿垃圾货了，我的衣服你也穿得下了。"

香奈儿当然穿着她自己设计的服装：一件黑色的针织连衣裙，优雅地垂挂在身上。布兰琪瞬间就看中了。这个女人知道怎么做裙子，这点是肯定的。

"我也很高兴见到你，可可，亲爱的。"布兰琪笑眯眯地说。明知道这位设计师很讨厌别人叫她可可，而不是"小姐"。"看来你一点儿都没变，还是端着架子，屁股没有半两肉！"

两个女人像对手一样默默掂量了对方一番，点头致意。然后，可可登上台阶，往楼上走，还端着布兰琪说的那副古板僵硬、盛气凌人的架子，瘦身板挺得笔直，像一堵薄砖墙。

但她走到布兰琪身边时又停下来，离布兰琪的左脸只隔着几英寸喷出一口烟，轻轻地嘟哝了一声，就一个词，然后继续往上走，消失在楼上，但布兰琪呆住了，心里游移不定。没听错吧？可可刚才说的是那个吗？

其他人听到了吗？

没有；刚刚像被冰冻住的侍应生和清洁女工又活了过来，大家都笑了，有的哈哈大笑，有的咧着嘴冲着她乐，其中一个侍应生还抡起她的胳膊，仿佛她刚刚赢了场拳击赛。于是，她放松下来，暂时放松下来，尽可能地享受当下，尽管毛骨悚然，感觉自己像是被困在玻璃下的标本，因为她知道德国兵也在看着，听着。

但在这一刻，不要紧。

老天做证，女主人真的回来了。

第六章

克劳德

1924年

把她带进他的魔幻城堡……

"克劳德，如果你要把所有的时间都花在我的情敌身上，那我也要去。"结婚几个月后，她这样对他说。

"你什么意思？"克劳德紧张起来；他从他的小琪身上还了解到一点：他永远都猜不透他的小琪。

"我的意思是我也要去丽兹。那可是城里最精彩的秀，克劳德，各种戏码，各种攀高结贵的场面，还有时装表演。那地方是你的人生，我要参与，成为你人生的一部分，不，全部，也就是说，我要去那里，没工作的时候就待在那里。"

"真的？"她的意思是她要成天坐在他的小办公室里吗？他巡查的时候，跟着他一起去吗？

"是的，我要像你一样了解丽兹——我要搞清楚为什么你会这么爱它，为什么在你心里它的地位跟我一样。"

克劳德倒吸了一大口气，可还是笑了，因为说实话他很高兴，她对他热爱的东西也感兴趣，想要更多地融入他的世界，尽管他很内疚，他对她热爱的电影事业没什么兴趣可言。可他轻轻松松就释然了。毕竟，身为丈夫，他是家里名正言顺的顶梁柱，男人有事业，而女人只能搞点兴趣爱好。

克劳德也知道对于童话中的公主来说，没有哪个地方比丽兹更合适，这都说得通啊；如果不是为了把她安顿在丽兹，他当初又何必救她呢？

于是，他们这段年轻的婚姻步入了一个新的阶段。从某种意义上来说，算是"三人行"：丽兹、小琪、克劳德。

他会比她早出门。她已经暗示过他们应该搬到时尚些的地方，在那里租一套大一点的公寓，以"匹配你的身份"。她还在酣睡，他会在她额头上印个吻，然后出门乘地铁到卢浮宫站，再步行几个街区到旺多姆广场，但他总是会绕到康朋街那边，走员工专用通道，就为了看看货有没有送到——新鲜蔬菜、市场上买的鲜花、布草、鱼和肉。

一旦确认货都到齐了，他会走进客用电梯对面的小办公室，喝杯咖啡，吃个厨房刚烤出来的又酥又脆的黄油羊角面包，然后把当天的日程过一遍。每天都得为客人准备午宴和宴会，除了酒店里的住客，巴黎人也会选择这里，他们知道这是全巴黎最高雅的地方。世界大战摧毁了许许多多脆弱的王国，欧洲那些不上不下的贵族被连根拔起，像濒临灭绝的恐龙那样，四海漂泊，有很多人蹒跚着进了丽兹。

每天都有一位新落魄的公爵（夫人）或男爵（夫人）傲慢地在前台摇铃，执意要当年风光时入住的套房。这时候，克劳德就得出面，好言好语劝他（她）放弃这个离谱的念头，换别的房间，至少付得起房费，不用一大早偷偷摸摸地逃单溜走，同时还得对他们打躬作揖，恭维奉承，给足面子。

每天还有漂亮的美国姑娘和她们白手起家发财的爹妈来到丽兹追逐这些头衔，毕竟这里有很多单身的公爵和男爵。

这些爹妈本人——百货公司老板和金矿业主——是第一次来法国，住丽兹是因为"大家都说来巴黎就得住这里。对了，我叫乔治，你呢？"这种时候，克劳德会闭紧嘴巴，然后承认他们的确来对了地方，再摇铃叫人来带他们去曾经专属于公爵（夫人）的房间。克劳德当然很高兴这些美国人有大把大把的钱，他们到处撒钱，酒吧啊，餐厅啊，给小费豪气得让侍应生目瞪口呆，可他还是压不住心底的一丝痛，遗憾没赶上丽兹最辉煌的时候。那时候，恺撒·里兹还活着（克劳德每天都会对着他那幅挂在正厅的巨幅肖像默默祈祷）；那时候，有爱德华七世、罗曼诺夫和哈布斯堡家族这样的贵客，他们还大权在握，还是显赫的王族，彼时的丽兹一定如同大使馆一般，满眼都是勋章、头冠和金穗带。

但留恋过去并没有什么好处，尤其是这"过去"并不属于你。克劳德很喜欢如今这个越来越由自己说了算的丽兹，他很少有下班的时候，夜里也大都在岗。

有天晚上，他们的电话又响了，电话那头是塔利兰-佩里戈德公爵夫人性感的声音，要找"丽兹的克劳德先生"。"克劳德，大多数半夜叫你过去的都是婆娘，这你是清楚的吧？"布兰琪说。

公爵夫人在巴黎物色府邸的这段时间里就住在丽兹一个很昂贵的套房里。有一天，她在旺多姆广场遛了一圈她的那只贵宾犬，回来后上气不接下气地对他说："克劳德，我有预感。"她睫毛颤动，呼吸急促，好像有鬼在追她似的，胸部极度诱人地上下起伏。

"怎么了，夫人？"

"我就知道，我就知道我会被人谋杀，死在酒店里！"她的身体在颤抖，乳房也在颤抖。

"哦，夫人，不会的！你一定是弄错了吧？"

"不，克劳德——如果我没弄错呢？"

从那一刻起，她就经常召他去她房间查看是否有人闯入，要他保证她是安全的，现在又把电话打到家里来了。

"克劳德，你必须马上过来。你必须救我——我害怕极了！"

克劳德自然是穿衣服准备去酒店，虽然此时已过子夜。

"我必须得去，她是我们最重要的客人，我得留住她，这是我的职责。"他一边解释，一边系鞋带。在此之前，他还洗了脸，刷了牙，换了块干净的手帕，在手帕上喷了点古龙水。

"当然。"布兰琪平静得让人心里发毛——通情达理得让人不安。当克劳德在街上健步如飞时，心里七上八下：这次布兰琪怎么没在他离开的时候向他扔花瓶和鞋子？

第二天，他找到了答案。

"克劳德，我一直在想……"布兰琪说这话的时候，他们正在酒店的厨房里吃中饭。厨房采光不好，通风也不好，毕竟是在地下，但因为有不锈钢、亮白的瓷砖、温热的铜锅和碗、挺括的白色厨师帽和围裙，还有烤面包的香味交织着香料的辛辣，橄榄油煎大蒜的气味和颓废的酥皮糕点的香草味竞相弥漫在空气中，这一切营造出一种令人愉悦的气氛。

"你在想什么，布兰琪？"克劳德招手叫人再给他倒一杯咖啡；陪公爵夫人又熬了一夜，对于她这种持续不断施放的魅力他不确定自己还能礼貌地克制多久。

"我一直在想你夜里加班的事，那么频繁。"布兰琪审视着他，他一脸无辜地迎接她刺探的目光。"我们应该在这儿弄两间房，你不觉得吗？这样的话，你就可以照顾你那些重要的客人，也不用跑来跑去。而且，你还不用担心留我一个人在公寓里，深更半夜的。"

克劳德差点脱口说他并不担心她一个人在家，因为他已经发现她并非他当初以为的那个落难少女——老实说，他更担心的是那个倒霉的毛贼，因为他现在已经很清楚，布兰琪的右勾拳厉害得很——但他觉得说出来对他没好处，绝对没好处。

"我不知道，布兰琪……"

"问问里兹夫人，跟她说这样你就可以更及时地履行你的职责。"

"我会问的。"克劳德答应了，因为他已经很熟悉她的执拗劲，他知道布兰琪一旦认准了一件事，是不会轻易放弃的。

克劳德真的去问了。里兹夫人一边用银叉给她的一只布鲁塞尔狮鹫喂一小块肝（丽兹的主厨刚刚剁的），一边目光犀利地看着他。

"克劳德，你的表现很出色，我很感谢你为雷伊先生所做的一切，你在他生病期间承担了他的许多工作。我会给你在康朋街那边留两间房。这样你妻子会满意吗?"

"夫人，这跟我妻子满不满意没关系，"克劳德生硬地回答，"我妻子听我的，我叫她满意，她就会满意。"

里兹夫人笑了，一副看穿了他的样子，什么也没有说。当克劳德转身离开时，他觉得有时候女人真是烦人，不讨喜。

但只是有时候。

布兰琪兴奋得不得了。这两个相邻的房间被他们改造成了一个套房，添了些从阁楼的贮藏间里搬过来的家具和小地毯。房间朝向狭窄的康朋街。平时可以从那个狭小的大堂走楼梯上来；大堂一边是酒吧，另一边是女士沙龙。她把自己的很多衣服和几幅画搬了过来，很快就好像这里才是他们的常居地，而不是自己的公寓。她真聪明，克劳德心想。他虽然懊悔，但又不得不佩服。

这么一来，她就不必再学做饭了。

在丽兹，布兰琪有她最喜欢待的地方：富丽堂皇的廊厅里有一张沙发的视角很棒，可以清楚地看到楼梯那边的盛况。每一天，每一小时，都会上演一场时装秀：王室成员、电影明星和阔太太从上面走下来，华冠丽服，珠光宝气，竞相争艳。说白了，住在丽兹的意义可不只是奢侈的享受，还有机会让人看到，让人谈论，被聚集在门外旺多姆广场上的那些只报道富人名人的新入行的记者拍到。

布兰琪在女士沙龙有一个专座，她在这里跟一些不太受重视的贵妇打桥牌，听到一些对她的几个穷朋友有用的内部消息。比如说，俄亥俄州来的某位老夫人需要女仆，或者哪个背井离乡的公爵夫人要找一个旅伴——机会来了！她以前的一些电影圈的朋友现在有了靠谱的工作。

布兰琪甚至还会每星期一次和里兹夫人一起坐下来喝喝茶。里兹夫人喜欢听她讲八卦，欣赏她的风趣幽默。克劳德自己也开始欣赏她所付出的努力；妻子已经成了他事业上的"贵人"。通过打桥牌，通过结识越来越多的朋友（贫富不拘），她为丽兹拉了很多新生意，比如说，说服人家还是像战前那样在这里搞派对，别在家里搞。她甚至和那位生性羞怯的美国豪门继承人芭芭拉·赫顿成了好友；要不是布兰琪热情随和的陪伴，她也不会把丽兹的皇室套房当成自己在巴黎的官邸。

事实上，妻子对他的助益越来越大，克劳德甚至可以偷闲稍微放松一下。他的这段婚姻可能在很多方面跟他朋友的婚姻不同。很多男人早上出门，离开妻子，晚上才回家；而布兰琪和克劳德几乎从早到晚都在一起。迄今为止，他们私下里聊的一直都是丽兹、员工、客人，从来没有聊过孩子。但是，克劳德确信，在某一方面，在很重要、很"法国"的某一方面，他和布兰琪的婚姻一定会步他父母和朋友们的后尘。

然而，他惊讶地发现法国人和美国人对这事的看法大相径庭。

而且，他的美国新娘也不怕让他知道，她对于这些差异有什么样的感想。

第七章

布兰琪

1941年春

莉莉在哪里？

德军入侵，兵荒马乱，搞得这么多人失踪：给布兰琪做头发的那个女人，布兰琪老去买蕾丝的那家店的小老太太（她的店前都是猫），住在丽兹隔壁那幢大房子里的一家人。侍应生，女仆，厨师。这边少了个小店老板，那边少了个香料商。她在街上游荡，屡屡看到破损的店面，碎玻璃就积在人行道上，这样的店面数目之多，令她无法忽视。窗台上的花盆箱里是枯死的花儿，没人浇水。没人照料——丽兹以外的巴黎有这么多地方开始呈现出没人照料的样子。以前，她总是叹服就连最小的巷子院子也打理得仿佛要迎接国王大驾；花儿总是盛开的，有人修剪，有人浇灌；没有垃圾，没有尘土，栏杆漆黑发亮，鹅卵石路面冲洗得会发光。

如今，这座城市弥漫着一种凄切的等待气氛，尤其是在那些小巷子和小院子里。布兰琪仔细看下来，她觉得至少少了一半的人。

不，不是少了。失踪的人口被"四季豆"顶上了：汉斯啊，弗里茨啊，克劳斯啊。他们顶替了那些消失的人。可他们好像并没有意识到他们肥硕的大屁股占着咖啡馆里别人的椅子、游船上别人的座位、餐厅里别人的桌子，包括丽兹的餐厅。

巴黎沦陷后的头几个星期过得很快；这是条陡得要命的学习曲线。刚开始，巴黎人瞎摸乱撞，像初生的动物，眨巴着眼睛疑惑地看着这个陌生的新世界，他们是被硬推进来的。后来，他们学乖了，懂得不能主动和德国人对视，但当德国人看他们的时候，得回应一个谨慎的微笑；他们也懂得了德国人不和他们说话就不能开口；他们懂得了看到德国兵得意地把断供（除非你碰巧住在丽兹）的稀缺物资统买走，而普通市民为了一小块面包还得排很长的队，这时候不能怔住，不能挂下脸来。

哦，如果她眯着眼看，表面上，在丽兹的生活还是跟以往差不多：还是奢侈浮华，还是彬彬有礼，还是充斥着无聊的——和不那么无聊的——八卦。可是事实上一切都变了。是的，布兰琪看的早报还是放在一个银盘上和一支插在花瓶里的玫瑰一起送上来的，还是熨好折好，边角锋利得能把她割伤，但这报纸已经成了德国人的宣传品，只不过伪装成新闻的形式，标题吹嘘的是德军在南非打了胜仗，插图是喜气洋洋的希特勒，偶尔还有他在阿尔卑斯山城堡里的照片，那架势仿佛是在给时尚杂志拗造型。不光这样，还把他最喜欢的制作果馅奶酪卷的食谱也登出来造福大众。

鲜花在丽兹还是随处可见，没错——眼下，似乎只有粪肥和泥土没有被德军征用——但那些花瓣繁茂、茎干沾着露水的鲜花，无法遮挡插在花丛中的纳粹旗帜。一直在丽兹某处演奏的柔和的室内乐，无法掩盖德国人刺耳的嗓音。

然而，酒吧，啊，酒吧，它是丽兹的心脏，一直都是，弗兰克·迈耶是它的主动脉。

1923年，克劳德把布兰琪——他羞答答的未婚妻——介绍给新同事，最初见到的那几个人里就有弗兰克。他们订婚的同时，克劳德也得到了他梦寐以求的工作：巴黎丽兹酒店的总经理。当时，克劳德春风得意地把她带到这里——尽管坦率地说，她不确定，她从来都没百分百确定，他究竟在得意什么：他的准新娘，还是这家酒店？而当时，弗兰克就在那里，他总是在那里，他应该在的地方：在抛光乌木吧台后面，大爪子抓着一个调酒壶。

论模样，弗兰克·迈耶就像个码头工人：粗线条的五官，粗壮的胳膊，粗短的脖子。他头发上总是抹很多发油，精准中分。他在吧台后面调制各种令人上头的鸡尾酒，看起来很自在；在吧台外也一样自在，他像老朋友一样招呼最喜欢的客人，甚至还帮他们主动搬行李送进房间。

但布兰琪知道弗兰克这么殷勤的真实原因：这家伙在外面开了个赌场。从爱嚼舌头的人和酒鬼那里收赌注可比其他途径要容易得多了。

克劳德介绍他们认识。"这么说你们已经订婚了。"弗兰克喉音很重，他一边说着，一边礼节性地贴了一下她的脸，"恭喜！我能给你倒杯香槟吗？"

"那还用问吗？"布兰琪说完就往酒吧里走，被克劳德和弗兰克给拉了出来。

"你不能进去，小琪。"克劳德严肃地摇摇头。

"为什么不能？"她笑眯眯地问。肯定是在开玩笑吧？因为丽兹从她踏进门的那刻起就在引诱她。

不只是她，谁都一样。它如丝缎摩挲般爱抚着你，在你耳边呢喃，轻呼你的名字；它向你展示各种你想象不到的奇珍异宝——墙上的挂毯应该收进艺术博物馆里——它引诱你相信即使口袋里一个子儿都没有，跟在厅堂里轻扬着命好运通的翅膀翩跹而过的男爵、公爵夫人、电影明星和富家女接触一下就能使你也变得不凡。但那天，当她听到女人不能进酒吧时，这种魔力就淡化了。

"什么意思？"布兰琪问。她，这个刚刚获得解放的纽约女郎，以前把长筒袜一卷，把杜松子酒瓶往吊袜带里一塞，就去敲地下酒吧的门。全曼哈顿没有一家地下酒吧是不让女人进的。毕竟，她们刚获得了投票权啊！

但是在1923年的巴黎，女人们没这个权利；布兰琪马上就会发现这一点。在1923年的巴黎，已婚女人不能开设银行账户，必须把自己的钱统统交给丈夫。在1923年的巴黎，女人——不论婚否——都不可以踏进丽兹的酒吧。

"就是这规矩。"她的未婚夫耸了耸肩，这个动作她会越来越熟悉，"一直以来都是这样。女士就该待在沙龙里，弗兰克会很乐意给你送一杯香槟过去的。是吗，弗兰克？"

弗兰克警觉的目光穿透脂粉的面具，审视着她的脸，他点点头。

那一天，因为，就只是因为，布兰琪急于融入这个圈子，要为她身披闪亮铠甲的法国骑士当个贤妻，而且他马上就要在这里工作了，于是她乖乖地由着他把她带进了闷热狭小的女士沙龙。里面坐着些中年妇女，带的狗在一旁汪汪乱叫，她们小口小口地抿着茶，最烈的玩意儿也不过就是一杯香槟（杯子里还插着一朵新鲜的玫瑰）。这些女人七嘴八舌地聊着最新的时装：我爱死薇欧奈了，但是你有没有看到过这条街上那个年轻的香奈儿小姐出的新款？绝了，真的绝了！

她不耐烦地等着她的香槟酒（其实她想要的是马提尼），碰巧无意间听到了在她旁边坐下来的两个大块头女人的谈话内容。她们穿着紧身的双绉连衣裙，毛皮一直裹到眉毛，脚上却套着非常单调、非常实用的黑色系带鞋。她们用德语聊了起来；这是布兰琪童年时代的语言。

"我真的很喜欢丽兹。"其中一个边说边开始脱手套，"每次来巴黎我都住这里。"

"对，我也是。"另一个说。她显然情愿戴着手套，直接伸手从坤包里掏出一小盒巧克力；她拿了一块，然后让她朋友自己选。

"这里当然不接待犹太人。"脱了手套的女人说完这话，张嘴咬她的那块巧克力，动作可不太优雅。

"我觉得这里连招员工都不会招犹太人。"戴着手套的女人附和她，"就算是，也肯定看不太出来是闪米特人①。"看到白色的小山羊皮手套上都是巧克力渍，布兰琪心里很爽。

"让人安心，感觉安全一点，更自在一点。"

"丽兹就是这样，让人感觉自在，像在家里一样，甚至比在家里还舒服，我家的浴室里可没有金龙头。"

"德国谁家有啊？战争把我们搞得倾家荡产。"

然后，两个人聊起了战后经济、新成立的"民族主义党"，还说到了一个叫希特勒的家伙，那人好像当时正在坐牢；但布兰琪没兴趣。

她突然间抬起头；弗兰克·迈耶就站在旁边，银色的托盘上放着一杯香槟，大脸庞表情严肃。布兰琪猜他听到了这两个女人的对话。显然，弗兰克也会说德语。

他们对视了好一会儿。弗兰克把酒杯递给布兰琪。"小姐，

---

①闪米特人（拉丁文：samium）这个词语是由德国人冯施洛泽（August Ludwig von Schlözer）于1781年提出的，用来指代民族语属亚非语系和闪米特语族人群，其灵感来自《圣经》诺亚的长子Shem（闪）。——编者注

有什么需要，尽管开口。不管什么事。"他语气柔和，充满关切；她难以相信这是从一个看起来这么粗暴的男人嘴里说出来的。

没过多久，她真的开口了。

这就是弗兰克和布兰琪之间的交情。后来他还积极配合她为女性争取进酒吧的权利——那可费劲了，要不是碰上大萧条，老板娘里兹夫人才不会放弃底线呢。可面对空房间和空吧凳，她也实在没别的法子，只得让布兰琪和她那些想喝一杯的姐妹进来。弗兰克跟布兰琪在酒吧结识的所有新伙伴——欧内斯特·海明威（他还是个穷光蛋，跟着斯科特·菲茨杰拉德混吃混喝时，她就认识他了）、科尔·波特①（他那明亮的小眼睛像光滑的玛瑙一样闪闪发光）、巴勃罗·毕加索（他画如其人，谈吐和笑声很豪爽，与众不同）——一起庆祝。她是丽兹酒吧的女主人，从那时起这宝座就一直是她的。

布兰琪有专属于她的小桌子，就对着门，她可以第一时间看到有哪位名人进来。每天，弗兰克都会在小花瓶里插一朵新鲜的玫瑰；除此之外，还有一张边框精美的卡片，上面有手写的"奥泽洛夫人专座"，字很漂亮（当然，丽兹有专职手写员，他的工作内容只有一项，就是给私房酒席写桌卡）。在这个酒吧里，各种小道消息，布兰琪都能听到。现在也还是这样，尽管坐在桌边大笑、面前摆了一排马提尼的海明威不见了（他在德军入侵后就

①科尔·波特（Cole Porter）是美国著名男音乐家，百老汇音乐巨星。——编者注

不见了），来了个赫尔曼·戈林①。从座位上跌下去的菲茨杰拉德不见了（他酒量不好，还总是要和海明威斗酒），如今是斯巴茨那小子，这个德国杂种在战前就常来丽兹，他还是跟以前一样讨人喜欢，但布兰琪对他讲的笑话不再像以前笑得那么起劲，她察觉到了隐藏在幽默里的恶意，开始躲他的手，他总是喜欢动手动脚，摸摸肩膀，摸摸手肘。交头接耳讨论哪个客人付不起账单的毕加索和波特也不见了，如今在这里逗留的是一个个穿军装的汉斯和弗里茨，喝着"蜜蜂的膝盖"或"新加坡司令"②，吃吃傻笑。姿态撩人地倚在那里的嘉宝和黛德丽不见了（虽然克劳德不准她俩在这里穿她们那著名的长裤），取而代之的是鼻子尖尖的香奈儿和上庭饱满贵气、颧骨棱角分明的阿莱缇③。她们跟斯巴茨和他的朋友们一起喝酒。除了喝酒，还干些别的勾当，如果你相信那些流言蜚语的话。

八卦，你要问布兰琪的话，她会说这是丽兹的主要贸易。德国人入侵以后，八卦的风气反而愈演愈烈。他们说戈林穿女装，据说他尤其钟爱鹳毛，他每小时都会召可怜的侍应生去他房间陪他跳舞。他绝大多数时间都兴奋得很（吗啡的作用）。他还不得不让人安了一个特别的浴缸，容纳他那庞大的身躯。这事她是直

---

①赫尔曼·戈林（Hermann Göring）是德意志第三帝国的一位政军领袖，在纳粹党内有相当大的影响力。——译者注

②新加坡司令（Singapore Sling）是一款著名的鸡尾酒，是华侨严崇文担任新加坡莱佛士酒店酒保时调配的。——编者注

③阿莱缇（Arletty）是当时著名的法国女演员。——编者注

接从克劳德那里听到的（因为她和其他所有不穿制服的人——既不是第三帝国的，也不是丽兹的——都被武装警卫禁足在康朋街这一边），所以应该是真的，因为她的克劳德——哎呀，这个自负的宝贝——从来不传八卦。

还有另一种八卦，现在空气中简直噼噼啪啪地一直在爆秘密，秘密，秘密。弗兰克就在他的岗位坐镇。他接过一片折得整整齐齐的餐巾，用大手掌盖住，飞快地滑过吧台，塞进口袋。几分钟后，他去外面抽烟，也许有人会决定跟过去。

丽兹的很多（难登大雅之堂的）服务是由弗兰克提供的。你要找医生堕胎吗？要找人勒索吗？要非法枪支吗？要伪造文书吗？

弗兰克·迈耶能办到。他还会守口如瓶，客人只需稍稍打赏一下即可，他收到这些小笔的外快后，便会把它们存进瑞士银行的账户。但他不知道布兰琪知道这事。

所以今天，她走过去，从那些德国人身边经过——他们有的在站岗，有的在点香槟，还有的拍着身旁的座位在大声叫她的名字——她心里很清楚该找谁去打听莉莉的事。布兰琪过去也向弗兰克求助过，她无法向克劳德开口的事。弗兰克总是有求必应。所以再帮一次又何妨？朋友之间嘛。

至于夫妻之间，各有各的秘密，从来没捅破过，刚开始做夫妻时，各自的秘密多了去了，现在再多一个也不嫌多。

第八章

克劳德

1927年

那时，他们还在享受婚姻的幸福……

她不见了。

她的衣柜空了；帕西那间公寓里也一样。这套公寓是她执意要搬进去的，因为她嫌弃他的那套单身公寓。他依了她；他为了他忘恩负义的妻子做了那么多！她要超出他经济能力的公寓，"和他身份地位匹配"的名牌服装，丽兹的房间。要这个，要那个，她似乎只知道向他索取。事实证明，娶一个刚过来的外国女人——没什么朋友，家人不在身边，语言又不通——需要投入的精力远远超过克劳德的预期。毕竟，维持婚姻，照顾家人，嘘寒问暖，做饭打扫，这不都是妻子该做的吗？

可现在说这些还有什么意义？跟个孩子似的，还是个被宠坏的、任性的孩子，布兰琪跑了。就为了这么点事？

他应该想到的；说实话，开口前他就有点担心。克劳德见识过美国人在这方面表现得多可笑——想想战争期间休假的士兵那副愧疚的模样，想想那些商人用假名入住克拉里奇酒店。

美国人！为什么他们对性那么保守？性不过是一种身体行为，一种必要的行为，尤其是这几年。当然，他就是这样来跟她解释的。

"宝贝儿。"有一天晚上，在享受了一小时的激情后，克劳德开始了。他觉得这是个合适的时机，她可以从一个女人的角度来理解，无论是生理上，还是心理上。因为克劳德自认为是个大方的爱人，而这一点布兰琪倒像是没什么异议。

"嗯，克劳德?"

"过去这些年，说实在的，是一百五十年，法国一直在经历战争。从某种意义上来说，我们是在集体自杀。四处看看，你在巴黎还能看到多少年轻的法国男人?"

"没多少。见鬼，克劳德，枕头边挑这种话来说，你的想法可真古怪。"她坐起来，披上一件薄薄的晨衣，开始梳理缠绕的金头。

克劳德看了一会儿。他确实喜欢看女人梳头发，这也是他不喜欢那些齐短发的原因。

"布兰琪，我们刚做过爱——你不觉得这是人生必不可少的一部分吗?"

她冲着他咧嘴一笑，放下梳子，理理晨衣，扑通一声蹦回床上，露出的半个胸，起伏之状，极度诱惑。"这才对嘛。"

"所以，你也认同——一个女人，床上没有男人，就不完整?"

"嗯……"她开始在他胸口蹭，轻轻地啃他，克劳德好不容易才把持住，继续说下去，他必须得说下去。

"所以你能理解，"克劳德轻轻地推开她，他得让她听清楚他接下来要说的话，这容不得半点含糊，"你能理解吧，以后每星期四我都会去别的地方过夜。"

"我——什么?"她用大拇指搓搓前额，这个动作令她看起来天真得叫人心碎，克劳德咽了下口水，才能继续说下去。

"以后每星期四，我都会去别处过夜;这个时间，我会跟——她在一起。"

"她?"

"我的情人。"

"你的情人?"

"是的，只是星期四晚上，这样安排比较合理，但我不想让你担心，不想让你来找我。嗯，我来热一点昨晚的鱼汤好吗? 饿死我了。"他伸手去拿长裤，因为很冷。

当他弯腰提裤子时，被她从后面一推，狼狈地栽倒在地板上。他转过身;布兰琪站在床上，两眼冒火。

"布兰琪! 你干吗?"

"你的情人? 你有情人? 混蛋! 我们刚刚做完爱，还在床上，你就告诉我你有别的女人?"

"嘘！布兰琪，轻点。"

"我不！"

"布兰琪，冷静，克制一下你自己，否则我就不跟你说了。"

"克制我自己?"但她的确压低了声音。

"是的，来，坐下。"克劳德坐到床上，挤出一个迷人的微笑，拍拍旁边；她瞪了他一眼，跳下床，在窗边的小椅子上坐下来，只挨着椅子边，像一只鸟，一只奇异的野鸟，眼看着就要飞走的样子。

"首先，我是你的丈夫。我尊重你。"

"你在外头养了个小娼妇，还有脸说这话?"

"小——什么? 这词我不懂。"

"妓女。"

"情妇，不是妓女。如果我想找妓女，我也可以找。但明明可以免费得到的东西，我为什么要花钱去买呢? 我不会做那种事来羞辱你的。"

她张开嘴，摇摇头。"我不知道你说的是什么鬼话。"

"情人不是妓女，布兰琪。这个词你们美国人可能串着用，但它不是——"

"噢，闭嘴，你还有脸说教，你……你……你知不知道我可以为这个跟你离婚?"

"什么?"这回一脸困惑的是克劳德，"首先，只有美国人会离婚，我们法国这里不会——不兴这个，没有必要。我们这里夫妻之间对这种事包容得多，亲爱的。所以就连动这个念头都是荒唐的——我不理解。"

"因为你对我不忠！"

"不，不。"克劳德差一点大笑起来，但及时发现了她眼里的熊熊怒火，"不，不是那样的。你们美国人会那么想，但你们弄错了。我只是每星期去见那女人一次，而且还告诉了你，这怎么是不忠？我不爱她，我爱你。我娶的不是她，而是你——你随了我的姓，同我分享财产的人是你，你是我的人生伴侣。她……她只是……只是……"他又在搜肠刮肚找合适的说法。但英语真不是这次谈话的正确语言。

"姘头？"

克劳德大吃一惊。"布兰琪，这话太粗俗了。"他的仙女公主竟然说出码头工人的粗话，他很痛心，也很失望。

"我粗俗？你搞笑吧！克劳德·奥泽洛，我是不是该提醒你当初我嫁给你的时候我做了什么？"

克劳德的脸抽搐了一下；这是她第一次提起这事，她曾经做过的事。这与克劳德无关，他也从未要求她那样做，虽然他得承认，他内心是有点欣慰的，甚至还不止一点，程度超乎预想，但他们说好了，再也不要提起这事，忘了它，对大家都好。

"这太荒唐了。我好心好意通知你星期四我会在哪里过夜，你却像个被宠坏的小孩一样。布兰琪，这太不像话了，你不该这样，我们不该这样——妈的!"克劳德眼冒金星，感觉血从额头往下流。

因为布兰琪刚刚朝他扔了一个花瓶，正在拿另一个。

"住手!"

"你去死吧! 你去死，克劳德·奥泽洛!"第二个花瓶没砸中他，在墙上炸开了花。他扬起胳膊挡住脸，她开始找其他东西。他跑出房间，紧紧地拉着门。她狠狠地捶门，一边捶一边骂。这是他有生以来听过的最别出心裁的骂人话，他不得不佩服她的创意——"虚伪的混账青蛙佬"，"脚踏两条船、没蛋的混蛋"，"骗子，没出息的可怜淫虫"。

突然间，砸门声停了，痛骂声也停了；没声音了，静得他心里发毛。

"布兰琪，我——"克劳德小心翼翼地把着门，推开一条缝，等了一会儿，见还是很安静，便把门开大了些。布兰琪就站在那里，看上去很平静，笑眯眯的，突然间，她身体微微往后一拉，拳头随即冲着他鼻子抡过来。

他两天没回公寓，暗暗祈祷她在这种心理状态下千万别来丽兹——自己妻子闯进门厅，嚷嚷着他是"脚踏两条船、没蛋的混蛋"，这对他的事业可没什么好处。玛丽-路易丝·里兹不会容忍这样的事。

克劳德为自己辩解说给她点时间，让她吸取教训，冷静下来，这有好处。他多少有点自责；他又一次低估了美国人和法国人之间的差别。法国人理解，偶尔去别处溜达一下——好比度假一样——对婚姻是有益的。真的就只是这么回事；时不时发掘一下别的肉体，从中寻找一些快感。感情上不依恋，身体上获得充分的满足，能让人放松，这对于作为一家之主的忙碌的男人来说是很重要的。多年来，他自己的母亲一直都知道他父亲的那些情人；她跟所有通情达理的法国女人一样，只要求丈夫别放到台面上显摆，别把她们带到孩子面前，别让她们占用过多的时间、精力、金钱（尤其重要）。如果她有什么风流韵事，真是难以想象，但也说不定，要真的有，当然也没人知道。

克劳德觉得布兰琪会学着理解的，她很聪明。事实证明，她很善于理解（甚至接纳）其他的法国文化。克劳德觉得只要分开几天，她就能理性些看待问题。

然而，第二天晚上，他回到公寓，却发现她的衣橱都空了。他慌了，做了件不可思议的事——遣丽兹的信童去找帕尔，信童带话回来叫他去她公寓。

克劳德曾央求布兰琪不要再和这个女人来往。帕尔在法国电影圈没闯出什么名堂，演艺事业不见起色，她还沦落到让低俗的夜总会用自己的名字来招揽生意的地步，她在这些夜总会里抛头露面，跟身上只搭着一块兜裆布的年轻男人生硬地模仿她那些有点知名度的电影场景；可近来，连这份工作也没了。

有一天晚上，在别的地方灌下太多瓶香槟之后，她来丽兹找布兰琪，硬要闯进酒吧里去，那地方她自然是不能进的。布兰琪一个劲地拦她，可那天晚上帕尔死活不肯罢休。她那件陈旧的毛披肩污渍斑斑，长筒袜破得不成样，脸上的妆被刷出了一道道泪痕。见她那样，布兰琪哭了，但克劳德只看到帕尔自作自受的狼狈样。布兰琪跟他说过帕尔几乎把所有的家当都拿去典当了，只能靠眼下还能钓上的男人施舍，勉强糊口。布兰琪从中看到的是勇气。

克劳德看到的是耻辱。

那天晚上，就连布兰琪都被帕尔的举动惊呆了；她居然抢起伞打了弗兰克·迈耶。最后，布兰琪连哄带劝把她带出酒店，送上了出租车。自那以后，克劳德再也没见过她。

但他还是大老远跑到了第二十区一个破旧的街区。这里的楼窄窄的，被分隔成了一间间格子公寓。这地方啥都没有——咖啡馆少之又少，餐厅更是一家都找不到，商店稀稀落落隔得很远，部分街灯已经烧坏。这地方让人不想逗留，更别说是住下来了。

帕尔有一间阁楼公寓，所以他爬了六段楼梯。每迈一步，他都希望布兰琪会在最上面等着他。

然而，她没在；帕尔在。她披着块污渍斑斑的披肩，原本毛茸茸的裘皮如今大片"斑秃"，露出的底子磨得油亮。金黄色的头发夹了几缕白发。她没化妆，反而令皱纹没那么显眼。嘴上没有艳俗的口红，淡淡的肉粉色反而动人。她比克劳德第一次见到她的时候漂亮多了；有些女人确实会因痛苦和磨难变美。他现在发现帕尔也是这样的女人。

"嗨，克劳德。"她退到一边，让他进门。他扫了一眼，布兰琪不在。

"她在哪里？我的小琪去哪儿啦？"

"她走了。"

"什么意思？"

"走了，消失了，跑了。"

"离开我们的公寓？"

"离开法国。"

"不。"克劳德感到两腿发软；他得坐下来。没等他在房间里仅有的一把扶手椅上坐下来，帕尔抢先把搭在上面的一件破晨衣抽走了。

"没错。白痴，你以为她会怎么做？"

"我以为……我以为……她是我妻子！她怎么能这样对我？"

"噢，克劳德。"帕尔大笑起来，沙哑的笑声随后成了剧烈的咳嗽，咳了好久都停不下来，他慌了，走到水池边（厨房、客厅、卧室都连在一起），找到一个脏兮兮的果酱瓶，看样子是用来当杯子的，他在那瓶子里接满了水。

她嘶声说了声"谢谢"，喝完水，又笑起来。"你们这些男人！她怎么能这样对我？那她呢，克劳德？你怎么能这样对她？你到现在还不了解她吗？她就是个小女孩，克劳德。她不像你我这么世故。你别看她在人前表现得那么自信优雅，别看她说话那么粗俗——那婆娘有时候骂起人来像个水手——她内心其实是个单纯的小女生。看起来好像不是那么回事，那都是她装的，像模像样，但还是装出来的。她相信爱，相信善，据我所知，她或许到现在还相信有圣诞老人。问题是她也相信你，你这个愚蠢的混蛋。"

"但我爱她——这个她肯定知道。除了她，我谁都不爱！"

"可你有小三啊，你还告诉了她——我的天，你个蠢货，如果你不是非要那么诚实，或许可以瞒过去。"

这点，克劳德没想过。隐瞒自己有情人？女人——对，是个漂亮的女人，低调谨慎的女人——但也只是个女人，不是妻子。他笃定地认为自己把这事告诉布兰琪很有君子之风。美国人又一个让人抓狂的点！他要是没有告诉她——要是骗了她——现在应该还和她在一起，这一夜可以在丽兹过得很惬意。可他诚实待她，反而失去了她。

这怎么可能？

"她去哪儿了？"

不知怎的，他觉得帕尔是站在他这边的——他知道自己不配，但还是很感激。

"伦敦。"

"伦敦？"

"嘉理在那里。"帕尔加了一句，语气很轻柔。

"不！"一股义愤把他从椅子上弹起来，脑袋砰的一下撞在倾斜的天花板上，"不能回去找那个男人——他不爱她，他不尊重她。"

"这点你知道，我也知道，可布兰琪——她不知道。嘉理怎么待她，你怎么待她，她看不出太大区别。"

"可明明是天壤之别啊。我娶了她！"

"为什么？我一直很好奇。别说爱了，你喜欢她吗？因为我总是觉得她不是你中意的类型。你需要她吗？"

"我……嗯……"克劳德不得不坐下来，接过帕尔手上的杯子。这个问题他从来没问过自己；他认识的男人也没一个问过自己这样的问题。女人是必需的，但那跟表示需要女人不是一回事。至于说喜欢妻子——

他想起了布兰琪令他意外的那些点，在遇到她之前，他从不觉得自己会渴望的那些特质——戏剧性、神秘、刺激，脑子活络，遇事好刨根究底，老在后面逼着他，而不是默默顺从。

"我需要她，对，"克劳德说得很慢，"我需要她，如果没有她，我的生活会变得很——无聊。我无法想象另外换个女人，换个妻子，我该怎么过。"

"那就去把她追回来，克劳德，把你的妻子找回来。"

"我不能。"克劳德拿起他的帽子，丧气得无法再待下去，但又太骄傲，不肯放下身段追到英吉利海峡对岸去。"如果她看不到区别——如果她不明白我需要她，不明白她才是我的妻子，不明白我把她从那个男人手里解救出来就是为了要给她名分——那我就不能强迫她。我不会强迫她。我没资格。"

"那你就会失去她。"帕尔摇摇头，出乎意料地亲了一下他的脸颊。他又一次察觉到她是同情他的，虽然似乎不太可能。

"这我也不信。"克劳德能感觉到自己热泪盈眶——被她的善意感动了。也许一直以来，他太武断了，对她的看法不够客观。"小心点，别惹上麻烦，帕尔，布兰琪很担心你。"

"布兰琪谁都担心——你知道那疯丫头做了什么吗？她把首饰当了，让我付房租。"

"真的？"克劳德的眼泪又涌了出来；他惊呆了。他一直以为女人跟女人是天敌，她们争抢衣服首饰，争抢风头，争抢男人。没想到她们竟然可以这么无私，这么仗义。这又是一个新发现。这一天真是意外连连，他突然很想喝一大杯波特酒，找个朋友好好聊一聊。

可是，布兰琪不就是那个朋友吗？——这又是一个让他惊讶的发现。他意识到婚后这短短几年，他从来没有像在遇到她之前那样，跟朋友或同事一块喝过酒。现在，他遇到难事，或者这一天不太顺，或者只是想嘲笑一下同胞，他都会找布兰琪。

"她在伦敦住哪里？"克劳德问这话的时候，帕尔还没来得及在他身后把门关上。

"你觉得呢？"她又大笑起来。

"啊。"克劳德也呵呵笑了几声，虽然心里乱得很。"还能在哪里！"他把口袋里的钱一股脑塞到她手里，跟她道了声晚安，她把钞票往胸口一塞，微微一笑——有点像他在克拉里奇酒店大堂第一次看到的那个笑容，他就在那时候遇到了那个他知道必须解救的美丽的姑娘。

克劳德也露出了笑容，因为毕竟还有希望——即便布兰琪能离开他，也还有一样东西是她钟爱的，无法割舍。

丽兹。

第九章

布兰琪

1941年春

在丽兹，纳粹也好，平民也好，过得还是跟以前没什么两样，他们打扮，喝酒，说长道短；到了晚上，往干净的床上一躺，安安稳稳地睡上一觉。床单枕套也许已经有点磨损，但丽兹的裁缝手巧，修补得几乎看不出来。可布兰琪透过酒店闪亮的玻璃窗望出去，一户户人家被逐出家门的场面触目惊心。现在有了新的法律，维希政府颁布的法令，实际上是柏林授意的：巴黎所有的犹太人都必须登记。他们不得再从事法律、医疗、教学等工作，甚至连开店也不行。他们的住宅被强行征用，连同家里的珍宝、雕塑、画作和地毯，这些物件都整整齐齐地打包好，收进空荡荡的商店里，由纳粹的书记员和管理员一笔笔记录存档；一大家子全被赶出门，流落街头。

这些人家有不少她认识，是丽兹酒吧或餐厅的老主顾，尽管丽兹一直低调地（这是克劳德的说法）对犹太人实施没有挑明的

"额度"。("布兰琪，我们必须始终确保我们的客人舒服。罗斯柴尔德家族①在这里非常受欢迎；事实上，他们是丽兹的投资人。犹太人也分三六九等啊。"克劳德这么对她说，"你应该很清楚，因为你们美国人也跟我们差不多。"当然，他说得没错。在纽约也是一样，姓古根海姆的远比姓戈德伯格的更容易被接纳。)

有时候，她走出酒店去和公爵夫人喝茶，或者只是出去走走透透气，因为这些天即使是丽兹原本纯净的空气也变得闷热起来，充斥着浓重的德国口音。一路上，她看到的犹太人越来越多，也许是因为她在刻意关注他们：爸爸戴着精细的毡帽，穿着大衣，无助地坐在路边；穿着毛皮大衣的妈妈，嘴上一抹鲜红的口红（总是少不了一抹鲜红的口红，还有一条扎得极妥帖的丝绸围巾，十足的法国风，即使是现在这种时候），她把孩子像小鸡一样圈起来后，开始敲门，或者在电话亭里给亲戚打电话。能行动，思考，还有打算的，是妈妈，永远是妈妈。

布兰琪为什么这么叫他们？妈妈爸爸？当她遇到这些被遗弃的家庭时，当她从他们身边经过时，当她停下来把钱塞到他们手里时，当她继续往前走，去她要去的地方时（她可以随意走动，可以随意回她的家），她一直在心里这样叫他们，可她在他们的脸上总是瞥见一个熟悉的人，一个记忆中的人。这是噩梦吗？也许是老照片上的某个人吧，又或许是从小时候听过的故事里想象

---

① 罗斯柴尔德家族（Rothschild Family）是欧洲乃至世界久负盛名的金融家族。它发迹于19世纪初，其创始人是梅耶·罗斯柴尔德。

出来的一张脸。

这些流离失所的人的脸，大多是外国人的脸，过去十年从德国和奥地利逃到巴黎的犹太人，她还从这些脸上看到了莉莉。

差不多四年前，她第一次遇到莉莉。当时，布兰琪又丢下克劳德离家出走。

这成了他们的常规套路，他们的小游戏。他执意要每周四去别的地方过夜，为这事两个人吵来吵去，她无法让他明白这是在羞辱她，他也不明白她为什么要介意。布兰琪跑出去一阵，又会回来——有时候为了追求浪漫刺激，他会去找她，自己把她带回来。两个人在脆弱的休战状态中相亲相爱，过上几个月的太平日子，周四晚上也不闹腾。然后又开始了，总是这样，周而复始。

布兰琪第一次遇见莉莉就是在这样的一次短途旅行过程中。

"你说你要去哪儿，布兰琪？"

"回家，巴黎。"

"巴黎。"布兰琪身边这个矮小的女人点点头。她看起来像个小女孩，但说起话来像个喝醉酒、英语很烂的水手。她们站在轮船的栏杆旁，看着这条船拖着一片泡沫在地中海劈波斩浪。

"我也去。"她说得很坚定，"我和你去。我之前一直想去巴黎看看。"

她说她叫莉莉·哈尔曼诺夫。布兰琪问她是不是苏联人，但她只是耸耸肩。布兰琪问她是不是罗马尼亚人，但她只是耸耸肩。布兰琪问她总该是某国人吧，但她只是耸耸肩。

"你去巴黎可真是合适。"布兰琪回了一句，还讥讽地笑了笑。

"为什么说这，布兰琪?"

"你耸肩膀很在行啊。"布兰琪也耸了耸肩，演示给她看。莉莉开心地笑起来，不光是笑，还拍手。惹得周围的人都盯着她看，但布兰琪已经习惯了——人们习惯盯着莉莉看。

这不仅仅是因为她个子小，容易激动，喜欢戳陌生人的肩膀，问人家最私人的问题。（她就是这样认识布兰琪的。）也不只是因为她穿得像个孤儿，套着人家丢掉的马戏团戏服——今天她在剪成荷兰小子发型的黑色短发上扣了一顶红色贝雷帽，穿了一件镶着莱茵石、袖子上打补丁的翡翠绿的毛衣和一条黑色紧身短裙，戴着黄色手套，蹬着紫色平底鞋，鞋底拍打着右脚跟。黑色长筒袜倒是新的，但太大了，膝盖处鼓起了包。她没有化妆，脸颊和鼻子上有些可爱的雀斑，令她有一种精灵般的气质。

然而，这个莉莉有一种魔力，你会好奇她去过哪里，要去哪里，她看到了什么，又忘记了什么。她的眼睛不停地来回扫视、搜索、审视。布兰琪有种不安的感觉，觉得房间里每个出口、每个窗子的位置，每个可以供她藏身的地方，她都一清二楚。

"为什么你回家这么难过，布兰琪?"莉莉用胳膊肘捅捅她，"你不想回家吗?"

布兰琪盯着她看，目光犀利。她们是在船上的酒吧里认识的：那天，莉莉坐到布兰琪身边，问她为什么要穿那条裙子，这颜色并不称布兰琪，倒是很适合她。在那之后的四十八个小时里，她们和两个巴结讨好她们的法国外籍军团士兵喝了一小时的鸡尾酒，最后喝得那两人醉倒在桌子底下；她们用脚而不是用手玩了场沙狐球；她们设计了一个游戏，跟陌生人聊他（她）喜欢的做爱姿势，谁挖出的料多，谁就能赢一瓶香槟（最终的赢家是莉莉）；她们在伦巴舞比赛中赢了个"爱杯"（布兰琪领着莉莉跳）；她们还在一艘救生艇上举办了一场即兴派对，只邀请戴单片眼镜的男士（没想到有那么多人）。

对于布兰琪来说，自从帕尔陪她过的那段开心的日子画上句号之后，这几年都没有在这四十八个小时里笑得多。那么莉莉·哈尔曼诺夫为什么会问她为什么难过呢？

"我不难过。"

"你当然难过。你每次看海，脸就变了——像什么东西坠落下去，像这样。"她做出一个伤心的表情，"你可当不了间谍，布兰琪，也玩不好扑克。"

"有人这么说过我。"

"那跟我说说吧。"

布兰琪怎么可能不说？她们站在船栏边，海水喷溅在头发上、脸上。布兰琪意识到，除了帕尔，她已经有很久没有亲近的朋友了。帕尔，可怜的帕尔，她快死了，脑子已经不清楚了，话也说不清楚了，尽管布兰琪想尽一切办法去救她；也许"快死了"，正是因为这些努力，好让布兰琪从此解脱。而且，布兰琪和自己的几个姐姐从来都不亲近，反正她们也不在身边，隔着一个大洋。

克劳德算是她最亲近的朋友了，她知道这很讽刺，因为正是他，害她这么久都交不到一个女性朋友；因为现在每遇到一个女人，她都忍不住要怀疑：是她吗？在丽兹的茶室里，在她旁边坐下来的这个超级亲切的女人，跟她聊起最近手套太贵，问她用的是什么香水。她会不会是克劳德的情妇？凡是五十岁以下、牙齿没掉光的女人都是嫌疑人。就因为克劳德，布兰琪无法相信她遇到的任何一个女人。

至于她在丽兹的那些伙伴，这个嘛，布兰琪是有很多熟人，也有酒友。名人啊，偶像啊——海明威、菲茨杰拉德、波特、毕加索和电影明星。可这些人不是她的朋友；他们会向她倾诉感情烦恼，可她不行，因为她不指望他们会同情她——他们是男人，肯定会站在克劳德一边。也许只有在富丽堂皇的丽兹，他们才会想到布兰琪，她是固定在这里的一个摆设，就像吧台后面那幅巨大的狩猎壁画一样，一直在这里，只是一种装饰，仅此而已。在这座魔幻宫殿外，布兰琪对他们来说并不存在——有时，她甚至怀疑对于她自己来说，也是这样。

布兰琪转头面向这个陌生人，对方那两只大大的眼睛饱含热切（布兰琪觉得几乎透着饥渴），她意识到自己想念女性的友谊了。有个人，能跟你一起试穿衣服，能哄你，拿好听的假话来安慰你，夸你容貌姣好，夸你青春永驻，会无条件站在你这边，能听你倾诉，同情你，而不是试图跟你讲道理，在男人那里也吃过同样的苦头；她需要一个这样的人。

于是，布兰琪听到自己脱口而出，向这个叫莉莉·哈尔曼诺夫的女人道出了心事，解释自己为什么确实如她所说很难过。

"就是——我和我丈夫——我们，我们的婚姻，很复杂。一来，是我们没有孩子。"布兰琪屏住呼吸，等莉莉做出反应。这可是压在她心头的一桩大心事，触碰不得的话题，真的，尤其是不能和克劳德谈。可它总是在那儿，飘在半空，布兰琪和克劳德每次谈话，头顶都罩着这片阴云，即使只是在吃早饭时聊些夫妻生活中最平常的小事，比如："牛奶够吗？"或者"今天我想买些新毛巾"。

他们的生活中缺了个人（也不一定是一个，也可能是几个，柔弱的小不点），竟然能给她的一言一行施加这么沉重的影响，她百思不得其解。

"啊。"莉莉点点头，洞悉一切的样子，仿佛每天都有陌生人跟她说这种话。

"而且，那混蛋有别的女人；我呢，酒喝得太凶，尤其是最近。我觉得，我们好像——我们都让对方挺失望的。动不动就让对方失望。我们不是当初以为的那样，那时候——嗯，你知道的。当初想的，现在根本对不上号。你有孩子吗？"前一天晚上，布兰琪已经问过莉莉有没有结婚，但对于自己的个人生活，莉莉一直含糊其词，好像她已经习惯了不向问她的人透露太多细节，就好像她其实已经习惯了被人盘问似的。布兰琪也没多想，就觉得她应该也结婚了，正在给她丈夫做规矩（其实这个暧昧的"教训"根本没有她想得那么管用）。

跟布兰琪一样。

"噢，不，不。"莉莉猛摇头，"不，我的生活不适合有孩子。"

"什么样的生活？"

"我会告诉你的，布兰琪，我全都会告诉你，但我们得先来谈谈你。"

布兰琪咧开嘴笑了；差点就掌握了主动。换作她认识的其他人，那些社会名流、艺术家或酒鬼，她就得逞了——他们是禁不起奉承的，也很容易被带偏。

"好吧。我们可能生不了。我去看过医生，我的管子有问题。克劳德不知道这事。"

"克劳德是你的男人？"

"是的，我丈夫——我告诉过你，昨天晚上。也许他的管子也有问题——我不知道他跟其他女人有没有孩子。我不敢问。"就是因为这点，她始终无法开口跟克劳德谈这事。但是如果他真跟某个情妇有孩子，布兰琪是受不了的；她也做不到每次都乖乖地跑回去，总是抱着希望，希望他会有所改变。老天，她有时候真是太天真了。"我其实并不知道他是不是想要孩子，说实话，我也不知道自己是不是想要，我只是觉得我们俩之间少了点什么。可能——这是他对我的期望，有个家来提醒他，他是个真男人。可我从来没有向他表示过那是我想要的，因为我不知道自己想要什么。我们的生活很精彩——你应该来丽兹看看——但跟绝大多数夫妻的生活不同。但是，我们确实跟人家不一样，我们起初觉得我们很，很——"

"特别？"

"对，没错——一开始激情四射，到后来连点火星沫子都没了，成了——这，也不知道这究竟是什么意思。"布兰琪凝视着海天交界处，仿佛这波光粼粼的平静海面会向她解释"这"是什么。"我很孤独，很恼火，对他很失望，他对我也一样失望。我怎么都想不出该怎么去解决，也许这问题我们根本解决不了。可我被困住了，离不开这个家伙，因为我没别的地方可去。我爱巴黎。我再也回不了家乡了。"

"家乡在哪里？"

"美国。我有好久没见我家人了。"布兰琪在结婚几年后回过家，又是为了惩罚克劳德而离家出走。她自然是住在曼哈顿的丽兹，她在那里宴请全家人吃大餐，带他们参观酒店幕后的运作，甚至还安排了一间套房，让他们住了一晚，她很自豪地向他们展示自己在巴黎过惯了的生活。可她的家人，尤其是父母，并不自在，还对她独自一人出行，没有丈夫陪在身边颇为不满。这趟回娘家并没有取得她想要的效果。布兰琪很难过，难过到暂时忘了自己的婚姻问题，因为她意识到，她与家人唯一的共同点就只剩下过去，而这段过去，正是她当初离开纽约的原因。

"那你和你男人聊些什么，如果不聊孩子？"

"他的工作，主要就是这个，还有丽兹和那里的人——那些人已经成了我们的家人。或者说，是他们填补了孩子的空缺。我俩之间像是有什么东西在推我们，把我们分开，可是你去看，又看不到什么。这么说你能明白吗？"布兰琪瞥了一眼这位新朋友，莉莉在一个劲地点头，可布兰琪怀疑她是不是真的听懂了，毕竟自己英语讲得乱七八糟的。

但也无所谓；布兰琪只是需要有一个人让她把一肚子的心里话都吐出来，不是对着克劳德。

是对着一个女人。

"是，是，我明白。你们得有追求，有理想。你和你男人，你们有吗？得有样东西让你们去奋斗，两个人一起？"

"什么？"

"我觉得有小孩不重要，我自己觉得。尤其是现在。布兰琪，到处都是危险，坏人。但是你和你男人，你们必须有别的奋斗目标，就像你会为孩子的生命、孩子的幸福去奋斗。你活着的理由是什么，布兰琪？"

"我……我不知道。"布兰琪握紧了光滑的扶手，这家伙让她有点难堪。从来没有人问过她这个问题，她也绝对没有这样问过自己。

"快乐，是吗？"那双棕黑色的眼睛在刺探她，审视她，把她看得透透的，"乐趣——是你的追求？喝酒，欢笑，跳舞？"

"嗯，对——可你难道不喜欢吗？——昨天晚上你跟那个唱伤感恋歌的女歌手掰手腕的时候，你那样子——"

"啊。"莉莉转过身去，朝栏杆外啐了一口唾沫。布兰琪从没见过哪个女人这样子；说实话，她看得挺爽的。"那个，是挺好玩的。"然后，又是那个神秘的泛欧洲的耸肩动作，"但这不是活下去的理由，布兰琪。人活着不该只是为了玩乐吧？"

"莉莉，我从小就被教导要相信上帝，相信家庭，相信传统，其他都是次要的。要守礼节，要谦逊，要遵守规矩。但这些我统统不感兴趣，于是我就跑了，一个酒店的小经理救了我，可他拥有我之后，不知道该怎么对我，该做些什么——我自己也不知道该做些什么——所以在这过去的十来年里，我尽情地玩，把小时候不能享受的快乐都补上了。"

"也许是时候该长大了，布兰琪，你觉得呢？也许我不该说。"莉莉低下头盯着她那双古怪的鞋子，额头皱了起来；他们认识不久，这是她第一次露出这样的神情，似乎是在担心会冒犯到布兰琪。

布兰琪呼出一口气，握着栏杆的手抓得更紧了，她凝望着波光粼粼的海面和地中海像是经过漂白的淡蓝色的天空。眼前没有陆地，没有到处都是赌场的港口在引诱她，没有富豪的游艇，也没有娱乐场所等着她去探索；只有水、海天交界线和云，还有她身边这个奇怪的小东西。她不得不承认：是的，也许是时候了。

该长大了。但该怎么做呢？是不是得永远离开克劳德？有生以来第一次自力更生，而不是靠男人养活？

是不是得逼克劳德正视她，把她当成一个女人，而不是一个概念？

"莉莉，你到了巴黎，有什么打算？那边有人在等你吗？"

又是耸肩。"也许我可以在那里挂包。"她疑惑地盯着布兰琪，布兰琪哈哈哈地笑起来。

"挂帽子，这才是住下的说法。"

莉莉笑了，发出一串响亮的欢笑声，还拍手。"对——挂帽子。我喜欢这说法。"

"挂帽子？所以不是长住——你觉得你还会去别的地方？"

"我等罗伯特来找我。他是我的男人，就像克劳德是你的男人一样。然后，我们再做计划。我觉得接下来会打仗。该死的法西斯主义者，布兰琪，必须阻止他们！西班牙现在很糟糕，非常糟糕。"

"所以，你是西班牙人？"

"不。"

"你为什么要关心这个？你是女人，又不能打仗。你要做什么？"

"真的？"莉莉抬头盯着她看，眼里有一丝失望，眼神黯淡下来，"你觉得女人在这个世上不能干点什么吗？"

"不是的，可——嗯，战争，莉莉！女人能做些什么？"

"也许在你的丽兹世界里，没啥可做；但在我的世界里，有很多。战争要来了，不只是西班牙，女人也会卷进去，还有孩子。"

"也许……可我实在想不出我个人能做些什么。"

"你的法国也会陷进去，这场战争。"

"莉莉，已经发生过一场世界大战了，法国遭受的损失最大。我的克劳德还参加了战斗。法国不会再发生战争的，相信我。"

"好吧。"莉莉耸耸肩，摆弄着裙子的下摆褶边；布兰琪注意到褶边快散了，她暗暗提醒自己得把裙子交给船上的裁缝。"不过，这个我不会打包票。"

"那你为什么要去那里挂帽子?"

"因为我得先弄些钱，再去西班牙，去为保皇派战斗，就像我告诉你的。我们需要食物，我们需要武器——也许你能帮我，嗯，布兰琪? 你是有钱人吗?"

"莉莉!"布兰琪不由得倒抽了口气——这位新朋友真是太鲁莽了，"这种问题不该问!"

莉莉皱起鼻子。"我问，是最直接的方法。"

"这倒是。"

"在法国，我们有认识的人，他们会和我们一起去西班牙。嘿，要不你也去吧，布兰琪? 你说你不知道该做什么，那就跟我去西班牙吧! 正好给你男人一个教训!"

"莉莉!"布兰琪被逗笑了——这也太荒谬了：她，布兰琪·

奥泽洛，堂堂丽兹酒店的女主人，在枪林弹雨中投掷手榴弹，趴在地上匍匐前进！这个奇怪的家伙究竟是谁——是什么——竟然提出这样的建议？"算了吧，这肯定不行。"

"好吧。你还是可以帮我弄点钱。嘿，我喜欢你，布兰琪。我很喜欢你，不只是因为钱，虽然钱也很好，是因为你这个人。我觉得你这人可以，布兰琪。我觉得你需要我。"莉莉似乎被这话吓到了；她摇了摇头，用拇指在左眼上方揉了揉，好像头痛似的。然后她做了一件非同寻常的事。她把小手放到布兰琪的手里，屏住呼吸，好像害怕布兰琪会避开。

这个犹豫、害羞的小动作令这个咄咄逼人、多情得令人惊讶的小人儿成了一个小可怜，一个需要保护的孩子。可就在几分钟前，布兰琪还在想象她娴熟地把着机关枪，能把一大帮法西斯分子全都撂倒。

"你是我的朋友，布兰琪。"

布兰琪不知道该说些什么，她不知道该做什么反应；莉莉在短短三十秒内触发了她这么多不安的情绪，她完全说不出话来。克劳德会不会觉得这点好笑呢？

"谢谢。"布兰琪低声说。布兰琪不确定在哗哗的水声和周围的谈笑声干扰下，莉莉能不能听到她说的话。"你也是我的朋友。"可莉莉又捏了捏她的手，布兰琪知道她听到了。

"你需要我，布兰琪。"莉莉郑重地说。她的口音抑扬顿挫，隐约带点东欧腔。"你需要我来告诉你我们生活的世界——丽兹外的世界——是怎样的。你就像一个气球。"

"什么?"

"气球,飘在天上,明白吗?你会飘走的——像这样!"莉莉扬起两只手狂挥一气,画出两架奇怪的风车。她还跳起舞来,两只小脚套着双古怪的鞋子,在滑溜溜的甲板上跺。她扭扭屁股,她欢蹦乱跳,放声大笑。

"我把你留在这里,留在地球上。"她回头大声说,"你防止我做太多疯狂的事。我们互相帮助!"

布兰琪笑了,尽管她感觉这丫头颠三倒四的话里蕴含的真相像根铁扦一样把她钉在栏杆上。这段时间,她不就是个气球吗?飘过来,飘过去,由着愤怒、懒惰、八卦、漂亮的衣服、精美的大餐、烈性鸡尾酒、孩子气的情绪天天扯着她的绳子,更别提满腔的失望了,失望她的生活不是一部恢宏的英雄剧,不管有没有丽兹。

可是,布兰琪并没有自私到把自己现在像气球一样的状态全都怪到克劳德头上,认为全都是他的错,全都是因为他星期四晚上非要出去胡闹,甚至归咎于没孩子这个现实,她自己都不清楚是不是真的想要。可她也没能找到出路,没能把目标感找回来,主动采取行动,而不是被动反应。

也许,现在,她能。

"来丽兹找我吧,后天。"布兰琪对莉莉喊。她正挽着陌生人,拉他们一起跳舞。很快就临时凑成了一支康茄舞队,像条长蛇在甲板上游动。莉莉抓住布兰琪，把她拖进舞队。"来喝茶。我想把你介绍给克劳德。我想让你见见我所有的朋友。"

"当然。"莉莉那口气让人觉得似乎这只是她意料之中的事，"你肯定有富人朋友！他们也能帮我。但现在别想了，跳舞，布兰琪。趁你还能跳舞！好景不常在，好花不常开啊。"

可她说这话时却乐呵呵的，咯咯地笑着，为自己的这句玩笑——为小号终将吹出最后一个音符，为华尔兹终将迎来最后一转。布兰琪也咯咯地笑着，任由一队陌生人拉着她。没有伴奏，只有奔流的大海在呼应他们的舞步。他们一刻不息地劈波斩浪，把海上其他的船统统抛在脑后。

第十章

克劳德

1938年

直到巨人醒来……

　　的确，纵观丽兹辉煌的历史，也曾有过一些讨厌的客人。哪个酒店没有啊？有时候，克劳德不走运，遇到过那种进了酒店就一反常态肆意放纵的人。有的夫人自己家里弄得十分整洁，附近没有一户人家能比得上，在酒店里却心安理得地把毛巾和脏内裤丢得满地都是。有的人在饮食方面一向节制，到了这里就完全豁出去，把厨房里的蛋糕点得一个不剩。习惯早起的人，躺在软床软褥上，被这还没习惯的奢华簇拥着，一直睡到大中午。

　　因此，即使在丽兹，有时也会发生一些不太体面的事，这不足为奇。某位男爵心脏病发作，死在情妇的床上，而他的妻子就睡在隔壁，什么都不知道。自杀事件，不止一起，但最出名的要数默片明星奥莉薇·托马斯起。她是杰克·皮克福德的妻子，他的姐姐是名气更大些的玛丽。那是在1920年，当时克劳德还没过来，但他当然很清楚这事；这个精神错乱的女人喝下了氯化汞后，谣言四起，因为她丈夫让她染上了梅毒。为了不让客人看见，雷伊先生不得不赶紧把她弄出去。可怜的姑娘，她被裹在羽绒被里，从厨房里抬了出去。

所以说，丽兹以前也有过见不得光的客人；但从1937年下半年一直到1938年，酒店客户群发生的巨大变化还是令克劳德措手不及。

起因是西班牙内战。突然间，酒吧里人人都在谈论这个话题，许多老主顾还去亲身体验，有些人穿上了军装，有些人成了记者。尤其是海明威，他之前一直在嚷嚷这是千载难逢的机会；有人说他加入了保皇派，但克劳德怀疑他入伍就是去边上看看热闹，最多就是个醉醺醺的旁观者，尽管听人说这家伙会写书。这点克劳德可不知道；他难得有闲暇时间，法国文学都来不及看呢。

战火肆虐的同时，形形色色的人在巴黎和法国拥进拥出；西班牙和法国接壤的边境聚集了大批逃难的人，绝大多数是农民。但一些不三不四的家伙最后来到了丽兹，来筹集资金和枪支，来争取援助，他们是掮客，同时跟两边做生意。

随着战争持续下去，随着德国空军尽显其残忍凶猛的威力（不仅轰炸士兵，连平民也不放过），另一些人出现在丽兹；他们操着恶心的德国口音，戴着纳粹党的黑色臂章，黑色的靴子总是闪着猥琐的光泽，锃亮的勋章亮得怪异。

德国人一来，美国人就走了。就像船要沉时逃窜的老鼠，全都溜了。似乎在一夜之间，布兰琪的作家朋友、艺术家和音乐家都消失了。游戏人生的半吊子，克劳德忍不住要去这样想。但他们走了，另一些同样情绪不稳定的人来了——在巴黎享受末日狂欢的欧洲人，他们纵情狂舞，无视周围的一切：无论是被迫在边境附近的难民营里忍受风吹雨打、饥肠辘辘的西班牙难民，还是平民遭受轰炸的新闻报道，抑或是希特勒和墨索里尼微笑着握手的照片，照片上还有大批大批身穿棕色衬衫的人抬着胳膊敬礼，那姿势触目惊心。

这些放荡的欧洲人决心要最彻底地荒唐一次，把克劳德忙得筋疲力尽。到目前为止，他在丽兹组织过（当然很在行）的狂欢不在少数：他搞过20世纪20年代流行的立体主义派对，宾客们个个穿着可笑的角度夸张的服装；《戏梦芭蕾》演出成功后，这里举办过几场派对，他们雇了些舞蹈演员装扮成仙女和森林之神来当侍应生。但是，对于30年代末在丽兹举办的那种"世纪末"风格的派对，他还是毫无经验。

有一位伯爵办宴会，一定要让客人们吃大象脚；克劳德四处打电话，法国、奥地利和比利时的每个动物园都问了个遍，好不容易才搞到。埃尔莎·麦克斯韦（严格来说，她是美国人，但大部分时间都在欧洲跟在富人和名人屁股后面）突然心血来潮要搞一个化装舞会——那天下午两点，她轻飘飘地过来说八点钟会来两百个她最亲密的朋友——克劳德和他的工作人员只有六个小时的时间来采购鲜花和装饰物，找一个愿意在匆忙搭建的镀金秋千上表演的空中飞人，这个摇摇欲坠的秋千还是他从红磨坊里推出来的。还有一群去西班牙作战的英国上流社会人士和不上不下的贵族中途在这里狂欢；搞得去度假一样，买了一篮又一篮最好的馅饼、鹅肝、奶酪、葡萄酒、香槟和巧克力，要带去享用。仿佛战争是场野餐。

克劳德知道不是，但不该由他来说教。他的职责是去搞定，是去满足每一个要求，无论多么荒谬。因为他就是这么做的。他设法搞定。

然而，有一天，克劳德终于忍无可忍，没能控制住自己的脾气——他又碰到了一个油光满面、肥头大耳的德国人在巡查丽兹的每个角落、每间办公室、每个房间。

像个蟑螂一样在酒店里——其实是在全城——越来越频繁地窜来窜去的那个最帅、最潇洒的纳粹分子，是汉斯·冈瑟·冯·丁克拉格男爵，他是德国大使馆随员。年轻、英俊，有一头闪亮的金发和一双清澈的蓝眼睛。这家伙刚离婚，每见到一个女人都要挑逗一番，也包括克劳德的小琪。这让可可·香奈儿很不爽，已经引起了一些麻烦；在她眼里，冯·丁克拉格是她的私有财产。这位冯·丁克拉格有个外号叫斯巴茨（德语的"麻雀"），因为他在餐厅和酒吧里喜欢四处蹦跶，到处周旋。

一天晚上，香奈儿碰到布兰琪和克劳德正从旺多姆广场酒店门口的台阶上走下来。香奈儿的私人套房在酒店这一侧，她的时装店就在康朋街，离得很近，所以对她来说，这样安排很合理；而对丽兹来说，这也是一笔不错的收入，稳定可靠。

但必须得说，在丽兹没几个人喜欢这个女人。她动不动就把饭菜退回厨房，说达不到她的标准。（不是说这女人真的有在吃什么东西，除了液体。）而且，她还一定要重新装修她的房间——图案复杂的墙纸、挂毯、镀金和金饰，这些表明丽兹是全世界顶级豪华酒店的装修元素，她都不喜欢。她把房间搞成了新式的现代风格。如果你问克劳德，他会说丑。太多玻璃，太多直线。极度不舒服，至少可以这么说。

香奈儿似乎特别针对布兰琪，总是和她过不去，简直像是特意选了丽兹酒店里大家都喜欢的那个人，其中的心思恐怕只有她自己知道。

"布兰琪，你知道我刚刚听到了什么吗？"那天晚上，香奈儿脸上挂着笑容；克劳德立即警觉起来——这种女人，只有在准备对别人下狠手的时候，才会这样微笑。

"什么？"布兰琪比他天真；她停下脚步，站在台阶上，双臂交叠，仿佛对方要给她讲一个有趣的故事。克劳德想要拉她走，但她不肯，于是他也只好听着。

"那天，我的女裁缝问我你是不是犹太人。"香奈儿还是保持着笑容，笑得像猫一样冷，"她太奇怪了，你不觉得吗？"

布兰琪点点头。

"我跟她说我会问的。但你也证明不了你是犹太人，对吧，布兰琪？我是可以问你要护照看一下的，可这多荒唐啊！"香奈儿哈哈哈地笑起来，两只眼睛像缟玛瑙似的一闪一闪。

"好主意。"布兰琪似乎被逗乐了，"当然，你也得让我看看你的。来吧，可可，让我们互相展示一下真实年龄吧！"

香奈儿不笑了；她挺直身板，目光滑下她那尖尖的鼻子。

"我认为没必要。"她气冲冲地说着，端起架子，隆重又招摇地走上台阶，布兰琪在一旁狂笑，笑到眼泪都出来了。

可克劳德笑不出来。他知道香奈儿很危险，散布谎言和谣言这种事，她做得出来；她还有个习惯，跟什么人睡觉，观念想法就会与那人趋同。

此时，跟她上床的人是冯·丁克拉格。

眼下，克劳德只能保持缄默，保持警惕，叮嘱布兰琪，还有全体员工，在这些新来的德国客人身边要倍加小心。还有就是祈祷接下来他们的身份——客人的身份——不会起变化。

第十一章

布兰琪

1941年秋

占领者什么时候变成客人？敌人什么时候变成朋友？

随着时间的流逝，布兰琪不得不问自己这两个问题。

她很清楚，在巴黎丽兹，客人有时候会变得更像家人，甚至比兄弟姐妹、配偶和父母还亲近；但即使是那些常客，比如海明威、温莎夫妇、菲茨杰拉德夫妇和波特夫妇，最终也会离开。然而，这不一样；纳粹把丽兹当作他们的总部后，布兰琪不得不去了解他们，她意外地发现，有些人竟然没那么坏。当初看着他们走在香榭丽舍大街上，那身令她恐惧厌恶的军服，经丽兹红粉色的灯光一修饰，简直还有一丝平易近人的感觉。

住在2-19号房间的那个小伙子，虽然是军官，可其实还是个孩子；他的军服看起来一直都不太合身，领口圈着他喉结突出的细脖子显得实在太大。他想家了，他对布兰琪说。那天，布兰琪在酒店外的康朋街上撞见他，见他倚在墙上，手里拿着一本便签簿和一支铅笔，正在画街景。"这是要寄回家的，"他说着便向她展示自己业余水准的作品；当然，他不是毕加索，但他似乎很得意，"给我妈妈画的，她非常担心我。"

然后，他告诉布兰琪，他老家的女朋友还在上学，他担心自己不在，她会移情别恋爱上某个学生。布兰琪就认定他真的是个挺不错的年轻人，心地善良的好人。她开始特意去问他那天有没有收到什么信，有没有他妈妈或女朋友（她叫凯特琳）的来信。她告诉自己，决定入侵法国的人，不是他，是希特勒。这个男孩——弗里德里希——只是服从命令而已。

再就是冯·斯图普纳格尔①将军的司机。不管天气好坏，这个可怜的人每天都坐在酒店前面的那辆车里。只有在要用洗手间的时候，他才会进来，即使进来了，他也很有礼貌，甚至很恭敬，不好意思看任何人的脸。于是，有时候天冷，布兰琪会给独自坐在车里瑟瑟发抖的他送一杯热茶；有时候太阳好，她就去陪他聊聊天。她怒气冲冲地向克劳德抱怨，冯·斯图普纳格尔这样对他真是太过分了！他是人，不是机器。她还向丈夫解释，这个司机（克劳斯）家里有妻子。克劳德貌似感兴趣，又有点心不在焉，她猜他只是在迁就她。她说那个司机很喜欢聊他妻子。仿佛在聊起她时，他能感觉到她是真实存在的；如果不能聊她，他担

---

①冯·斯图普纳格尔（Gen.Heinrich von Stulpnagel），德国陆军上将。1944年诺曼底战役后，德军败局已定。斯图普纳格尔与隆美尔、克鲁格等人进行反希特勒的起义，准备推翻纳粹政权与盟国议和，结果被杀害。——编者注

心她会消失，就像个梦一样。虽然布兰琪从来没有送心爱的人上过前线，但她能理解他是迫切地想用这种方式让妻子保持鲜活，她懂他，所以她会倾听。

还有艾伯特上校的秘书——一个年轻女人，不怎么漂亮。布兰琪看见她怯生生地望着巴黎的姑娘、酒店里的清洁女工，甚至洗衣女工。这个可怜的女孩只能穿难看的绿色军服，四四方方的上衣盖在没款没型的裙子上，脚上套了双黑砖头鞋。丽兹的员工制服都比这好看，时尚，更别说客人穿的衣服了。这个女孩（阿斯特丽德）整天坐着做速记，打字。周围都是男人，可谁都不会多瞧她一眼，都在色眯眯地打量康朋街上来来往往的法国女演员和社会名流。阿斯特丽德在家乡和军队里都没有恋人，这是她自己告诉布兰琪的。那次，布兰琪在附近的一家咖啡馆里看到她，就坐下来陪她，看她狂吃糕点。

"改抽烟吧。"见那姑娘又要了一份拿破仑蛋糕，布兰琪开口劝她，但不管用。阿斯特丽德实在太伤心，太孤独，太想家了，只有食物能给她安慰。

正是这样——每天见到他们，了解军服以外的他们，观察她与他们的共同点（布兰琪曾多次想借糕点来报复克劳德）——他们变成了人，而不是名词。活生生的、呼吸着的、会吃会喝会哭会笑的人。他们会去教堂，甚至还有天主教徒；克劳德告诉她，第一次在星期天的教堂里遇到他们中的一些人时，他又意外又不安，看到他们跪下，点燃一根蜡烛，然后悄悄地溜到一边在长椅上坐下来。他们会给家乡的朋友和家人买礼物。没有收到足够的信时，他们会哭，会担心发生了什么可怕的事；布兰琪也会跟着哭，跟着操心。

然后她会想象，看到她帮阿斯特丽德擦眼泪，看到她拍拍没有收到信的弗里德里希的肩膀，莉莉会说些什么。可莉莉不在这里，布兰琪在；是她，得跟这些人生活在一起，设法活下去，与他们交流——也许不是他们中最坏的那些人，只是奉令行事的那些人。这些人总该和她有些共同点吧。

没有吗？

1937年，他们的船在瑟堡靠岸两天后，莉莉应邀来丽兹做客；她还清晰地记得莉莉第一眼看到她的世界时，那一刻的反应。

那个自信的微型革命者不见了。当初，她大步流星地走下船，当着所有海关官员的面，大踏步进入法国，没有护照，没有签证，唯一的武装就是狡黠和个性；此刻，却摇身一变成了一个害羞的孩子，被环境震慑住，像冷汗一样依附着布兰琪。"你住这里，布兰琪？"无论布兰琪肯定地回答多少遍，她还是不停地问。她张着嘴呆呆地望着头顶高高的石膏装饰的天花板；戴高帽的门童跑过来接她手里的伞，她也不撒手，贴在胸口，满腹狐疑；她眨巴着眼睛感受无处不在的红粉色的光——恺撒·里兹断定女人在这种灯光下最好看，于是就在他的宫殿里全装上了这种灯。巴黎其他地方都没有这样的灯光；只有在丽兹，每个女人都是美的，无论老少，无论贵贱。

无论她有什么样的秘密。

"嗯，算是吧。我们也有公寓，我们自己正式的住址。"奥泽洛夫妇又搬了家，他们现在在著名的蒙田大道上，离香榭丽舍大街不远，有了一套漂亮的四居室公寓，还不包括厨房。布兰琪说服了克劳德，让他相信以他的身份地位，更适合住在这里：宽阔的街道两旁绿树成行，高档服装店鳞次栉比，梅因布彻、莫利纽克斯、维奥内特、帕图和吕西安·勒隆都在这条街上。

可是莉莉不太理解，布兰琪和克劳德怎么能又有公寓，又住在丽兹。布兰琪不得不承认，这确实有点铺张。她不想再就这个话题讨论下去，于是把莉莉带进了酒吧，介绍给大家。布兰琪看得很清楚，弗兰克·迈耶像是认出了莉莉；他挑了挑眉，她也挑了挑眉。奇怪，莉莉说她以前从没来过巴黎。

"女士。"科尔·波特微微欠身鞠躬行礼，动作干净利落，"兴会，幸会！高兴的兴，荣幸的幸。"

莉莉狐疑地瞪着他，布兰琪知道她不太明白这个文字游戏；不管莉莉的母语是什么，肯定不是英语，也不是法语。但是突然间，莉莉对科尔眉开眼笑，科尔也一样，就好像一个孩子突然在成人堆发现了另一个孩子。他们几乎一样高，眼睛几乎一样圆，一样黑，皮肤也是一样的橄榄色。

"你一定是那个大名鼎鼎的流浪儿。"海明威嚷嚷着，用他的大爪子握住她纤弱的小手，"我要把你写进书里。"

"莉莉，排队吧，"布兰琪捶了一下海明威的肩膀，对她说，"他对谁都这么说。"

"这是泡妞最好的法子。"他笑着承认。那笑嘻嘻的样子，有点不好意思，还有几分孩子气，惹得布兰琪大笑。

"斯科特去哪儿啦？"她看了一圈；他没有像往常那样坐在角落的吧凳上，缠着弗兰克·迈耶。每当他喝高了，伤感得抽抽搭搭，话越说越不像话时，弗兰克就会打断他。

"回家啦，回美国喽。他和泽尔达不得不回去——听说她家里出事了。"

"哎，希望不是太严重。"布兰琪其实并不喜欢泽尔达，觉得她太暴躁，太有侵略性，跟老鹰似的。那双细长的蓝眼睛总在寻找弱点，随时准备扑上去。但她有一点让布兰琪不得不佩服——铁了心夫唱妇随，对饮时毫不退却，一杯不落，虽然这样喝下去的结局布兰琪不敢恭维，有时候她觉得菲茨杰拉德夫妇在巴黎各处折腾时后面应该跟一群人，在他们醉酒狂欢、唇枪舌剑、情绪爆发之后，得有人替他们收拾残局啊。

"布兰琪，我们就在这里喝茶吗？"莉莉在酒吧里放松了下来。要说放松，照理在哪儿都不难，唯独在丽兹要放松还真不容易，这里相对来说舒适多了，可以随意一点。但布兰琪摇了摇头。

"不，克劳德在花园露台等我们。"虽然已是10月，但还是可以在户外用餐，不冷。

她依依不舍地向她的朋友们告别，领着莉莉去花园露台。她们沿着连接两栋建筑的长廊——"梦之廊"——走过去。莉莉每走一步，眉头就锁紧一些；一路上，布兰琪指着两边打着灯的展示窗，让她看满窗的奢侈品：马克·克罗斯钢笔，路易威登手袋，娇兰香水，卡地亚钻石项链。对于大多数巴黎人来说，这些东西都贵得遥不可及，但对于住得起丽兹的人来说，只是小钱而已。零售商花了一大笔钱用这种方式来为他们的商品打广告；克劳德很得意，他说这在酒店业绝无仅有。可莉莉只是恶狠狠地瞪着这些令绝大多数人垂涎的好东西。

喝茶的时候，她还是那副模样。美食一道一道地呈上来——可口的肉酱三明治、精致的软糖蛋糕、白天鹅银盘里的糖坚果——可她脸上明明白白地写着心烦两个字，但布兰琪看到她偷偷地把几块零碎塞进破旧的手提包里，想带回家去，还有一些银器和餐巾。她只希望克劳德没有注意到。

布兰琪认为他没有，但他那样子确实需要服点抗酸剂。她终于意识到他跟莉莉怎么都不可能合得来，太晚了，一开始就该想到的——毕竟，克劳德也从来都不喜欢帕尔。她真蠢，傻乎乎地希望人家也会喜欢，跟个小女孩似的炫耀自己的新朋友。何况她也很无奈，显然莉莉在他的宝贝丽兹并不自在。克劳德这个老古板，他从来没变过。这是个残酷的骗局：一开始先把她迷住，弄得她六神无主，看不清他的真面目。

不过话又说回来，她猜自己也骗了他——不，她知道自己骗了他。

莉莉显然对丽兹的种种奢华、悄声悄语的气氛、极度礼貌的举止、夸张的秩序都很反感，因为她都不怎么开口说话；而克劳德简短的回答也意味深长。布兰琪发现自己一个劲地在找话聊，一直在无聊地闲扯，实在累得够呛；天气、时尚、她的旅行故事、她和莉莉在船上做的傻事，不管她说什么，迎来的都是冷冰冰的沉默。最后，她犯了一个错误，聊起了法国当前的政治局势。

"他们搞工会，"克劳德硬着头皮说出这个词，"他们一直企图在丽兹成立工会——总罢工那回就搞过，幸亏被我阻止了。"

"为什么？工会怎么了？人们应该获得能维持生活的基本工资！"莉莉这才活跃起来；她把餐巾揉成一团，乌黑的眼睛里燃烧着怒火。

"我们给了，还超过了那个标准。我们给的薪资是法国所有酒店中最高的，而且我们在休假方面也很大方。"

"好吧，但并不是所有地方都这样。每个人都有权利养活自己的家人！"

克劳德手里的茶匙掉进玻璃茶杯里，溅湿了桌布。

"要吃羊角面包吗？"布兰琪把银篮子递给她的饭友，他们都没要。很快，克劳德就告退了。他意味深长地盯了布兰琪好一会儿，这个眼神清楚地传达了他对她这位新朋友的看法。

甚至还没等克劳德走出阳台，莉莉就开始数落："布兰琪，我知道他是你男人，我知道我不应该说，但——他实在太讨人厌了！"

"不，不是的，"布兰琪明确地说，"真的不是。克劳德很慷慨，他只是不喜欢表现出来，他觉得那样会显得软弱。他很关心自己的员工，他确实很照顾他们。但是，要知道，他——很'法国'。"

"但是法国人民在改变，他们在觉醒，很及时。"

"有些人是的。"新总理莱昂·布鲁姆是法国人民阵线的一员，但法国的核心群体仍然是坚定的保守派，天主教徒。"相信我——巴黎的绝大多数人和克劳德一样。别以为他们无情，冷漠，他们只是守旧，固执。"

"可你的朋友——酒吧里的那些人——他们不是。"

"对。"布兰琪想起了她的朋友，她的酒友，他们和她一样没有明确的人生目标。"他们是美国人，根本不关心法国政治，只要还能坐下来喝他们的干白和苦艾酒就行。他们爱法国，但不是法国的一分子。对他们来说，法国只相当于现实外的一场休假。"

"那你是法国的一分子吗？你属于这里吗？这里是你的家吗？"

"我……我……我不知道。"布兰琪不知道；她不再把自己当成美国人，但也不觉得自己是百分百的法国人，尤其是在内心。"你也没有家吧？你只是四处漂泊，你甚至都不跟我说你是哪里人。"

"啊，不一样。我没有家，是因为家已经没了——消失了，被毁了。美国还是美国。我听说是个很棒的国家。我希望有一天能去那里。"

"是，也不是——它不完美，如果你是这个意思的话。"

"法国也不完美。"

"哪儿都不完美——谁都不完美。连你也是，莉莉。"布兰琪觉得该挫挫这个新朋友的锐气；她越来越自以为是了，很烦。

"你得确定自己的身份，布兰琪，美国人，法国人，什么。你得代表、主张点什么。"

"哦，是吗？"布兰琪挑起眉毛，"像你一样？"

"是的。"莉莉把揉成一团的餐巾扔在盘子上，站起来，摆出她那副毅然决然的样子点点头。"是的，像我一样，像其他人一样，不像这里。"她指指周围，露台上都是心满意足、衣着华贵的人。"谢谢你，布兰琪。但你的丽兹——我不喜欢。"

"那么，我猜你会想把那些三明治、银器和餐巾都留下，是吧？我是说，既然让你那么反感的话。"

莉莉的脸唰的一下红了，她又坐了下来。

"听着，莉莉。"布兰琪隔着桌子探过身来，"你根本不了解我和丽兹，你也不了解克劳德，甚至巴黎。你不能堂而皇之地说那种话——你不能闯进人家的生活，跟人家说他们有多糟。"

"是你请我来的，布兰琪。"莉莉试图像往常一样漫不经心地耸耸肩，但也流露出几分怯色，苍白的脸上那些雀斑都似乎变深了。

"我想和你分享我的生活，朋友之间就是这样，朋友不会顺走人家的银器和餐巾。"

莉莉把手伸进包里，偷偷地把那几样东西放了回去，但还是留下了食物；布兰琪没再追究。

"对不起。"

"好了，别再这样了。如果你需要什么，跟我说就行了。我喜欢你，莉莉，我也不知道为什么，我只知道你迫使我去思考我通常想要回避的问题，也许我就需要这样。"

"真的？"

布兰琪点点头，看到莉莉显然很高兴，咧着嘴笑，又恢复了那副神偷道奇的样子，她也松了口气。

"我很久没有亲近的朋友了。我很孤独，有的时候。"

"在这里？在丽兹？"莉莉的眼睛睁得大大的，布兰琪从那明亮的眸子里看到了自己，莉莉也一定从布兰琪的眼睛里看到了自己，犹如在仙境中梦游的爱丽丝。

"是的，我孤独。我喜欢这些人，觉得他们很有意思，他们可能自己都不知道。过去我觉得自己跟他们很像，但现在我不能确定了。说实话，我不确定我是否还想要像他们那样。"

"我也喜欢你，布兰琪。你超好。你需要我，我就在这里，谢天谢地。"莉莉啪啪拍了两下手，站起来，弯下腰吻了吻布兰琪的脸，然后收起手套、包和雨伞，准备离开。

"也许你也需要我。"布兰琪在她身后大声说。莉莉咧嘴一笑，挥挥手，全然不顾周围纷纷投过来的目光，她就像一只孤零零的、花里胡哨的小帆船，在一艘艘骄傲的大船间航行。

"也许吧！"

第二天，一小束紫罗兰花送到了布兰琪手中。

> 这次访问谢谢你。对不起，我很无礼，因为我是你的客人。我不了解这种轻松的生活，但也许你可以教我。但下一次，你来看我。我给你看看我的生活，就像你说的朋友之间会做的那样。我带你看看法国，真正的法国。下星期三一起吃中饭。爱你，莉莉。

真是古怪！这个奇怪的外国人只在这里待了几天，而布兰琪在巴黎已经住了将近十五年了，莉莉居然想带她看看法国？

然而，布兰琪意识到自己很期待；她的确想让莉莉带她去看，叫醒她，告诉她一些事。也许这就是她当初邀请莉莉来丽兹的原因。她需要有人来帮助她看清真相——这几年，自从她成为丽兹酒店的女主人以来，镀金打磨的炫目表象闪瞎了她的双眼。对于莉莉来说，对于那些漂洋过海来到巴黎、名下一个法郎都没有的人来说，巴黎是什么样的？好吧，说实话，布兰琪一开始也是那样。说到底，她和莉莉唯一的区别是，布兰琪被一个男人养着，又被另一个人解救出来，安置在他的城堡里。那时，她觉得自己很聪明，真的；但现在，她很意外，自己竟然会心甘情愿地让人来解救她，来安置她。

突然间，许多问题跑出来纠缠她，扰得她夜不成寐，而克劳德早就已经睡着，在她身边轻轻地打呼噜。然而，她连一个答案都没找到，莉莉就走了。布兰琪总觉得她把所有的答案都带走了。

所以直到现在，1941年，布兰琪还在找她，每天走出丽兹，布兰琪都在找她。窝在小巷里的闷热的小书店，昏暗的咖啡馆（她一进去，大家就都不说话了），供应匈牙利红烩牛肉而不是蔬菜杂烩的餐馆，布兰琪找遍了所有通常情况下她决不会经常光顾的地方——德国人似乎也还没有发现的犄角旮旯，可像莉莉这样的人可能会去的地方。因为布兰琪想她，是的，当然；虽然她们在一起的时间很短，但莉莉像一只执着的萤火虫，振翅飞舞，照亮了布兰琪的生活。但是——

莉莉也需要她；布兰琪对此深信不疑，尽管看起来不是这么回事。莉莉有种特质，令布兰琪想要去照顾她，喂她滋补汤，给她缝补衣裳，带她去剪个像样的发型。布兰琪寻思也许莉莉是她未曾生养的孩子。可她也记得那个吻——那个不寻常的、令人不安的吻。她意识到莉莉远远不止这些。不只是朋友，不只是孩子，也不只是情人；一个复杂的引擎，这就是莉莉。引擎推动人前进。

布兰琪找莉莉，还因为她需要有人来告诉她该怎么办，怎样与这些侵略者/客人在同一个屋檐下生活，怎样继续为弗里德里希一家和阿斯特丽德一家操心，尤其是现在。

　　现在，她每天都会在路上看到又有一家人挤在一起；每天都有人消失在夜色中。就那样——不见了。

　　越来越多的人消失，在她的梦里，在她的噩梦里——

　　布兰琪就在这些人当中。

第十二章

克劳德

1938年

给整个王国带来极大的痛苦……

在德奥合并之后，克劳德叮嘱布兰琪，就像他叮嘱全体员工一样，在德国客人面前要格外小心，尤其要小心斯巴茨。可布兰琪很喜欢这家伙，当然啦！克劳德不得不承认，这家伙确实脾气很好，跟自己一样钦慕漂亮女人。布兰琪喜欢跟他练习已经"生锈"的德语，他觉得好玩得不得了。两人会在酒吧里坐好几个小时，用德语讲下流话，像两个小学生一样哈哈大笑。

"斯巴茨就是个普通人，"有一天，她在克劳德的办公室里对他说，"我喜欢他。"克劳德咽了一下口水，松开衣领。妻子可真是太不会挑时候了。

"冯·丁克拉格是阿勃维尔①的成员，"克劳德冷冷地告诫她，"德国的军事情报组织。他的顶头上司是戈培尔②。"

"这太扯了。"布兰琪笑了。她坐在桌角，穿着一件亮粉色的丝质连衣裙，新垫肩令她的肩膀看起来尖尖的，有点吓人，女人的肩膀绝对不应该是这个样子。她的头发亮闪闪的，前面向上翻卷，后面垂挂下来。她真是太天真了，他这个生活在避风港里的妻子，她太需要保护，太需要拯救了。他对自己早已忘却的角色又燃起了热情；这当然比做她丈夫容易。她在这种时候尤其需要保护。他提醒自己——他每天都提醒自己一百遍——她是个美国人。美国人太傻了。她可能穿得像个法国女人，她可能法语讲得很流利（尽管，天哪，那口音！），她可能已经不需要克劳德帮忙，可以自己点好酒了。

但在她内心深处，她仍然是一个轻易就相信别人的美国人。保护她是克劳德的特权，他的责任。他从一开始就是这么做的。

"就在刚刚，你的斯巴茨差点亲口告诉我他是间谍。我发现他在楼下酒窖里鬼鬼祟祟的，他在列清单，清点箱子，标注产地和年份。"

"所以呢？"

"所以——他是不可以去下面的，谁都不可以，除了酒店职

①阿勃维尔（Abwehr）是纳粹德国时期的德国国防军情报局。——编者注
②保罗·约瑟夫·戈培尔（Paul Joseph Goebbels）是纳粹德国时期的国民教育和宣传部长，被认为是"创造希特勒的人"。——编者注

员。但是冯·丁克拉格，还有其他的纳粹分子，一直在丽兹窥探，布兰琪。问东问西，盘点库存，甚至还测量门窗的尺寸。不只是丽兹；我听业内的朋友说他们也看到了同样的情况。乔治五世，克里伦，皇家蒙索，甚至克拉里奇。德国人在清查库存，盘点存货。我把斯巴茨从地窖里轰了出去，我叫他滚蛋。"克劳德真想喝杯水，喉咙很干，也不知道为什么，"我不该那样，他毕竟是客人。可是布兰琪，你觉得他为什么要鬼鬼祟祟地到处转？"

她耸了耸肩，一只脚从鞋子里拱出来，她伸手拿起鞋子，开始按摩脚背。她怎么什么都不知道，这么无忧无虑？

"因为他们打算入侵，布兰琪。我是认真的。"克劳德抓住她的肩膀，盯着那双含着嬉笑嘲弄可又不失天真气的褐色眼睛，"德国人想要巴黎，他们想要整个法国，整个欧洲。西班牙的遭遇只是前奏。战争要来了，就像你的莉莉说的那样。他们正在造飞机、坦克、通往边境的道路——这是我听到的。而你，亲爱的，你的处境会很危险。当然，我们都会——但我从没想过你，我的妻子……我不知道该怎么办。"

因为即使是克劳德也无法保护布兰琪免遭纳粹的迫害，万一有一天他们——不，他不愿意去想。

"你这是什么意思？"她的目光不再闪来闪去，"你能做什么，克劳德？"

"送你走，这是其一。回美国，在那里你会很安全。美国不会卷入欧洲战争，至少暂时不会。"

"噗仔!"她抓住他的腰,把他拉近了,在他耳边低语,"别想那么轻易就摆脱我,克劳德·奥泽洛,不管你怎么努力,我是不会认输的。你现在还不明白吗?"

这正是克劳德想听的;这也是他害怕听到的。

"可是我有责任保护你,小琪——从一开始,我们第一次见面的时候,我就知道——"

"我有责任陪着你,我是你的妻子,记得吗?你会被征召吗?"

"迟早的事,我觉得。"达拉第政府已经动员了两百万人,而克劳德,至少在他自己看来,还很年轻——才四十岁。

"那我就跟着你一起去,不管你去哪里驻防。"

"不行,布兰琪。"克劳德摇摇头,"不行,你必须回美国,我想好了,或者回去找那个——那个嘉理,那个男人——我亲自把你送上船,如果这样安全些。"克劳德不知道自己到底在说些什么;他心乱如麻,想到要是有一天德国人开始使用那些坦克和飞机,而整个欧洲的人只是耸耸肩,继续游戏人生,那可真是太可怕了。

"克劳德,你胡说八道——回去找嘉理?他现在又胖,又有梅毒——我上次听人说的。不管怎样,我就待在法国,你去哪里,我就去哪里,这样我就可以看着你。别想把我支开,让你的——她来取代我的位置。"那双眼睛此刻满含悲伤,克劳德退缩了。

但是最近他做了个决定；毕竟，做这个决定没有那么难。

"布兰琪，你得知道——那个——我不去了，星期四晚上那个。"

"是吗？"她立即起了疑心，顿时警觉起来。一座火山即将喷发。

"是的。现在没有闲心来——那个。时间得花在刀刃上，得一心一意考虑生存问题，一心一意去——爱？"克劳德觉得不应该带这个问号；这显得他太脆弱。可他按捺不住。结婚这么多年来，他从未问过妻子是否爱他。克劳德跟所有法国男人一样，认为这是理所当然的；或者应该说，他认为反正这也不是什么大不了的事。

但是大多数法国男人并没有和美国人结婚。

"克劳德！"她的眼里噙满了泪水，她把头埋在他的颈窝里。她身上的气味钻进他的鼻腔——布兰琪闻起来总是有种熟果子的味道，像是桃子，葡萄，甘美多汁的梨。"你越老越多愁善感了。"

"布兰琪。"克劳德摇摇头。她总是这样插科打诨，不过是在她不扔东西的时候。"我是认真的。我……我们一直在玩游戏，你和我，是吧？玩得太久了。我也有错，论过错，我跟你一样多。我已经目睹了一场战争，不想再看到一场，但战争会促使一个男人自省，审视自己的生活和成就——或者这两方面的欠缺。我——有些事——确实做得不漂亮。"

"真的?"布兰琪顿时露出小姑娘般的喜悦神情,看得克劳德心疼——他已经很久没有使妻子这样高兴了。"你是认真的吗?我……我也不知道我们之间发生了什么。我觉得我们这婚结得太匆忙了,当时被激情冲昏了头脑,我还没反应过来就有了法国护照和丽兹的套房,这谁会抱怨啊?但我们从来都没拥有过真正的婚姻,对吧?两个人对彼此来说是一切,不需要我们那种表面的浮华。也许咱们可以从头来过?试一试'君赴天涯妾从之'①那种境界?"

克劳德忍不住笑了,布兰琪总是故意胡乱引用《圣经》。她对宗教不像他那么虔诚,她不会每周忏悔,大斋节也不斋戒,难得陪他去做弥撒,每次跪下都要抱怨;但话又说回来,考虑到她的出身背景,他必须对她放宽要求。

"我很愿意这样,小琪,我希望能有机会多了解你。"克劳德皱起了眉头,因为承认自己不完全了解自己的妻子,很伤自尊——不,其实是承认自己想去了解妻子,伤了他的自尊。

但如今,自尊似乎成了没什么人能消费得起的奢侈品。

"那就说定了,我留在你身边——我不会离开你的。而且,哪天莉莉回来,谁来照顾她啊?她也需要我。"

克劳德叹了口气。布兰琪到底是中了什么邪,这么在乎这个

①此处原文为"Two people who are everything to each other",引用自一首1954年的圣经赞歌,歌曲中隐藏的典故来自《旧约圣经》(1:16):"路得说'不要催我回去不跟随你。你往哪里去,我也往哪里去。你在哪里住宿,我也在哪里住宿。你的国就是我的国,你的神就是我的神'。"——编者注

危险的女人？就拿地毯那件事来说吧，布兰琪以为他不知道这事。

她邀请那个人来丽兹喝茶后，没过多久，布兰琪就跑过来找他，天真地傻笑个不停。她"不小心——因为我笨手笨脚！"把丽兹的一块很重的东方地毯丢到了楼下，本来想在窗口抖抖灰的，没想到掉到了街上，布兰琪还没来得及冲下楼，就被一个坏女人偷走了！太过分了！对于自己的过失，布兰琪摇摇头（很可爱呢），坐在他的膝盖上，把玩着他的领带，跟他讲述这个故事。

克劳德当然不信（虽然他很喜欢自己膝盖上的那段插曲，这是床上那一段的前奏）。然而，为了太平，他假装信了。还不到两天，正要乘火车去西班牙的莉莉来找他，告诉他，她向布兰琪要旅费，两人合伙安排了这出闹剧。莉莉就是那个把地毯拿去卖的疯女人。

"她是个好女人，布兰琪。"莉莉对克劳德说。虽然她看起来很可笑，像个孤儿套着肥大的灰色开襟羊毛衫和黑色紧身短裙，但她绝对是他遇到的最真诚的人，除了几年前跟他讲同一番话时的帕尔。

他讨厌这个人和她的那套理念，而且她太放肆，自以为有资格来告诉他自己的妻子如何如何，但他不得不思索，怎么这两个同样烦人的女人都来提醒他能娶到布兰琪有多幸运。当然，他习惯通过另一个男人的眼光来衡量一个女人的价值——在她离开餐桌去补妆时，是不是会目送她的屁股？在他们走过时，是不是会带着艳羡的神情向占有欲很强地揽着她的腰肢的克劳德挤挤眼睛？几杯酒下肚后，他的朋友是不是会狠狠地捶捶他的肩膀，爆几句下流话，羡慕他的房闱之乐？

但其他女人向他反馈妻子的价值则是一种新奇的体验。克劳德意外地发现这种感觉并不赖；即使其中一位是这样一个邋遢的女人，正要去别的国家（不是她自己的国家）参加战斗。总算摆脱她了。

"莉莉能照顾好自己，"此刻，克劳德对布兰琪这样说，而真正想说的一直没有说出口，"如果她那方获胜，她很可能当上共和国的新总统。"

"噗仔。"布兰琪弯下腰，穿上鞋子，拉直丝袜，抚平连衣裙的前襟，"你真是个老古董，你知道吗？"

"这对我来说是个新名词，但我想应该不是好话。"

布兰琪开怀大笑，他真喜欢听她这样笑。可近来很少听到，直到莉莉闯入她的生活，他才又频繁地听到这样爽朗的笑声。为此他很感激；这点倒是可以承认的。

克劳德热情地亲吻妻子。照理说，作为丽兹的总经理，应该克制些；可话又说回来，若是不能在自己办公室里亲吻美女，那当这丽兹的总经理又有什么意思？

而亲吻——肌肤相亲、撩拨情欲、颠鸾倒凤——这方面他们一直都配合得很好，也只有这方面他们能确保不会失望。

克劳德清了清嗓子，正要再说些什么——具体说些什么，他自己也不太清楚——这时，妻子突然笑着把他推开，手做了一个奇怪的动作，仿佛脸上有蜘蛛网，要把它拂开。有那么一刻，谁都不敢看对方；两个人都表现出脆弱的一面，这感觉太陌生，一时间难以面对。

布兰琪挥挥手，轻飘飘地走出办公室，让他能继续工作。

克劳德希望她别飘到酒吧里去。他不喜欢她老泡在那里；他也不喜欢她跟这帮人胡喝个没完——"这帮人"，不是她的朋友，而是另一些人，他们开心地呼唤她的名字，请她一杯接一杯地喝马提尼，告诉她秘密和谎言，跟她讲有趣的故事。他不喜欢她有时候喝得烂醉，要么忘了坤包落在哪里，要么丢了一只鞋，要么得把她扶到吧台后的椅子上，以免在众人面前失态，这样弗兰克·迈耶还可以顺带照看她，而她在一旁轻轻地打着鼾，迷迷糊糊地醒过来说一通胡话——有时候，说的不是胡话，是实话。

因为现在，说实话尤其有风险，到处都是间谍，即使在丽兹这一带豪华的街区也是一样。

第十三章

布兰琪

1941年秋

巴黎人已经习惯了在咖啡馆里、剧院里和地铁上与纳粹分子坐在一起，最初那种锋利的伤痛感已经没了。如今，看到德国人，人们只是觉得压抑而已。士兵们在刻意示好，表现他们所谓的礼貌。他们恭恭敬敬，携老妇人过马路，为孕妇提沉重的包裹——就这种把戏，童子军把戏。

但身上总是别着手枪，或者挎着步枪。

布兰琪觉得，如果莉莉已经回到巴黎，那她应该已经在丽兹露面了。"百事通"弗兰克·迈耶也没能提供什么有用的信息；他只说莉莉在1938年年初的某个时候越过边境进入了西班牙，之后就再没人见过她了。哎，太不巧了，因为布兰琪现在尤其需要朋友，比以往任何时候都更需要。

因为她丈夫又出轨了。

"时间得花在刀刃上，得一心一意去爱。"克劳德那天在他的办公室里说的。她相信了他。那时候，小冲突还没有演变成激战，几缕稀薄的云纱没有汇集成大团大团的雷雨云。在尼姆的那九个月是段意想不到的经历；没有丽兹，只有一间小公寓和他们两人（嗯，他们两人和一整个团的法国军人。布兰琪发现，这些人训练之余，只喜欢坐着喝咖啡，争论过去、现在、将来的政治；而他们准备迎击的那场入侵行动一再推迟，到最后，甚至还没开始就结束了）。但在那几个月里，布兰琪和克劳德不得不在很多方面相互依赖，这在之前——在丽兹——从来不需要。不仅是衣食住，还有消磨时间的婚姻生活琐事，布兰琪没想到这些话题竟有这么多可聊的，也没想到会让人这么操心：做饭、擦亮、洗衣服。但是，单纯为了陪伴，为了支持，为了严肃认真的谈话，他们也得相互依赖。这种严肃认真的谈话聊的可不是在哪儿、什么时候、谁跟谁睡了，谁没有付账单，谁要开派对，而是比这重要得多的话题。

他们聊的是黑压压逼过来的一个不可知的未来；他们像初识的恋人那样，使劲回忆昨日的点点滴滴，匆忙给两人共有的短章注入一些内容，构建起一段历史。对于奥泽洛夫妇来说，这段历史没有被欺骗和指责占满，它被擦得锃亮的镜子和枝形吊灯反射得光彩夺目，到最后闪瞎了眼。在尼姆，在离蓝色地中海仅一步之遥的一个乡村小镇（这里最让人兴奋的不过就是每周在中心广场举行的室外地滚球戏谁会赢），这个未来，简单，甚至乏味，看起来是可能的。

然而现在——

他们回到了巴黎；战争来了，又去了别处，留下这个疯狂的现实；世界已经分裂成碎片，无法辨认的形象，永远拼不起来的拼图块，唯一真实的，唯一有意义的，就是爱——

克劳德又开始唠叨，责怪，说教，要她随身携带护照，循规蹈矩，别去惹德国人。他担心她，担心得要命。他当初在想什么？当时可以送她走的时候，没有亲自送她上船回美国——上帝啊！要是没有她，他的小琪，他可怎么活啊——

这个想象出来的简单的未来，看起来终究是不可能的。

布兰琪原本以为，从这场噩梦中得到的唯一好处是至少她和克劳德终于治好了这段婚姻的"法国病"，也就是她丈夫表现出来的法国男人的愚蠢傲慢，还有管不住下半身的毛病。他第一次说出他怕德国人的那天，在他的办公室里，他发誓，他承诺，不会再见她。从此以后，他唯一在乎的就是布兰琪了。

哈！

一个月前，他们刚关灯准备睡觉，房间里的电话响了一声，就一声。布兰琪怀疑这是某种信号。随后，她又怪自己疑神疑鬼，总觉得这些日子里发生的一切都是厄运即将来临的征兆、暗号或预兆，而不是单纯的巧合。

然而，听到铃声，克劳德从床上一跃而起，但没去接听，他穿上干净的衣服，往脸上喷了点古龙水。"你的情妇?"布兰琪只是打趣，因为她不相信这是真的。因此，当克劳德犹豫了一下，说出"是"时，她那睡眼惺忪、傻乎乎的一副满足样的脸上像是挨了一记耳光。

然后，他走了。

就那样。

这种事一次又一次地发生，而且不像战前那样只限于星期四，一周中的任何一天都会响起代表背叛的铃声；一听到铃声，克劳德就跑出去，像个十几岁的少年一样急迫，不再是刚回丽兹时那个她几乎认不出来的垂头丧气的男人了。不，布兰琪的丈夫近来活力满满，目标明确——男人的目标：性、活力、虚荣心。她知道这背后的原因。

还是之前的那个"她"吗？还是换了一个？也许不是位法国小姐，而是德国小姐？因为如今这座城市随处可见金发碧眼的德国秘书，这些时髦女郎个个打扮成玛琳·黛德丽①的样子。

布兰琪不知道。她奚落他，套他的话；她拿起一瓶珍贵的香水扔过去，跑到门口拦住他，不让他走，骂他混蛋、狗娘养的各种她想得到的骂人话。而他却一言不发，哀伤地看着她，然后把她推开，就去找"她"了。

布兰琪，这个嫁给了法国人的美国人，困在这天翻地覆的乱世中，无法离开，这是结婚以来头一次，她无法惩罚他。更糟的是，为了生存，她还得依靠这个背叛她的男人。

---

①玛琳·黛德丽（Marlene Dietrich），著名德裔美国演员兼歌手，曾经演唱过英文版《莉莉玛莲》，此曲也是二战中美、德双方士兵的最喜爱的歌曲。——译者注

但布兰琪必须得做点什么来折磨丈夫；这是她必须从他身上榨取的代价，是约束她品行的赏金。于是，有一天，她离开了酒店。她匆匆穿过狭窄的康朋街，绕向宽阔的旺多姆广场。这地方曾经停满了一长溜你能想象出来的最豪华的汽车，劳斯莱斯，宾利，每一辆都有身穿制服的司机守着，有的悠闲地站在车旁，有的擦着镀铬的车身，等待此刻正在丽兹酒店内的主人。现在，唯一能看到的车是讨厌的黑色奔驰，车门上有张狂的卐字。而且还有很多坦克，多得离谱；瞧这架势，要是盟军入侵，纳粹是打算在丽兹负隅顽抗呐。

布兰琪走在杜伊勒里宫里。今天又冷又潮，一些迟开的花——菊花、玫瑰——依然勇敢地怒放着。她没有像以往那样在香榭丽舍大街溜达。整条街都是德国人在装游客，用他们的相机拍照，跟平民合影，迫使这些平民强颜欢笑与绑架他们的强盗一起面对镜头。所以她低着头匆匆穿过香榭丽舍大街，走过狭窄些的街道，经过一家家咖啡馆。这些咖啡馆门口的人行道上竖着黑板，上面写的话传递着恶意与威胁：

Les Juifs ne sont pas admis ici.

犹太人不得入内。

这些告示现在随处可见；纳粹"鼓励"所有的商店和咖啡馆老板挂出这样的告示。随着这样的黑板、这样的文字越来越多，巴黎正在一点一点变成柏林。陆续更换的路标上，德文的街道名在上，法文在下，字体还小一些。电影院里放的主要是德国电影。巴黎电台，以及现场音乐——丽兹的弦乐四重奏和卢森堡公园里吵闹的乐队音乐——现在成了怪异的组合：先是施特劳斯的曲子，然后是德彪西的。德国音乐是要让法国人认识到雅利安民族高人一等，而法国音乐——莫里斯·舍瓦利耶和米斯泰格特这些音乐家听从吩咐在老老实实地演奏——则是为了安抚法国人，让他们安于现状。可克劳德说，别看纳粹军官们在公共场合高唱瓦格纳，其实私底下在自己房间里会放格伦·米勒和汤米·多尔西这些美国音乐家的唱片。

但是，没有爵士乐。所有在战前，在布里克托普这样的俱乐部里深受大家喜爱的黑人音乐家，比如路易斯·阿姆斯特朗和考布·卡洛韦，都在纳粹来之前收起他们的号啊管啊走了；他们的"黑人音乐"被彻底取缔了。甚至连这里的宠儿约瑟芬·贝克，也在德军开始入侵那会儿逃了。

每到星期天，德国人都要在香榭丽舍大街行军，搞得好像他们觉得这是在犒赏市民似的。大批大批的士兵，黑靴子叩击着路面，肩上架着步枪，头高昂着。每个星期天都要搞这该死的阅兵式，就为了提醒巴黎人谁才是掌权者——好像有谁会忘了似的。

犹太会堂里空荡荡的。马莱区，也就是犹太贫民区，窗帘总是拉得严严实实，唯恐安息日烛台的光漏出来，唯恐圣歌祷文飘到外面，钻进什么人的耳朵里。

布兰琪近来不常到马莱区溜达。她过去常来；这地方让她想起纽约的有些地方，小贩，穿着黑色长外套、戴着黑色高帽的男人，蒙着头的女人。有一段时间，她过度频繁地在各处发掘马莱区，有时候自己也说不清是为什么。

但后来再也不找了。布兰琪受不了纳粹分子捶门的场面。第一次目睹一家人被赶上一辆卡车，她贴在墙上，心脏狂跳，她甚至能听到自己的脉搏。那家人说德语，所以很可能两三年前才来巴黎，几个孩子为了一只没安置好的宠物哇哇大哭，父母的脸上刻着恐惧与屈从。在德国人来之前，她曾在报纸和新闻短片中看到过这样的画面。

可布兰琪无法相信这样的事竟然发生在巴黎街头。她无法理解，自己竟然和一群巴黎人看着这一幕，惊恐，但无动于衷。仿佛这是在演戏，当事人是演员，不是人，不是像她一样呼吸着同样的空气、吃着同样的面包、喝着同样的水的人。因为如果这发生在人身上，而不是演员身上——

也同样会发生在她身上，发生在他们中的任何一个人身上。

那天，她急匆匆地跑回了丽兹；尽管刚刚在街上看到的那帮作恶的人穿的那身皮，这里也有——有的在前门站岗；有的在"梦之廊"里溜达，聊得正酣；有的当值任务结束，摘了帽子，外套搭在胳膊上，和一些法国客人一起走上康朋街那侧的楼梯，或者在酒吧里招呼酒保给他来杯喝的——可她还是觉得安全了些。

是因为克劳德在这儿吗？还是因为借助丽兹红粉色灯光的美化效果，装成她必须假装的那个人没有那么难？

此刻，她在蒙田大道的人行道上，哆嗦着从一个在那块巡逻的纳粹士兵眼前走过去；他朝她点点头，她也朝他点点头，很正常的互动，可还是感觉奇怪、凶险。但他只是个步兵，无足轻重；她想尽快把他从脑子里赶出去，一走过就忘了他。

这是一个相当豪华的社区，她依然不敢相信她能说服一向节俭的克劳德在这里租下一套公寓。奢侈时尚品牌店——巴杜、威登——全都是暗的，用木板封了起来；店主已经跑了，逃到了别的地方，逃到了有点头脑的法国富人都已经逃去的地方。有时候，布兰琪想象他们全都在地中海的一个小岛上，喝光了香槟，开始互相攻击，把对方埋进沙里。

她把钥匙插进大楼的前门，向门房点了点头。门房是个刻薄的老女人，一直都不喜欢布兰琪，看到她像是吓了一跳。她爬上五楼，走进他们的公寓，大声喊："伊丽丝？伊丽丝，我是奥泽洛夫人。"

克劳德不准她到这里来，他说尽管丽兹时时刻刻都有德国人，但待在那里相对安全些，至少不会在半夜神不知鬼不觉地被人带走，而且一直都有食物，有电。

但是现在，布兰琪知道了，她知道为什么克劳德不让她来这里。倒不是说她觉得可以捉奸在床；克劳德这么虔诚的天主教徒是不会在白天乱搞的，因为会妨碍工作。但即便她知道不会看到任何她不该看到的场面，她还是要来。她要惩罚，要反抗，这念头强烈得让她无法忽视。天哪，她已经厌倦了什么都不做，只是眼睁睁看着，被动地接受，为了纳粹、犹太人、克劳德、所有消失的人、莉莉、帕尔，在夜里把脸埋在枕头里哭。她不得不这样做，虽然只是个微不足道的举动，但也是在反抗。因为如果不这样做，她知道总有一天自己会做出更蠢的事，哪天冲着某个纳粹分子的蛋蛋飞起一脚也说不定，到那时克劳德可真要头疼了。

她也会头疼。

伊丽丝从厨房里冲出来，她脸色苍白，身上穿着一件朴素的黑色连衣裙，神情跟门房一样吃惊，她目瞪口呆地盯着布兰琪。这么久没见，看到布兰琪安然无恙，她并没有表现出该有的欣慰。见她这副样子，布兰琪心里可不太痛快。

"奥泽洛夫人。"她总算打了声招呼，声音嘶哑。

"我想……我想来看看是不是一切都好。当然，我也想谢谢你照看这里。"布兰琪一下子强硬起来，尽量让语气显得专横傲慢，因为此刻她感觉在这个家里自己像个不受欢迎的客人。

"噢，夫人，没什么。这是我的荣幸！"伊丽丝紧张地行了个屈膝礼，她以前从来没行过屈膝礼。

布兰琪笑了笑，很纳闷——伊丽丝想让她做什么，赏赐一个骑士头衔吗？她看了看四周。客厅里的家具还是盖着她去尼姆之前盖上的防尘罩，枝形吊灯也用床单包着。壁炉架是空的，摆在上面的物件都被他们收了起来——小饰物、烛台和壁炉钟，还有克劳德童年时期家里的一些东西，父亲在战前去世之后，他就继承了这些东西。他们仅有的几幅画——毕加索便宜卖给他们的一幅小画，杰拉尔德·墨菲的一幅古怪的立体派画作，巴黎家家户户都会挂的几幅常见的花卉水彩画——都被收进了阁楼，所以墙上光秃秃的，但"底片"还在，挂过画的地方涂料颜色稍微深一些。

布兰琪察觉到身后的伊丽丝已经跑开了，她听到沉重的脚步声，一两声钝响，从卧室里传出来。伊丽丝可能是在清除不是布兰琪的那个"她"的证据，布兰琪由着她，没去干涉；克劳德是头猪，这不是伊丽丝的错，没理由让她卷入这场小冒险。真的就只是这样；布兰琪并不是在寻找实物证据：一支不属于她的口红，一件对她来说要么太小、要么太大的晨衣。她不需要看，不需要摸；她已经火冒三丈，火气蹿到了顶点。

再说，克劳德那么严谨的人是不会留下什么蛛丝马迹的；这点她是了解的。

布兰琪由着伊丽丝在背后忙活，不想去打扰她，索性仔仔细细地看了看餐厅。瓷具还在餐具架上，当时来不及把所有的东西都收起来。整洁的小厨房仍然是这个家里唯一令人愉悦的地方，被烤箱的热气烘得暖暖的，还弥漫着大蒜和迷迭香的气味。

最后，布兰琪走进了卧室。看上去一切都是原样，没人动过。床罩很平整，床头柜上只有几张照片，其中一张是克劳德和她在婚礼上拍的。她只希望克劳德起码留些体面，把这张照片翻过去，别对着它跟那个"她"做爱。

布兰琪拿起照片，盯着看。她穿了一条整洁亮眼的连衣裙，20年代流行的款式——哦，天哪，低腰的设计现在看起来真是太过时了！克劳德穿了一套细条纹双排扣西装。两人一副高兴样，说实话，是目瞪口呆——仿佛无法相信自己这么走运，竟然能遇到对方，仿佛一时间不知该如何应对，惊呆了，只会咧着嘴傻笑。

一只手还拿着那张照片，布兰琪在衣柜里翻了一通，拿了几条连衣裙，跟那张照片一起放进她在衣柜底部找到的一个小帽盒里，准备离开。她不知道还能做些什么；至少，今晚在丽兹，克劳德会看到照片，知道她没听他的话去了公寓，这就够了。暂时先这样。

"再会，伊丽丝。我也说不准什么时候才会回来，等情况好转了再见吧。"布兰琪上前拥抱这个紧张的女人，想不到伊丽丝激烈地回应了她，亲了亲她的双颊。

"再见，夫人。我会留在这里，直到……直到我不用再待在这里为止。"她眼里含着泪水，灰白的头发依旧往后拢成一个紧紧的发髻，有点松了。

最后挥了挥手，布兰琪走下楼梯，再次回到大街上。她慢慢地走着，一根手指勾着帽盒晃来晃去。虽然她不想待在公寓里，但她也不急着回丽兹。布兰琪已经没兴趣再像过去那样，像克劳德当初追求她时教她的那样，在街上漫无目的地闲逛了。当初，那是1923年。

那时候，在这个到处都是女人的城市里，他的眼里只有她。

"巴黎可不能走马观花。"他牵着她的手说（只要她不抗拒），"巴黎是个美丽的女人——像你一样，小琪，她必须细细品味，像你一样。"然后他轻轻地咬她的脖子，她感到肚子一沉，突然间头晕目眩——在那一刻，这个男人和这座城市在布兰琪的脑海中交织融合在一起，她不清楚自己爱上的到底是哪一个。

老实说，就算现在，有时候她还是稀里糊涂的。

但是，嘉理——他知道。天哪，他知道。

"那家伙！"嘉理气急败坏地在克拉里奇酒店的房间里走来走去，脸色很难看。布兰琪抱了一大堆衣服；他们第二天要去埃及，他叫她开始收拾行李。

嘉理，无比英俊的王子嘉理·莱丁，当初在新泽西李堡的一家电影制片厂相中了她，许了她一个星光璀璨、天方夜谭般的未来。上周，他一抵达巴黎，布兰琪就把那个衣冠楚楚、喜欢说教的法国小男人抛到了脑后；也许只是她以为自己把他抛到了脑后，只顾着跟嘉理享受快乐时光，开着他的斯图兹勇士在城里到处转，去朗尚赛马场看赛马，在蒙马特的俱乐部里跳舞跳到凌晨四点，在红磨坊里开心地尖叫，在床上兴奋得颤抖。

但是这一星期已经过去了，布兰琪正在收拾行装准备去埃及，去当电影明星，去当——

哎。

"谁?"布兰琪把衣服丢在椅子上。

"那个法国人,那个接待员。"最后那几个字充满了不屑。

"克劳德——我的——克劳德?"

"是的,克劳德,你的克劳德。我来之前你都干了些什么,布兰琪?"嘉理抓住她的胳膊,很用劲;她大叫起来,可他还是不松手。"你们俩之间发生了什么?"

"没什么!我是说,他只是带我逛了逛巴黎,仅此而已。你又不在,记得吗?你把我一个人丢在这里。"

"就这样——他只是个导游?那他刚才为什么来这里?为什么威胁我,好像他有权那样做似的?"

"你说克劳德来这里是什么意思?"布兰琪现在慌了;毕竟,她对这个叫克劳德·奥泽洛的男人谈不上了解。他是那种你在小说里看到的到处扬言要跟人决斗的法国男人吗?她想象不出克劳德,这个自负的、身材并不高大的克劳德,会这样做,可布兰琪又知道什么?有时候,他确实狂热得很,屡屡让她感到意外。她脸红了,想起了他的抚摸,他的亲吻,他的喃喃低语。

瞪着她的嘉理注意到了她脸上泛起的红晕。他比较明显,绝对是那种会决斗的男人。

"那个小男人,他来这里说他不允许我把你带到埃及去。"

"他——什么?他怎么知道我们的计划?"

"我告诉他的,我在安排车的时候说的。于是他就跑上来威胁我——我!王子嘉理·莱丁!那只小青蛙佬!"

嘉理已经松开了她，但她不想去安抚他。她太生气了：生嘉理的气，生克劳德的气。这些男人太可笑了，个个都把她当私有财产。她就没有任何发言权吗？"

"抱歉，我出去一下。"布兰琪一转身，大步走出房间。嘉理在她身后大喊："你这自说自话的又想去哪儿，女人？"

"我想去哪儿就去哪儿！"她狠狠地按下电梯的按钮，乘电梯来到大厅，大步闯进克劳德·奥泽洛的办公室。

他坐在桌子后面，正在给自己倒酒，看起来心事重重，窝了一肚子的火，直到看见她。他噌的一下弹起来，撞翻了那杯酒，桌上的文件全遭殃了。布兰琪见他急得不得了，很想去擦，抢救一下，可他并没有那么做，反而一个箭步向她冲过来。

"布兰琪……"

"别。"她伸出手，"别。你有什么权利跟嘉理去理论？你有什么权利跟他说我不能跟他走？"

"一个有尊严的君子，一个恋爱中的男人拥有的权利。"

"尊严？爱？"布兰琪哈哈地笑起来，"你这个自负的混蛋！你了解嘉理多少？你了解我多少？什么都不了解。也许嘉理是圣人，也许我配不上男人的尊严——还有爱。"

"你在说气话。"克劳德说。他深蓝色的眼睛穿透了她的盔甲。

"是的。"布兰琪承认，"但我还是生你的气。"

"只要你和那个男人在一起，你就永远得不到尊重。你会被他拖着满欧洲跑，就像被他拖着满巴黎跑那样，去他喜欢的俱乐部，什么爵士乐的三流场所——"

"你怎么知道我们这星期去了哪里？"

"我——"克劳德整了整衣领，仿佛突然感觉领口勒得太紧，"我——"

"你在跟踪我们，是不是？我就知道！"要不是实在太生气，布兰琪一定会大笑——这太可笑了，就像基斯顿·科普斯的电影里演的那样，堂堂克劳德，鬼鬼祟祟地躲在树后面。

"是的，我是这么做了，因为你需要我——你需要有人看着你，替你提防。"

"你根本不知道我需要什么。我不是被大野狼引诱的天真的小羊羔。我很清楚自己在做什么。你们这些男人！你们以为自己是我们的主人！"

"我没有那样想，布兰琪，但我希望……希望你能明白，你属于这里，你该和我在一起。我希望你能明白，我会把你当作女神、妻子，而不是妓女，因为那家伙只了解一种女人，那就是妓女。如果你和他在一起，你就会沦为妓女，欧洲的妓女。"

啪！

仿佛一声枪鸣响彻整个房间；她还没意识到自己在做什么，还没看到自己的手缩回来，还没感觉到刺痛，她就听到了。

"哦，克劳德，对不起，对不起！"

因为布兰琪扇了他一巴掌，他的眼里含着泪水。泪水，失望，幻灭。

"哦，克劳德！"布兰琪抽抽搭搭地哭起来，难过得不得了——她怎么能这样伤害他呢？想到自己已经这样做了，她心如刀割——这令她很惊讶，令她重新去打量他，仿佛此时此刻他才凸显出来；仿佛他们在一起度过的一整个星期，他只是一个概念，而不是一个人。因为她知道，如果她打的是嘉理，她是不会过意不去的；事实上，她已经扇了他不止一次了，她只觉得这混蛋活该。

但是克劳德——他不是；克劳德高尚，有尊严——值得尊敬。

他也这么看她。

布兰琪哭得肩膀一颤一颤的，内心充满了愧疚。也不知道什么时候克劳德搂住了她，她把头靠在他的胸口，没想到死板的正装下他的胸膛这么宽，这么坚实。她闭着眼睛，他用法语轻声说着安慰的话，她听不懂，但是她还是懂了。

她当然明白，这个男人，在这一刻，爱她。她明白他想救她，而她之前并没有意识到那是个火坑，她需要有人来拉她一把。她明白他在她身上看到的价值远比楼上的那位王子看到的多——

"布兰琪！"

他们一下子弹开了。嘉理站在克劳德办公室门口，他身后还有一个人——克拉里奇酒店的总经理，克劳德的上司，勒诺丁先生。

"嘉理！你来干什么？"布兰琪摸了摸自己的脸；滚烫滚烫。她是一锅沸腾的意想不到的情绪。

她还很兴奋。

"我要亲眼看着这只小青蛙佬被炒鱿鱼，胆敢勾搭客人。"

"我没有勾搭客人。我恋爱了。我是堂堂正正的。"这话克劳德是对勒诺丁说的，而不是嘉理，"我爱这个女人，我希望她嫁给我。这个人没道义，他把她当妾对待。"

"克劳德——"勒诺丁正要说些什么，但布兰琪已经受够了。

"拜托！"

男人们都闭了嘴，不再恶狠狠地瞪着对方，三个人都把目光聚焦到她身上。

"我不是谁的女人，我是我自己，我不喜欢被人这样议论。克劳德，我很抱歉把你卷进来，但你也有错。勒诺丁先生，求你，别把克劳德炒掉。"

"布兰琪——"克劳德刚开口，她就摇了摇头，大步走到嘉理面前。

"布兰琪，我发誓，如果你跟这个人上过床，我就——"

"你就什么？"

"我就杀了你，再杀了他。"

勒诺丁倒吸了一口凉气，但克劳德只是脸色发白，也只是稍微有点发白。

"哦，嘉理。"布兰琪忍不住笑起来。他看上去就像一出拙劣的风俗喜剧里的演员，怒目圆睁，踱来踱去，转过身来摆出戏剧性的姿势望着她。她觉得他才应该去当电影明星。他的整个人生就像一幅夸张的古装画，因为他老喜欢说沙漠里的骆驼，棕榈树下斑驳的月光。

还有一夫多妻制。

"发誓，布兰琪，就当我现在拿着《可兰经》，你发誓不会再见这家伙了。"

"我不。"

嘉理惊讶地望着她；克劳德也是。即使心里一团乱麻，她也不得不注意到这两个男人的差异。嘉理是那么英俊，浓浓的眉毛，迷人的棕色眼睛，轮廓分明的下巴。而克劳德没那么帅，说实话，他的下巴太短了；但他很有魅力，不怒自威。

很——高尚，正直。

"什么？你拒绝我——我，嘉理·莱丁？"

"是的。另外，我还有件事要问你。别去管我们的约定，别去管捧我当电影明星那事。告诉我实话。你会娶我吗？我得知道，我得了解你有什么打算，我们俩，我们的未来。"

"布兰琪。"嘉理的声音——浑厚，磁性，牛津口音，《天方夜谭》里才有的嗓音——低沉下去。哈，布兰琪熟悉这种声音；他不在她身边时，这声音也在她耳畔呢喃，伴她入眠。她也知道它的意图——诱惑。谎言，美丽、美丽的谎言。"布兰琪，我最宝贝的天使。别担心未来。我们现在在一起啊。明天，你会去埃及，你会在尼罗河上拥有自己的游艇，就像克里奥帕特拉那样，这才配得上全世界最红的女演员。"

"哦，嘉理。"布兰琪带着倦意深深地叹了口气。她倦了；她厌倦了幻想，厌倦了"美丽的童话"（她妈妈就是这么形容花言巧语的），这都是拿来哄人的。布兰琪爱上了一个给她讲睡前故事的人。该醒了。"不，嘉理，告诉我实话。说吧，你会娶我吗？"

"布兰琪，这事没那么简单。我的父亲，我的信仰，你的——这是不可能的。你知道的，布兰琪——别假装不知道，你一直都不知道。在这点上，我可从来没开过空头支票。"

"是的，你没有。"布兰琪终于承认了，"那我在埃及算什么？我在——嗯，大家眼中会是什么？"

"我的爱人，我最宝贝的天使。"

"你的情妇，你的妓女。"

"这是你说的，不是我说的。"

"但你并不反对。"

嘉理看起来很苦恼，他摇了摇头。

"那我就不跟你去了。我早就该下这个决定。"布兰琪踮起脚尖，吻了吻他的脸颊，"再见，亲爱的。"

她慢慢地转向克劳德。

他看上去呆住了。到底是乐坏了，还是吓到了，布兰琪也不清楚。一时间，她非常害怕，怕自己选错，大错特错，直到克劳德·奥泽洛张开双臂，她走过去，搂住他的脖子，把他拉近了，狂热地吻他，感觉他融进了她的身体，她也一样融进了他的身体。

最后，她终于停下来换气。嘉理已经走了。但这间闷热的小办公室里突然间挤满了侍应生和清洁女工，他们都在鼓掌，欢呼，为真爱干杯，而勒诺丁站在一旁，笑容满面，像个自豪的父亲。

克劳德把她拉进自己怀里，他那强壮的胳膊紧紧地搂着她的腰，她把头埋在他的胸口，尴尬，但又满足。刚才发生的一切太浪漫，太戏剧性，令她眼花缭乱。她眼花缭乱，所以视觉不太可靠——后来她才意识到这一点。

但当时，她只看到自己的未来落在哪里。

在巴黎，这个她从未想过要离开的神奇城市，这个对她施了魔法的城市。在巴黎，和克劳德——她的克劳德（她也不知道自己为什么这么叫他）——在一起。她的披着闪亮盔甲的骑士，她的堂吉诃德，为她手持长枪刺向风车——和王子们。

接下来发生什么都不重要；她深信这一点，正如她深信法国男人勇敢又殷勤。

事实证明，这两点，她都错了。

第十四章

克劳德

1941年秋

这是结婚以来头一回，克劳德有时会在夜里丢下妻子出门时感到犹豫。尤其是经历了尼姆的那九个月之后，在那段时间里，他们过得像寻常夫妻一样，没有客房服务，没有鲜艳闪耀的八卦，没有性感的公爵夫人深夜打来的电话。

第一次电话铃响起，只响了一声。当时，克劳德确实停顿了一下；他打开灯，看到妻子天真的目光，他确实进行了一番思想斗争。但最后，他还是响应了召唤；本来就是他自己约了人家。虽然平心而论，他无从得知那场最初的、决定性的幽会到底会有什么样的后果；他也不知道会纠缠得那么深，那么久。

他只知道他心里是感激的，因为自从德国入侵，他们被迫放下武器，忍受败军之辱以来，他第一次感觉自己像个男人，法国男人。

在奥泽洛夫妇从尼姆返回丽兹的第二天，埃里希·艾伯特上校来找他们。"只是礼节性的拜访。"他洋洋得意地笑着说。他是那种很典型的纳粹分子。白金色头发，平头，蓄着八字胡，长得敦实，但肌肉发达。

"我听说了很多关于你的事，奥泽洛先生。"他一边说，一边在他们房间里挑了把椅子坐下来，尽管谁都没有请他坐下。克劳德把手插进裤兜；就在那一刻，他暗暗发誓：决不和德国人握手。他会尽丽兹酒店总经理的礼数，对他们以礼相待，在道德允许的范畴内满足他们的要求。他不会明目张胆地制造麻烦，让雇员，里兹夫人，最重要的是，他的布兰琪，陷入危险。

但他不会和他们握手。

好在艾伯特上校似乎并没有注意到他的怠慢。布兰琪急忙把她的几件内衣塞进抽屉——她刚刚在收拾行李箱里的衣物。她也坐了下来，脸色苍白，但很镇静；她从烟盒里拿出一根高卢烟，德国人伸手从口袋里掏出打火机的当儿，她自己迅速划着了一根火柴，德国人哈哈一笑，把打火机收了起来。

"我很高兴你会说德语，奥泽洛先生。"他接着说，"我真希望自己会说法语。据我了解，你在语言方面很有天赋。"

"是吗?"

"是的。"艾伯特从他的公文箱里拿出一沓文件，"这是你的档案。我们很了解你在之前的大战中的——值得称赞的——表现，也知道你是尼姆驻防部队的指挥官。我们很欣赏你应对巴黎总罢工的手段。我们不可能找到比你更优秀的丽兹总经理，所以我们很高兴你能继续留在这里工作。"

"谢谢。"克劳德好不容易才说出口；竟然得感谢一个德国人让他继续从事自己的工作！

"至少目前是这样。"艾伯特又接着说，一边伸手抓起布兰琪的一支香烟。她张开嘴，但瞥见克劳德的目光，便又合上了。"冯·斯图普纳格尔将军不久就会过来，他可能会做些变动。谁知道呢？"他耸了耸肩，仿佛克劳德养家糊口的生计只是一个小烦恼。"还有一件事。"艾伯特拿起一页纸，上面盖着Enjuivé字样的印戳，黑色的墨印透着恶意。"丽兹素来以热情好客闻名，但我们不会允许犹太人再消耗这种好意，让他们待在自己的狗窝里，这里不再欢迎他们，虽然我们很高兴你们这里从来都不太欢迎他们。你是在美国出生的吧，奥泽洛太太？"

克劳德竭力跟上他跳跃的节奏，瞟了妻子一眼。她匆匆地吸了几口烟。

"是的。"

"你怎么德语说得这么好？"艾伯特又拿起一沓文件，朝她晃了晃。克劳德猜测那是她的档案。"我们的士兵非常佩服你昨天的表现。"

"我会说德语和法语，还会说一些意大利语。怎么讲呢？我耳朵灵光啊。"

"你是在美国什么地方出生的？"

"克利夫兰，俄亥俄州。"

"我去过美国，去过一次。"

"哦？挺好。"

"是的。在你们的独立日那天，我乘火车从芝加哥去纽约。唉，你们那著名的烟花我一点都没看到。"

"可惜，但我不觉得意外。"

"哦，那地方你也熟啊？"

"是，我说了，我出生在俄亥俄州。"布兰琪手里拿着香烟，胳膊挂在椅背上晃来晃去。她又吸了一口烟，看着艾伯特，那样子明摆着觉得他很可笑。仿佛她是一只猫，他是一只老鼠。"其实，你可以从车窗往外看，看到我家的房子。我过去常常在晚上听火车的声音。起码，直到我们搬家，搬到纽约。我想大概就是从那时候起我开始对语言越来越敏感。我们的邻居，现在回想起来，他们都说德语。他们老家在慕尼黑，应该是的。"

"真巧啊。我希望你也了解了一些我们钟爱的习俗。"

"我喜欢炸肉排，如果你是这意思的话。"

艾伯特听了哈哈大笑（说实话，克劳德也差一点笑出来）；他收起文件，塞回手提箱，斩钉截铁地敬了个礼，向他们保证以后会经常看到他，然后就走了。

门一关上，克劳德就抓住布兰琪的肩膀；他想狠狠地推她，她那副漫不经心的样子看得他火冒三丈，但同时，他也十分佩服。最后，他只是把她拉进怀里，紧紧抱住，仿佛他可以一直把她拢在怀里，保护她免受周围邪恶势力的伤害。毕竟，他救过她一次。

但就连克劳德也不敢相信，在眼下这种局势下，自己还能再救她。

"你这个白痴，"克劳德低声说，"你这个漂亮的白痴！你是在取笑那家伙。"

"他不知道。"她埋在他怀里咯咯地笑，"天哪，克劳德，他开始盘问我的时候，你脸白得像鬼一样。幸亏他没看你！"可她还是止住了笑，吐出一口发颤的粗气。她并不像她有时候表现出来的那样坚强；克劳德得时刻提醒自己。

"布兰琪，小心——这比以往任何时候都重要。想想——"

"丽兹？"她问，带着挖苦的意味，但目光里有一种黑暗的东西：指责，怨恨。"永远都绕不开丽兹了是吧，克劳德？"

"我可没这么说！你都没让我说完——但是，当然，丽兹。别忘了我的身份。现在尤其危险。"

"说得好像你曾经让我忘记过一样。"她把他推开，理理自己的头发。

克劳德犹豫了一下，看了看表。他有一家酒店要去管，在这种情况下，他不知道该怎么做。配给，德国人，骨瘦如柴的员工，秘密，秘密，秘密；眼前艰巨的任务突然像副重担压到了他的肩上，他知道，就连他，丽兹的总经理奥泽洛先生，在找到办法把重量分配出去之前，也会有点踉跄。"布兰琪，对不起，我现在没时间——"

"嗯，明白，有一点没变。"她从烟灰缸里拿起还没熄灭的香烟，迅速吸了一口。"丽兹一召唤，你就跑。"

"布兰琪，这是我的工作——我希望，顺利的话，这份工作能保证我们在这段时间平安无事，有吃有喝。但是拜托，还有一点要注意，我觉得那个人说他不会讲法语是在撒谎。他们会窃听的，每时每刻，甚至在酒吧里也一样。今天算我们走运，但以后必须小心。"

"哦，噗仔!"她继续整理行李，"你担心过头了。"

"因为你不够担心。"克劳德反驳了一句，然后走了。他有问题要去解决，他要管的这家酒店，大部分客人是员工仇恨的征服者，该怎么管，他现在还没头绪。

奥泽洛夫妻俩回来后不久，邮政和电话服务就恢复了。配给卡发放给了所有居民，包括德国军人，而且还实行宵禁。冯·斯图普纳格尔将军到了，他鼻子尖尖的，面部线条生硬，看上去疑心很重。欢迎仪式搞得很隆重——纳粹动不动就搞这套给被他们征服的巴黎人看——一批军官沿着通向旺多姆广场的前门台阶列队，蹬着鞋跟，拔出刺刀，表演仪仗动作。陪同他的是汉斯·斯派德尔，他的参谋长。克劳德不由自主地对这个斯派德尔有好感。他亲切随和，一张圆脸上架着一副无框眼镜，显得更加圆溜。但克劳德自然要提防这种感情，他毕竟是纳粹分子嘛。

戈林，那个钟爱鹳毛和吗啡的家伙，霸占了皇室套房，还在市郊收了一座巨大的宅邸。很多巴黎的富人都被德国人征用了豪宅，逐出了家门，有些人决定在这期间一直住在丽兹，比如可可·香奈儿（她装修得花里胡哨的套房挪到了康朋街那边）、电影明星阿莱缇，还有一些其他的巴黎人，他们都在德军入侵后，被不速之客造访，在一通极有说服力的谈话之后，稀里糊涂地答应拿自己的家和收藏的画、银器、古董以及传家宝来换取在丽兹的无限期居住权。跟巴黎的很多人比起来，这笔买卖肯定还是划算的。

尽管统帅部下令巴黎一切照旧——剧院重新开放，莫里斯·雪佛兰和密斯丹格苔又回归舞台，伊迪丝·琵雅芙又唱起了她的哀歌——但大部分巴黎人在那头几个星期里惊恐得魂都飞了，根本不知道笑。克劳德不明白为什么这些人要为纳粹登台表演——巴黎最著名的娱乐方式，纳粹也想体验一下。布兰琪提醒他，在某种程度上，他也在做同样的事情。

"可这是我的工作，"克劳德没好气地说，"如果我拒绝的话，德国人会怎么对付我——更重要的是，你？"

"那你觉得，如果他们拒绝，德国人会怎么对待他们？"

克劳德没想到这一点，尽管在他看来这还是不对。然后，他开始意识到眼前的情势有多模糊；巴黎人每天得做多少选择，得问自己多少没有正确答案的问题。然而，一旦你犯了错，做了错误的选择，就有可能身陷囹圄，被关上几天，或者更糟。就算你做的决定眼下看来是正确的，可将来又会担上什么样的罪名呢？

克劳德没有答案。聊以自慰的是，他知道别人也不知道。

冯·斯图普纳格尔在丽兹的第一天晚上就订了一场盛宴。

"我会尽力去办的。"克劳德向他保证，还详细介绍了能提供的鲜花，能安排的乐师——要知道，花多得是，乐师也闲得很。克劳德警告自己，从多方面来看，这只不过是在丽兹举办的又一场宴会，他要策划的又一场狂欢。

但有一个小问题。

"这样的话，我需要你们的配给票证簿。"

冯·斯图普纳格尔的目光扫下他那尖尖的鼻子，盯着克劳德。

"我认为没有这个必要。这些是最高级别的军官。你要为我们提供丽兹的那种名宴，奥泽洛先生。我们之所以留用你，就是为了这个。"

克劳德没再说什么；只是鞠了个躬，转身离开去做准备。

然而，第二天晚上，宴会厅开门迎客，布置得十分完美的餐桌上堆满了鲜花，水晶和银器闪闪发亮，弦乐三重奏乐队在后台演奏施特劳斯的曲子；德国人坐下来，等人上菜。

他们等啊，等啊。

"斯图普纳格尔先生，在上菜之前，我还是得先拿到你们的配给票。这是你们下的命令，我是照章办事。"克劳德在斯图普纳格尔耳边轻声说。他极力不让自己流露出紧张——更确切地说，是恐惧。但他觉得这是一件很重要的事；向他们表明丽兹仍然是一家酒店，不是他们的指挥部。现在，酒店和餐馆的所有客人都得出示配给票证簿。克劳德觉得丽兹要想生存下去，就得把德国人视为客人，而不是占领者。他们最重要、最尊贵的客人，没错，这些客人携带着武器，有权力把任何人丢进监狱，甚至还不止这样。可这也是丽兹一贯以来的待客之道，所有客人，从国王到电影明星，到省吃俭用凑钱到丽兹最小的房间来度一晚蜜月的夫妇，都是丽兹最重要、最尊贵的客人。

但愿德国人会为此尊重他们（和他），别到最后把所有的银器、酒、画和布草一并掳走；但愿他们不会毁坏，甚至亵渎里兹先生的宫殿。上帝保佑，这对克劳德来说，很重要，即使是在当前，尤其是在当前。这座巴黎的灯塔，这颗标志性的明珠，法国品位与好客的象征，一定得保持原样，不能被德国人的脏手玷污。

所以，克劳德不打算让步，他整整领带，手指在颤抖，他竭力掩饰，等对方做出反应。

"行，奥泽洛先生。"冯·斯图普纳格尔跟斯派德尔快速商量了一下，笑了几声，"你做得对。我的副官会去取来。但是从今往后，在丽兹，我们会从自己的仓库拨发食材，这样就不必搞什么配给票证簿了。"

"那太好了。"克劳德答道，脑子在飞速运转，"我很乐意为你们采购最好的蔬菜和最新鲜的肉类。毕竟我熟悉当地的供应商，你们不熟。这事我来替你们操办好吗?"

"当然。"斯图普纳格尔挥手让他走开。克劳德几乎是蹦蹦跳跳地出了宴会厅，马上告诉工作人员给该死的纳粹分子上菜，然后跑进他的办公室，拿起电话，安排一辆他能找到的最大的卡车早上过来。他要装一整车食物，为德国人——

也为康朋街这边所有的人和他所有的员工，如果还有剩下的食物，他会安排分给最需要的人。这样，丽兹的每个人都能活下来。

不过，克劳德还需要做一件事。他还需要满足另一个强烈的欲望，才能熬下去，熬过这段侵占期。不管多久。这样的日子，不可能没个头吧，求求上帝。他们总有一天会走的；德国人一向擅长征服，但从来都守不住战利品。

宴会结束后不久，克劳德发现其他的高级酒店也都被德国人霸占了。他决定先去找乔治五世酒店的同胞弗朗索瓦·迪普雷，看看同行的情况。

"克劳德！"迪普雷含着眼泪拥抱他，给了他两个湿漉漉的吻，一边脸颊一个。克劳德也同样回应他。他俩以前并不亲近，但克劳德现在把他当成了自己的兄弟。这就是战争对人的影响。

他们在乔治五世酒店大厅里。他进门时，门口也有站岗的持枪士兵，跟丽兹一样。他们把他从上到下搜了一遍，问他来干什么，然后就没再留意他。与丽兹不同，其他酒店已经完全沦为德国人的指挥部，不再接待客人；而丽兹——至少有一半——还在正常运营。

那天，是克劳德经历那次惨败返回巴黎以后，第一次感到兴奋，激动，被新的传闻感动——这些传闻像西北风一样沙沙响着扫过小街。传言说在地下室里，小巷里，郊外，有人在秘密集会，呼吁反抗。一位名叫戴高乐的将军——贝当曾经的副官——在德军入侵期间逃到了英国，通过秘密电台呼吁法国人民继续战斗，可很少有人真的听到，只有传闻。这令人兴奋，令人害怕，这是法国人需要的脊梁。

"你还好吗，弗朗索瓦？"克劳德从一个慌乱的年轻侍应生手上接过一杯白兰地。克劳德打量了一番，摇了摇头。这个年轻人在这里待不了多久，他太紧张了。

"啊，克劳德，这太糟了，是吧？发生了什么？我的天哪，即使那天亲眼看见，我还是不敢相信这是事实。德国人，在凯旋门下长驱直入！"见迪普雷显然也已经认命，克劳德很沮丧。有些巴黎人在德军入侵后，回过神来，开始觉醒，可有些人还是一蹶不振。自5月10日以来，已经有很多人自杀。迪普雷头发花白，双手抖个不停，看那样子像是有八十岁，而不是五十岁。他的眼眶红红的，似乎白天黑夜都在哭。

但他依然是乔治五世酒店的总经理，克劳德一直钦佩的人。

"我们这些经营酒店的人，弗朗索瓦，所处的位置很特殊，是吧？我们就坐在前排观众席上看德军统帅部。谁和谁见面？什么时候有人被派到别的地方？什么时候军队调动？这些信息我们很可能会接触到。"

"那又怎样?"迪普雷只是耸了耸肩,他在扯袖口的一根线——事实上,袖口已经明显磨烂——克劳德大吃一惊,因为从来没见过这位同行这样,他一向都穿得整洁鲜亮。

"具体我也没想好,但你不觉得——"克劳德扫了一眼四周,压低声音,"你不觉得我们可以利用这一点吗?这方面的情报?"

"克劳德,克劳德。"迪普雷全身都抖起来;他的头,他的手,他的膝盖。他抬起水汪汪的眼睛望着他。"克劳德,你还年轻。你是男人。你的热情我理解,但我没有你这样的热情。"

"我只比你小十岁。"克劳德厉声说,"我们是法国人,这点没变。我们必须做点什么来提醒自己。"克劳德的嗓门大了起来,德国人转过脸来。他呷了一口白兰地,强迫自己冷静下来。"我们不能只是向德国鬼子展示我们著名的法国好客之道。我们不能像陆军那样翻个身就完事了,海军——我们所谓的领导人在维希活得像鼹鼠一样,窝在地底下。鼹鼠,看不见光,我们不能那样,我们是男子汉,得做出点样子来给别人瞧瞧。"

"我佩服你,年轻人。"听得出来迪普雷很悲伤,但并不佩服,"可我不能同意你的观点。法国输了——我的天,怎么都想不到我居然会说出这种话。德国人赢了。现在我们就服输认命,设法活下去吧。"

"很遗憾听你这么说。"克劳德其实并不知道自己在寻求什么。是在寻求建议吗?还是豪言壮语?或者只是想确认一下法国男人还是男子汉?但有一点是肯定的:他不是来找这个的。"再见，弗朗索瓦。"

"再见，克劳德。"

克劳德由他自个儿伤心去了——天哪，那人的衣服散发着一股臭烘烘的绝望和怯懦，离开的时候，克劳德差点捏住鼻子，可他去的其他酒店，闻到的也是这种失败的恶臭，无一例外。最后，他来到塞纳河边，沿着河畔一边走，一边像个傻瓜似的自言自语，骂骂咧咧，他做梦都想不到他会这样骂自己的男同胞——绝大多数人还跟他一样参加过之前的那场战争——白痴，癞蛤蟆，蠢货，傻瓜，幼稚鬼。

懦夫。

他瘫坐在一条长凳上，喘着粗气；他在左岸，圣路易岛对面。巴黎圣母院像往常一样占据了一大片夜空。自德国人入侵以来，钟就没响过，许多新修复的彩色窗玻璃已被卸掉，藏了起来，生怕德国人决定把它们收作纪念品。它在暮色中只是一团黑影；看不到灯光，整个巴黎都是这样。滴水兽影影绰绰的，看不真切。但不管是不是一团黑影，反正它就在那里，底蕴深厚。古老的历史可追溯到12世纪，当时的巴黎只是一堆杂乱的木屋和摇摇欲坠的建筑，街上有牛，人们相信圣人，也相信巫师。

如今圣人怎么看他们呢？从高处俯瞰巴黎，看着这座城市的居民在披着灰绿色皮的军人踏着正步进来时落荒而逃，然后又垂头丧气地爬回来，又作何感想？

巫师们又在哪里？除了戴高乐，克劳德想不出还有谁能打破这失败和怯懦的魔咒。戴高乐在海峡的另一边。他不必像克劳德那样，从此在这片被失败情绪泡得松软的土地上行走。

"打扰了。"

站在克劳德面前的是一个年轻人。他穿着一件机车款皮夹克，一条带钉的裤子，脖子上围着一块丝巾。

"什么事？"

"你是丽兹的奥泽洛先生。"这话听起来不像是在发问；事实上，这个陌生人似乎对自己的洞察力很满意。他从鼻腔里哼出几声笑，最后吸了一口烟，把烟头扔在地上，用靴子后跟碾了碾。

"你是谁？"克劳德看了看四周，发现没有别人，只有一对年轻男女在附近的桥上耳鬓厮磨。哈，有些方面确实还是老样子——克劳德莫名其妙地被激起了性欲，他挪动了一下双腿，很尴尬；至少有一种方法可以让他觉得自己是个法国男人。他很意外，没想到自己会这样想，但他并没有打消这个念头。

"我叫马丁。"那人转过身去，背对着克劳德，像是在观察巴黎圣母院，看着几个人影在它地基上跑来跑去。一条小船在河的另一边噗噗作响；在他们身后，咖啡馆和夜总会传出阵阵常有的音乐声和笑声，但声浪小下去了，因为九点开始宵禁，现在已经快八点了。

"我不想知道你的名字。"克劳德的语气很生硬，他希望这个陌生人会觉得他粗鲁，识趣地走开。现在可不是结交新朋友的时候。这种时候，说不准哪天就在半夜被人带走，因为已经有传言说有人突然失踪，还说听到从紧闭的门后传来哭声，又被德国人的声音喝止。

"太遗憾了，"马丁还是没有转过身来，"因为我觉得我要说的话你肯定会感兴趣。开诚布公地聊一聊，男人跟男人——法国男人跟法国男人。"

克劳德正要站起来，还没站直，听到这话僵住了。

"我还知道，"马丁接着说下去，还是一副漫不经心的样子，"你有太太，美国人。"

克劳德又坐了下来。

"我很擅长跟太太们打交道。"马丁咯咯地笑了几声，"就我个人而言，不像你的朋友，我不想装死，就这样等这一切结束。我在你身上看到了自己——男人，在寻求冒险、浪漫、女人，是吧？甚至可能还想在危险时期发掘机会。你愿意听我说一说吗？"

这个陌生的家伙指望克劳德怎么回答？即使他没有提到布兰琪，克劳德也会留下来。因为总算出现了一个法国男人。

但既然他确实提到了克劳德的妻子——克劳德的美国妻子——克劳德就只能留下来，听他说。

克劳德·奥泽洛听得很认真，他做了笔记，他制订了计划。

现在，他又是个男人了。

法国男人。

第十五章

布兰琪

1941年秋

"夫人!"

布兰琪抬起头,惊讶地发现自己又回到了当前灰暗的噩梦中,不再是过去那玫瑰色的浪漫;她甚至惊讶地发现自己还提着从公寓里拿出来的帽盒。她还迷了路,不在蒙田大道上,拐到一条小街上来了。她慢慢地认出了这个地方;全是熟悉的小店——奶酪店、葡萄酒店、糕点店。她以前常来这里消磨时光,以前——那个时候。

"夫人!"

有人在向她招手,站在门口,头转来转去,在找什么东西,也可能是什么人。那是个老头,站在一家巧克力店门口,手里拿着一盒巧克力,盒子扎着漂亮的丝带。

"夫人,这个送你。劳驾,来——礼物。"

"什么?"

"来——我送你一个礼物!"

"你到底什么意思?"

"礼物!重逢的礼物!"

不可以,她知道不可以。克劳德叮嘱得还不够吗?她难道没有听说过有人——普通市民——在他们不该去的地方东张西望,然后就消失了?但她控制不住自己,她决定去调查一下。她扫了一眼四周,看看有没有人在注意她,然后跟着老头进了店。老头把那盒巧克力塞给她,兴奋地说:"我记得,你是美国人!好长时间没有看到你了。"

"是的,嗯……"布兰琪不知道他为什么那么高兴见到她。她又不是他的老主顾。说实话,她很少来这里买巧克力;丽兹附近有更好的地方。

"来,来。"他抓住她的帽盒,一蹦一蹦地朝店堂后面跳——一条腿似乎有点僵硬——店堂后面看起来是空的。她跟着他,她也不知道为什么,只知道自己很好奇。真是个奇怪的小老头。

"这里!"他打开一扇门,那是一间没有窗户的储藏室,他把她推了进去。"看。"他的语气透着责备。

她看到一个年轻人坐在桌旁,身上的衣服非常不合身,实在太大:厚厚的渔人套衫,粗花呢裤子,破靴子。他面色苍白,憔悴,一头乱蓬蓬的金发微微发红。他冲布兰琪眨了眨眼,很惊讶,显然没想到会看到她,她也一样惊讶。

"跟他说话。"老头催促布兰琪。一个年轻些的男人——说是店主的表弟——急切地点点头。"跟他讲英语，他听不懂法语。"

"他自己找上门来的。"这位表弟一边说，一边在搓脸，一只手把整张脸都抹了一遍，"不能怪我!"

"你好?"布兰琪用英语对男孩说。他一下子哭了起来；另外三个人惊得面面相觑。

"哦，天哪，抱歉!"士兵擦了擦眼睛，身体在发抖，"我已经很久没有听到我的母语了。"

"你是英国人? 发生了什么事? 你为什么在这里?"布兰琪坐下来，从老头手里接过一大杯红酒，心想要是烈酒就好了。

"好几个月前我被击落了，从那以后就一直躲着德国佬。像个包裹一样从一个地方被传送到另一个地方，想要回家。昨晚我错过了我的联系人，也可能是他错过了我，我就敲开了这家伙的门。"他指指那位表弟；对方愁眉苦脸地摇了摇头，自认倒霉。"我觉得他不太高兴。"

"对。"布兰琪瞟了一眼另外两个人，他们像热锅里的油一样躁动。

"你会帮忙吗? 把他带走?"表弟用法语问她。

"现在?"老头又接着补充，那样子极度迫切。

"我能做什么?"她问了两遍，英语和法语各一遍，但不管是哪种语言，都没人回答。于是她站起来，走了几步，停下来仔细打量这个飞行员。他稚气未脱，虽然已经好几天没刮胡子，但瘦削的脸颊上还是没多少胡茬，有着孩童的柔嫩。他还是个孩子

——

他都可以当她儿子了。

"好吧。"布兰琪做主了。一下定决心，她就感觉自己很激动，一下子有了活力，尽管危险是免不了的。

因为她终于出力了，终于行动了。不再是路过的时候，看到受伤的人，往他们手里塞点钱；不再是紧贴着墙，沉默地看着一个家庭在她眼前被毁掉。这一次，她终于要做点实事……实事……

她反应过来，她并不知道该怎么做，但她觉得自己认识的人中有人知道该怎么做。"我能打个电话吗？"

"如果你觉得这么做明智的话。"老头指了指摇摇晃晃的茶几上放着的一架老式电话。她拨通了丽兹，向新的接线员（当然是个德国妞）表明了自己的身份，要求接通酒吧的电话。她必须非常小心；克劳德警告过她，德国人会监听所有的电话。

"弗兰克？弗兰克，是你吗？"

"布兰琪？"背景声很嘈杂，但听得出来电话那头是弗兰克·迈耶的声音。弗兰克，能人。

有求必应。

"弗兰克，我……我这突然来了个客人。你知道现在邮路有多糟，他给我寄了封信，但一直没有到。问题是，我没有……我没有地方给他住，我想你可能认识什么人有地方给他落脚。"

停顿了一下；她听到了玻璃杯叮叮当当的撞击声，冰块的晃动声，还有纳粹的语言。隐隐还能听见斯巴茨畅快淋漓的笑声。

"这位客人在哪里？"

"我们在买巧克力，让他带回家的。克雷芒–马罗街7号？"布兰琪看看老头，对方点点头，饱经沧桑的脸上笑开了花，如释重负。

"待在那儿，别走开。"弗兰克说着挂了电话。

布兰琪扑通一下又跌坐进椅子，紧张得大汗淋漓，衬衫被汗牢牢地黏在胸口，她拉起衬衫透气，又要了一杯酒，眼睛盯着钟。在漫长得令人坐立不安的几分钟里，没人说一句话；年轻的飞行员把头枕在手臂上，很快就打起了呼噜。两个法国人惊得目瞪口呆，傻傻地看看对方。铃声响了，老头一下子弹起来，布兰琪的心跳得咚咚响，但等他蹦回到店堂，她松了口气——只是个顾客，一个女人在用黑市马克买蜜饯橘皮。布兰琪听到他在接待她，最后，他那不均匀的脚步声又离储藏室越来越近。

她跳起来，把椅子都撞翻了，心里的石头落了地，因为跟老头一块进来的是格里普。格里普先看看布兰琪，然后又看看那个年轻人，点了点头。年轻人此刻已经抬起了头，睡眼惺忪。

"走吧，行动吧。"

"什么意思？"

"有一个地方，一艘驳船，在塞纳河上，是个联络点。他到了那里，就可以回家了，顺利的话。我可以带他去。"

"你？"布兰琪打量着他；格里普看起来像，嗯——格里普。

她认识他快二十年了，这个个头矮小、满脸沧桑的魔术师，他是弗兰克·迈耶的一位"朋友"，一门失传的艺术的专家（至少他自己是这么说的，一边还哀伤地摇摇头），只不过，这门艺术是伪造艺术，这行就剩他一个了。你是否需要给一具不方便处理的尸体开个死亡证明，但又不想联系当局？格里普能办到。你是否需要一张结婚证来申请寡妇年金（其实按理说，你并没有资格领）？格里普能办到。你是否需要一本新的护照，也许换个名字，换个国籍，换个宗教？

格里普能办到，给钱就行。

格里普笑了笑，还是和往常一样紧张兮兮的。他对咖啡因上瘾，她觉得他原先应该是土耳其人。也许吧？跟莉莉一样，格里普也不太谈论过去。布兰琪第一次意识到，这是她和那些神秘、好斗的难民之间的共同点；她最近似乎总是被这些人吸引。看到格里普右手食指和大拇指上那永久性的墨渍，布兰琪忍不住笑了。但这里需要的不是什么做假证的专业技术吧？

"你以前做过这种事吗？"布兰琪怀疑地问，"你——这样帮过别人？"

"我做过一次，是一个朋友。"

"那个朋友现在在哪儿？"

"这得问德国鬼子，自从他们抓住他后，我就再没见过他。"格里普哈哈哈地笑起来，似乎这是个天大的笑话。他擦了擦眼睛——笑得眼泪都出来了——然后稍微正经了一些。"路上有德国士兵，我们得趁天还亮着赶紧走，白天人多，他们不像晚上那样拦那么多人。"

"但如果他们真的来拦你，你怎么办？"

他又被逗乐了，耸耸肩。"跑啊！"

年轻的飞行员虽然不懂法语，但一副惊恐的表情；眼睛又大又亮，满眼都是害怕。

"不。"布兰琪在那一刻做了决定，"不，我来做。"

"你！"在她听来，这一声是在场的四个男人同时说出来的，而且是同一种语言。

"是的，我。我会说德语。还有谁会？"

没人回答。

"对，我就是这么想的。"她看了看自己身上的衣服——朴素，没啥特别的，就裙子和衬衫，鞋也舒服——她觉得这一身没问题。至于男孩——嗯，眼下也不可能给他弄一套德国士兵的军装来，虽然她相信弗兰克能搞到。但他现在这身装束，套在骨瘦如柴的身体上，松松垮垮，很不合身，倒是可以冒充一下伤兵。他绝对够苍白；布兰琪有点好奇，他最后一次见到太阳是什么时候。

"他是在养病的德国士兵，对。"她向格里普和另外两个人解释，"我带他出去散步。要是德国鬼子问话，我可以回答。他们会以为我是他的德国护士。而且他发色也浅。"她上下打量这个年轻人，而他看着她，眼里饱含信任，绝对的信任。说实话，现在信她，还为时过早，他也有可能会失望——她面前有那么多的障碍，她不敢细想——但她是他唯一的希望，他没得选择，只能让自己相信她会成功。

她也没得选择。

"再跟我说一遍，我该把他带到哪里去。"

"一条驳船，让残疾鸽子待的地方——你看得到的，就在奥斯特里茨桥下面。"

"这么远？"布兰琪能让这个年轻人撑多久？他就只剩下半条命，路上万一有什么情况，怕是混不过去。

格里普耸了耸肩。"就这么远。"

"好吧。"她向男孩打了个手势，用英语向他解释，"我是你的德国护士，你是德国兵，生病了，被我带出去散步。如果有人跟你说话，就说'加窝勒'①，听到了吗？其他啥都别说，一个字都不要说。你可以点头，可以摇头，可以打喷嚏或咳嗽，可以说'加窝勒'。但不管是不是有人拿枪指着你，也不管你是不是看到我倒立或者开始胡言乱语——你都不要跑，听到了吗？你一句英语也不要说。"

"我觉得我做不到。"他轻声说，两眼泪汪汪的。天哪，他至多也不过十九二十岁的样子。这个该死的世界让这样的孩子承受这么多，布兰琪义愤填膺，火气大得够他们两个人的份。

---

①德语Jawohl，是。

"你可以的。你之前驾着飞机扫射这些混蛋，现在也可以从他们当中走过去。你不用开口，我来。"她把手搭到他肩上；他在颤抖。"相信我。"

说这话时，她洋溢着一种超凡的平静——几乎带着灵性的光辉，不是基于她自己的人生经历；如果换个人，可能会说那是她祖先的灵在指引她，或者说那是莉莉的灵，此刻正在某个地方引导她。

"好吧。"该走了；格里普说得对，等到太阳快落山时，在外面晃就太危险了。布兰琪扶起她"监护"的孩子，向格里普点点头，提醒他："如果到十二点我还没回到丽兹，告诉克劳德。"她和那两个法国人挥手告别。他们抓着对方，喜极而泣，庆幸这烫手山芋这么快就脱手了。

出门前的那一刻她想起了什么。

"这个我拿走了。"布兰琪冲回储藏室，拿起很久很久以前老头招呼她时手里挥的那盒巧克力，可其实，四十五分钟前她才离开公寓。"反正你已经送给我了。我会回来拿帽盒的。"

她把巧克力塞进坤包，领着小伙子出了门，走到了阳光下。他眯起眼睛，被阳光刺得泪水直流；这几个月来，他一定只习惯黑夜。美国佬布兰琪和英国飞行员走在德国人占领下的巴黎街头，一旦暴露，两人都会没命——问都不问，直接枪毙。但今天阳光很明媚啊，以前不是这样的。还有好看的树，红艳艳，金灿灿的；树叶在他们脚下嘎吱嘎吱作响；街角有人在卖热栗子；孩子们在花园里玩耍。真好啊，她差点脱口而出抒发感想——用英语。谢天谢地，幸亏及时咬住了舌头。布兰琪尝到了血的味道，这味道提醒了她：肉会穿，骨会折，血管会断。尘归尘，土归土。

他们还在走。她的腿比她的神经稳定得多，像是知道该把她带到哪里去。两人三步并作两步赶到香榭丽舍大街的地铁站；布兰琪选了一节只有几个德国兵的车厢，她把年轻人推到座位上，自己站着，她做了个决定，清了清嗓子，然后开口。

"Es ist immer so überfüllt, nicht wahr? Nicht wie zu hause.（总是这么挤，是吧？不像在家乡。）"布兰琪转过身，对着一个德国兵，挤出一个颤颤巍巍但迷人的微笑（但愿！）。德国兵抓着她旁边的扶手，枪在皮套里。他咧开嘴笑了，可她眼角的余光瞥见她带的那个年轻士兵顿时紧张起来。

"Ja, immer. Und auch schmutzig.（是的，总是这样，还很脏。）"士兵附和她。

布兰琪请他吃巧克力；他微笑着拿了一块，然后转向他的同伴，他们开始讨论这里和家乡两地之间的邮政服务有多糟，她的年轻人放松下来。布兰琪不敢再冒险，她冷不丁地也开始发抖，但她觉得——她真希望——做到这程度已经够了。

布兰琪和她的"受监护人"在巴士底站下了地铁；布兰琪紧紧地抓着他，迫使他只能慢慢走，她能感觉到要是不拽着他，他会像脱缰的野马一样冲出去，她在他脸上看到了恐惧，逃跑的欲

望。他的肌肉也给她这种感觉，绷得硬邦邦的，划一根火柴就能
点着。

她自己也有这种感觉——照肾上腺素在体内狂飙这劲头，她
可以跑得比黑豹还快。她浑身湿透，衬衫又牢牢地贴在胸口。但
她紧紧拽着他，让两个人都慢慢地稳步前进。偶尔，她会用德语
大声叫他休息，他也能领会，因为每次她都会朝长凳点点头。就
这样，他们走走停停，穿过相对安静些的街道，朝奥斯特里茨桥
走去。这是巴黎最丑的桥之一，就连克劳德都对它提不起兴趣。
这里没有装饰着鲜花的漂亮的小游艇——这种游艇都拴在离市中
心近一些的地方——这里只有工业商用驳船。布兰琪一条条看过
去，找过去，终于发现在一条小一点的船上，船头有根杆子挂着
一只鸟笼，鸟笼里有两只断了翅膀的鸟，翅膀缠着绷带，松垮垮
地垂在身体两侧。

"残疾鸟。"布兰琪用英语低声说。

飞行员的瞳孔放大了，他看着她看的地方。

"那里。看到了吗?"

他点了点头。

"接下来你得自己过去了。一个普普通通的驳船工人，让一
个女人陪着上船，说不过去。你现在这样子就是个驳船工人，不
会再有人盘问你的，肯定没问题的。"

"我不知道……我不知道该说什么。"他开始结巴。她要是眼
里没泪水，心里没涌起一股从未有过的暖意，那就怪了。她摇了

摇头，不想让他看到她这样子。她不是他母亲；他也不是她儿子。

她把他推开，看着他两手插兜，低着头，慢慢走远，走到桥的另一头，然后拖着脚走下通往河边的台阶，上了驳船，消失在她的视线里。在这过程中，她意识到自己并不知道他的名字；她一次也没问过。可现在，她很想知道，万分迫切，甚至差点冲过桥去。她渴望一种关系，一种比记忆更长久的东西——将来有一天，她有可能会忘了这段非凡的冒险经历——她渴望有种东西将她与她帮助过的人联结起来，真正的帮助，而不只是路过，不只是站在远处观望，也不只是慷慨解囊，施舍金钱。如果她有他的名字，她可以写下来。等到有一天（老天，这一切终有一天会结束吧?），去找他，他也可能会回来找她，可是不行，他也不知道她的名字。

但她明白这样更好。万一……万一她不敢去想的事真的发生，这对他俩都好。于是，布兰琪转过身，眨了眨眼睛，忍住眼泪，脚步轻快地朝丽兹走去。路很远，但她需要走走。

她需要在地面上，与活着的人在一起，与被追击的人在一起，与做实事的人在一起。因为她终于觉得，这么长时间以来——甚至是结婚这么多年以来——她在他们中间有了属于自己的位置。

"克劳德，我——"她回到丽兹，对着吧台后面的弗兰克·迈耶灿烂一笑（他也如释重负地咧嘴一笑），冲进他们的套房。

"克劳德！噗仔——你不会相信我刚才做了什么——"

"你跑到哪里去了？"丈夫瞪着她，然后看了看他的怀表——老古董，跟他这个人一样，"都这么晚了，你走了好几个小时了。你这自私、不懂事的家伙。你去哪儿了？你有没有想过我，我有多担心你？不，你只想你自己，不是吗？"

丈夫，她曾经的救星，此刻板着脸，怒气冲冲。他没有看见她：布兰琪——勇者布兰琪，需要敞开怀狂喝一通的布兰琪。没有，他只看到这段时间让他烦得要命的妻子。毕竟，他还有一个酒店要管，这个酒店里满是纳粹分子，他得点头哈腰伺候他们，容不得半点怠慢。他没时间来听她讲她做的那些傻事，不争气的布兰琪，爱唠叨的布兰琪——他不是一次又一次地告诉过她吗？

她想说自己有多了不起，多自豪，多勇敢，她想说的话扑落到地上，没有说出来。克劳德看不到，看不到这些破碎的、被毁坏的东西，这些胎死腹中的东西。

但是布兰琪看得到。她跨过它们，走向洗手间，关上门，对着洗脸盆干呕。门外，卧室里的电话响了一声。

他们套房的门开了，又关上了。

她终于从浴室里出来，走进空荡荡的房间，她仍然可以看到它们在地上，她的话，她的故事，她不会再讲给丈夫听的故事。

因为这个负心汉王八蛋他不配。

第十六章

克劳德

1942年秋

　　电话响了，只响一声，那意味深长的一声。克劳德瞥了一眼妻子。她在换衣服准备出门，去干什么她没明说。下午已过半，可吃晚饭还太早。他本来还打算带她出去，就算要用光他所有的配给票。通常，他们都在丽兹吃，当然啦，不然留在这里有什么意义？这里一直都有纳粹的宴会上剩下来的食物，这些不需要配给票的食物，可供员工和家属填肚子。

　　但是近来布兰琪有点变化，变得既鲁莽又心事重重。这令克劳德既恼火又担心，有多恼火，就有多担心。好像他还有时间再多操一份心似的！有时候，她会主动打开话匣子，克劳德感觉她酝酿了很久，可是随即又突然关上。她对德国人说话越来越放肆——有时粗鲁，有时戏谑——尤其是对她的老朋友斯巴茨；她跟他肆无忌惮地调情，克劳德担心总有一天香奈儿会把妻子推下楼梯。他本人对她的这种变化持两种看法：一方面，她与德国人关系好，大家就不太可能因为她而遭殃；另一方面，克劳德讨厌看到她和他们亲近，好像他们不是十足的坏人。

当然，他猜她也讨厌看到他这样。

那天，他们在餐厅用餐（这是旺多姆广场这侧唯一对酒店员工以外的平民开放的区域；他每次穿过连接两栋建筑的长廊，都要被武装警卫搜身，很屈辱）。冯·斯图普纳格尔自说自话在他们这一桌坐下来。

他们当然不能跟他说别来打扰他们；如今，对德国人来说，没有"下班"这一概念。丽兹的全体员工，现在都是纳粹的附属员工。当然，克劳德已经习惯了富人和名人对他漫不经心，随意差遣，但在以前，他为客人服务有一种自豪感，报酬也丰厚，而且客人大多是体面人。现在，可没有自豪感可言，报酬也少得可怜。

至于体面，他们所处的这个世界可没有这两个字。

"克劳德，我的朋友。"冯·斯图普纳格尔手舞足蹈的，这个德国人似乎真的很高兴见到他。

"还有他可爱的夫人。"他补充道。脸上还挂着微笑。他喝醉了吗？"美国。现在也成了我们的敌人，德意志帝国的敌人太多了。"他对布兰琪点点头，眼睛半闭着，听起来甚至有点忧伤。

"多亏了日本佬。"布兰琪冷淡地说，一边摸着酒杯的长颈。克劳德浑身都绷紧了，生怕她会忍不住把它甩到那人红彤彤的脸上。"是他们让美国最终加入了战争。"

"这么说，你之前是想让你的国家跟我们打起来喽？"他身子前倾，使劲睁大眼睛，看那样子好像只是好奇。克劳德看不透他——这是在给妻子下套吗？克劳德紧紧抓着餐刀，盯着斯图普纳格尔，在他脸上搜索答案。但他看起来似乎没什么恶意，只是有点微醺，而且一反常态，出奇地健谈。

"说起来可能不可思议，但实际上这些问题富兰克林·罗斯福并不会征求我的意见。"布兰琪耸耸肩回答他。克劳德看在眼里，不得不佩服。

冯·斯图普纳格尔哈哈大笑，他甚至乐得拍桌子。"聪明的女人！你真幸运，奥泽洛先生。我一眼就能看出来谁是幸运的男人，因为我自己也是。我的夫人，你真该见见她。她可以说和你夫人一样迷人。"这个德国人向布兰琪低下头，恭谨地致意。

布兰琪诧异地看了克劳德一眼，克劳德也一样。两个人都不知道该怎么应对他们的客人，他正在招手要侍应生上白兰地。

但是坐在旁边一桌的一名军官听到了他们的谈话，站起来，举起酒杯，高呼："敬华盛顿！我们的下一个占领地——希特勒万岁！"

布兰琪在发抖，手紧紧地抓着高脚杯，克劳德生怕杯子会被她掐断。他不能越过桌子去抓她；冯·斯图普纳格尔夹在他们中间，瞪着那个站起来的军官。然后，他也站了起来，在克劳德看来，说勉强也不为过。冯·斯图普纳格尔举起酒杯，咕哝了一声"希特勒万岁"，全场纳粹军官也都照做。

"告辞。"克劳德说着，站起来，一把拉起坐在椅子上的妻子，把她往门口推，尽管他们只喝了点汤，"我想起来明天的鱼还没订。"他鞠躬的同时，心里在讨厌自己，他似乎在高处俯视着自己点头哈腰的样子，但在这个行业几十年的习惯背叛了他；不管是不是纳粹，他们终究还是恺撒·里兹的客人。克劳德把妻子推出了餐厅。

通往康朋街一侧的长廊口站着的一个年轻的武装警卫看到他们走近，咧嘴一笑，脱下帽子。"晚上好，奥泽洛太太。"

"晚上好，弗里德里希。"布兰琪生硬地回答，但随后叹了口气，停了下来，"今天收到信了吗？"

"收到了！"男孩眉开眼笑，手伸进口袋，"我念给你听好吗？"

"下次吧。"布兰琪任由克劳德继续拽着她，走回那条无穷无尽的大理石通道。"你急什么，克劳德？"

"我……我怕你会说蠢话。"

"你的意思是告诉该死的纳粹分子我觉得他们攻下华盛顿的可能性有多大？"

"嗯，是的。"

"哎呀，我不会的！"她甩开他的手，大步走开。他只得跑上去追她。"经你一提醒，我还真想那么做呢！"她转身大步往回走，但被克劳德及时抓住。

"你给我放开！"

"不行，布兰琪，别这样，这里不行。"

"为什么不行？我才不管你的宝贝丽兹，克劳德·奥泽洛！你在他们面前怎么老是一副奴颜婢膝的样子？我不管他们有多讨人喜欢——我也不管弗里德里希了，他和他们一样，不是吗，就算只是个孩子，就像——"克劳德很诧异，没想到妻子竟然伤心地哭起来。"哦，真是太他妈可悲了，克劳德，太他妈浪费了。我该怎么办？"

最后，他把哭泣的妻子带回了房间——她想进酒吧，但他不让，因为里面都是下班的军官——在自己房间里，她可以随意发泄对他、对纳粹、对所有男人的怒火和怨气。"你们一个个都跟猛兽似的，捶着胸脯，冲着对方嗷嗷叫，还不是因为你们懦弱，装腔作势，摆样子唬人罢了；我呢，就在这里坐着，啥都不做，这是不够的，绝对不够。"最后，她终于睡着了，脸上的妆花了，口红也褪色了，她的嘴看起来像是印象派画家画笔一扫出来的效果。

克劳德坐下来，擦了擦额头，放松呼吸。当然，在理论上，她说得没错——很可耻，很浪费，很可怕，男人的确就如她说的那样，甚至更糟。男人很糟，包括他自己。

但在现实中，在他们挣扎的现实中，妻子大错特错。她必须置身事外，她必须袖手旁观，为了她自己，也为了他——还有丽兹。

下次他还能扭转这样的危机，避免布兰琪像疯子一样大喊大叫，甚至把不该说的也捅出去吗？事实是他并不信任自己的妻子，尤其是当她喝酒的时候。他从来都不能像一个男人能信任自己的配偶那样去信任她，谨慎，安抚（而不是激怒），先他后己，理解，安慰，这些他从来都不指望。这种事以后肯定还会再有。一个酗酒的美国妻子落进一帮歹毒的纳粹分子的巢穴，这种易燃易爆的组合必然导致还会有下一次。克劳德的脑海中浮现出一排无穷无尽的小炸弹，只有他才能拆除。他有生以来第一次怀疑自己——处变不惊的奥泽洛先生——能否胜任这项任务。

他担心自己的妻子会给丽兹招来灭顶之灾，他的丽兹，他的战时任务，没错，他就是这么想的。他不用真的上战场去冲锋陷阵，但在他眼里，确保丽兹平安度过这场劫难，让它和它的员工好好的，活下去，这就是在上战场。

这就是他的任务，他的责任，他的职责，作为一个法国男人的任务，责任，职责。

电话铃声停了，克劳德必须响应它的召唤。他毕竟是个男人，被战争激起了他体内熟悉的渴望。

布兰琪正在戴耳环，一下子僵住了。在她还没来得及说出一个字或操起离她最近的东西向他砸过来之前，他就缩了起来——举起双臂，挡住自己的脸，迎接战争。一场古老的、生了蛀虫的战争；一出老生常谈的戏，两个演员疲倦地念着台词，机械地表演自己的戏份，而台下的观众已经睡着了。

然而，今天晚上，布兰琪似乎忘词了，她没作声。

克劳德垂下双臂。

布兰琪哼起了小调，是某出戏里的，也许是美国的，听起来有点熟悉，但也不是太熟，不然他应该知道歌词。她继续化妆，抹上口红，用纸巾吸干，做她那奇奇怪怪的动作——食指塞进嘴里，拔出来，再把手指上的口红擦掉。她说这样可以避免口红沾到牙齿上。

然后她穿上鞋，伸手去拿她的坤包。

"玩得开心，克劳德，亲爱的，向她问好，祝她开心——噢，对了，晚上别等我！"

"你……你去哪儿，布兰琪？你知道我不喜欢你在街上瞎逛。你不知道会发生什么——"

"那太糟了，克劳德。"她只说了这几个字，扬长而去，脸上还挂着灿烂的笑容。

克劳德竟然破天荒地不知道该说些什么。他不知道这出戏的对白。他坐在床上，傻了。

随后，马上起了疑心：她说"别等我"是什么意思？

他很想追上去问个究竟，或者干脆像密探一样跟踪她，就像当初那样——当初嘉理陪她在巴黎到处转，他就悄悄地跟在后面——但不行，有人在等他。

他洒了点古龙水，整了整领带，梳理了一下胡子，打开壁橱，从一件外套口袋里掏出一本笔记本。克劳德锁上房门，走下弧形楼梯，瞥了一眼弗兰克·迈耶的热闹的领地——这是自结婚以来头一次，他希望看到妻子坐在她的老位置，弯着胳膊肘。

她不在。

弗兰克·迈耶也许知道她在哪里。克劳德朝红木吧台走过去，可走了几步，又停下来。绝对不能向弗兰克吐露自己的婚姻烦恼。毕竟，严格来说，弗兰克算是他的手下。不，绝对不行；有时候，他和布兰琪吵起来，声音大到墙都挡不住，已经够糟了。

于是，克劳德转过身，推开门，走出了酒店。他也是不得已啊。

因为有人在等他。

第十七章

布兰琪

1942年秋

莉莉回来了。

连同一束紫罗兰送过来的，还有一张便条，约她在花市的一张长椅上见面，但没有指明是哪个花市。布兰琪只熟悉巴黎圣母院附近西岱岛上的那个花市，这一天下午她要去的就是那里。但首先，她决定折磨一下丈夫，让他这一夜都不好过。哦，天哪，他那表情！她不知道自己是怎么了，有什么小鬼给她吹了耳边风；她只是很开心自己这么做了，她觉得早就该这么干。干吗不像他折磨她那样折磨一下他呢？

为什么不让那个混蛋相信她也有情人呢？这样想对他有好处。让他这样想对她有好处。她并不是没动过这样的念头，她以前也想过干脆也去找个情人算了。

只不过她狠不下心来。因为她不得不承认，丈夫在有些方面她是爱的。与法国人不同，布兰琪从小就认定爱与性相依相存。

这是她从来都没能打破的习惯，她身上的清教徒气质太强烈了（在克劳德看来，所有美国人都有这种气质）。

但她喜欢他在她面前，在所有人面前，都能保持仪态。即使那一天他休息，只打算和她一起坐在公寓里看看书，他也会刮一刮胡子，往脸上喷点古龙水，头发梳梳好，收拾得衣冠楚楚，无可挑剔，就只为了她一个人，这让布兰琪不得不感动。

她喜欢他先检查一遍信件，生怕里面有什么东西她看了会难过。她喜欢他在做爱前把她安置在床上的做法：他必须先把枕头抖松，把床单理平，然后再小心翼翼地把她放上去，如同一位艺术家在为一幅已经完成的画作挑选最配的画框那般谨慎。她喜欢他先满足她的需要，让着她。

她喜欢他看书时的样子，甚至只是慢慢地，舔一下手指，十分小心地翻页，他总用他那漂亮的皮革书签（这套书签上压印着他的名字），他还有一本特别的页边镀金的皮封面笔记本，用来做笔记。说实话，看他阅读，有时候布兰琪会联想到他做爱的样子。她从来没遇到过这样的男人，只是翻翻书页，就能让她兴奋起来。

她爱她的丈夫，见鬼。但这并不意味着她心里就没有胜利的快感，不享受让他为她疑神疑鬼的这种滋味。

然而，她在过塞纳河时，已经把丈夫抛到了脑后。她迈着坚定又阳刚的大步，急匆匆地走在那个漂亮的小市场里。市场里到处都是鲜花和关在笼子里的鸟，大部分都是鸣禽，披着明艳的蓝色羽毛，还有黄色的。布兰琪虽然怕鸟，可还是觉得它们很可爱,她在美国从来没见过这样的鸟。它们不总是在鸣唱,也不总是显得很快乐,但这些摆满桌子和挂在杆子上的笼子,给人的整体印象还是很赏心悦目,很"巴黎"。

她选了一条靠近河边的长凳,面向市场。没过多久,布兰琪就看到她了。她在人群中飞奔,还没到布兰琪跟前就哈哈地笑起来。她身上的衣服还是沿袭她一贯的穿搭风格——乱搭:方格围巾胡乱缠着脖子,黑色蕾丝手套,宽松的绿色羊毛裙,肥大的飞行款皮夹克。

布兰琪不让自己跳起来挥手;毕竟,可能有人在监视莉莉;弗兰克·迈耶把纸条和紫罗兰交给她时暗示过这一点。当然,市场里本来就有德国兵在巡逻,他们时不时停下来挑逗在爸爸眼皮子底下照看摊位的乡下姑娘。所以,布兰琪待在原地,直视前方,直到莉莉在她身边坐下来。

莉莉伸手去抓布兰琪的手,她们的手指交缠在一起,布兰琪的心跳漏了几拍,才狂跳着赶上节拍。

她已经听天由命,认定再也见不到莉莉了。莉莉死了,消失了。她在布兰琪的脑海中,被致以悼词称颂后埋葬了。她的存在经过理论化的解释,存档了——她只是布兰琪在船上遇到的一个女人。一个让布兰琪哈哈大笑、有趣的、奇怪的小家伙,仅此而已。她们认识的时间很短。当然,是会有这样的人——他们闯进你的生活,照亮你自己都意识不到的某个阴暗角落,然后就消失了。真正的默契很罕见,但现实就是这样。

然而，现在莉莉回来了，布兰琪无法抑制内心的喜悦。不必说就能心领神会，这种罕见、珍贵的默契，她以前根本想象不到。因为只看了莉莉一眼，布兰琪就知道，会有好事，至少是让她激动的事。布兰琪需要这个。她和英国飞行员的那场冒险过后，她一直坐立不安——没错，她把这当成一场冒险，一次胡闹，她试图在心里和头脑中淡化它的危险程度。

但那并不是胡闹。她做的事的确很危险，很重要。她很勇敢，很有谋略。她救了一个人。

她渴望再来一次。

那个不可思议的下午过后，她就一直在想，如何才能真正参与抵抗军——人们背着德国人已经开始这么叫。那天，弗兰克·迈耶难得休息，她甚至为这事去皇家宫殿附近的一家咖啡馆里找他，可还没等她说完一句话，他就举起手让她不要再说下去。

"不行，布兰琪。"这个大块头男人说，"我很高兴能帮到你——那次。但如果克劳德发现我再把你牵扯进来，他会趁我睡着的时候杀了我。你知道为什么。"

"是的，可——"

"布兰琪，我不羡慕你。我知道你看起来好像什么都不缺，但你我都知道事实并不是这样。"

她感到两颊发烫；她被他的坦率弄得不知所措，只好埋头研究自己的咖啡，把脸藏起来，不让他看到自己有多受触动——终于有人看到了她，真的看到了她。有人发现了她的孤独与不安，还知道根源是什么。

"可克劳德——你丈夫是我的老板。我对他隐瞒了很多事，我不在乎。可你，你不一样，你是他妻子，他非常关心你，也担心你的安危。"

"那他的表达方式可真奇怪。"但她没有展开说。既然在丽兹发生的每件事弗兰克都知道，那他肯定也知道克劳德的夜间活动。

"我没有资格批评任何人。"弗兰克只说了这么一句，这个话题就此打住。

这并不意味着她就甘心躲在丽兹的锦缎窗帘背后，坐在场边的阴影里，看着恐怖在她周围上演。但她不知道还能向谁求助，也不知道该去问谁怎样才能再做些事。

直到莉莉又在她身边坐下来。

一开始，布兰琪以为她只会聊她去了哪里，怎么剪了这头短发，西班牙的酒是什么味道。她以为会是她习惯的那种谈话，在丽兹习惯了的那种。

所以她待了一会儿脑子才转过弯来，才反应过来莉莉跟她讲的不是观光，也不是酒店房间，而是战斗，流血，和农民一起在山洞里度过的夜晚，天上落下的炸弹，这样的奇闻逸事。她提到了一个叫"小母牛"的人，一个叫"麝香葡萄"的人。

莉莉告诉她，战斗结束后，在夜色的包围下和罗伯特在露天做爱，枪就放在身边的地上。

布兰琪觉得当死亡近在咫尺时，爱一定更甜。

现在莉莉在讲巴黎，好像是的——布兰琪得全神贯注，脑海中的画面层出不穷，她来不及应对，她跟不上莉莉的语速。莉莉一肚子的话如泄洪般往外涌，像是收都收不住，似乎这些话一直被锁在她体内深处，直到这一刻，布兰琪递给她一把钥匙。布兰琪仔细打量莉莉，突然间担心起来——她终于发现了她的朋友有多消瘦，有多苍白，终于看到了那双眼睛里燃着熊熊怒火。

现在，莉莉在说的是一个男人，他用三色旗做了个套索，在德国人进军巴黎的第二天，就在阿尔玛桥上吊自尽了。谁都没去阻止他，连她也没有。

听起来好像莉莉和罗伯特在早期就联合了学生。当普通法国公民被席卷过来的浪潮吓得束手无措的时候，他们进行了反击。

"罗伯特还好吗？"布兰琪终于受不了，不让她再说下去；这些话太吓人了。"我希望这次能见到他。上回去西班牙你走得那么急——"

"罗伯特，"莉莉打断她，"死了。"

"哦，莉莉。"布兰琪的眼睛被泪水刺痛了。她觉得自己荒唐，居然在为一个从未打过照面的人哀悼。她被自己的情绪干扰的同时，莉莉的眼睛却像洋娃娃的一样干，眨都不眨一下。布兰琪只得研究起市场尽头一只关在笼子里的鸟来。这是一只黄褐色的鸟，翅膀上有闪亮的蓝色，它在笼子里跳上跳下，从栖木跳到底板，一遍又一遍，就好像在发火。

"老早的时候，"莉莉继续说下去，好像布兰琪问了她似的，

"就在卑鄙的德国人入侵之后。也许有一天我会告诉你。我祈祷他们都下地狱受煎熬。"

"我知道他们中的一些人很坏，没错，但也有一些孩子，他们不想来的，他们不像其他人那么坏——"

"他们是禽兽，布兰琪，现在外面的情况跟你在丽兹看到的不一样。在波兰、奥地利发生的事情，这里也在发生。"

布兰琪感到一阵强烈的厌恶和内疚。此时此刻，克劳德很可能在端茶送水伺候那些杀害莉莉的罗伯特的禽兽。而她——唉，今天早上她还特地夸阿斯特丽德头发漂亮。昨天她还和弗里德里希坐在一起，听他念家乡女朋友寄过来的信；她甚至还拥抱了他，因为他向她透露那个女孩还有一个情郎，是纳粹党卫军驻柏林的一名士兵，说这话时，他的蓝眼睛噙满了泪水。

布兰琪明白她必须走出丽兹。她必须看到墙外的巴黎正在发生的事。不这么做，她如何能心安理得？

如何为自己的谎言赎罪？

"看到你对我有好处，"莉莉这话让布兰琪十分感动，尽管她知道自己配不上莉莉的这份友情，"我现在又有了一个情人。他也恨纳粹，他有更大的计划，好计划。"她没接布兰琪递过来的手帕，直接用袖子擦了擦鼻子，咧嘴一笑，但她的雀斑衬着苍白的皮肤就像墨点一样。

"但他跟罗伯特还是不一样，对吧？"

"对，洛伦佐不是我的男人，他只是一个男人，有区别。"

"我还不懂吗!"布兰琪叹了口气,深有同感,她知道克劳德对她来说也从来都不"只是一个男人"。他让人抓狂,自大,占有欲强,不道德。嘉理的种种毛病,"一个男人"的种种毛病,他也有。但至少一开始,克劳德不只是这样,他还有许许多多的优点。

"来见见我的朋友,布兰琪。嗯,不是我的朋友,跟你不一样——这些人,我不像在乎你一样在乎他们,但我们一起战斗过,总会有点影响,你明白吗?"

"战争能拉近人与人之间的距离,克劳德跟我说过好多次。"

"但是,有时候我也……我也必须得忽视他们——怎么说来着?抛弃他们?必要的话,为了顾全大局,我必须丢下他们。可我不能这么对你,布兰琪。"

布兰琪看着她,目光很犀利,她不确定莉莉说的是真心话,还是出于什么目的在巴结她,因为莉莉之前的言行看不出她对罗伯特以外的任何人有一丝依恋。布兰琪怀疑,为了她所谓的大局,她甚至连他都可以舍弃。

但还没等布兰琪开口,莉莉就宣布:"该走了,现在。"

布兰琪可以抉择了,她明白;时机到了,她一直在寻找的时机。她需要喝一大口杜松子酒来稳定狂跳的心脏,抑制手掌渗出的汗。

布兰琪看看四周;一眼望去,市场上满是巡逻的德国士兵,尽管一些商贩已经开始往鸟笼上盖布,准备打烊,因为天快黑了。

她看着莉莉消失在迷宫般的市场里。

第十八章

克劳德

1942年秋

　　克劳德强作镇定，踱出酒店，来到街上。天色已晚，但时间绰绰有余。于是，他拐进了一家咖啡馆，叫了杯葡萄酒，佯装看报纸——报纸上全是纳粹的宣传和谎言——其实心里一直在琢磨妻子的反常表现。她去哪儿？为什么这么平静，这么漫不经心？她也有情人了？这怎么可能？这么多个月，她不是一直待在丽兹，待在他的眼皮底下吗？

　　不，当然不可能。她是他的妻子。绝不可能，不可想象——那克劳德为什么会想呢？

　　这酒他几乎一点都咽不下，胃里在翻腾，但他觉得还是得做做样子，于是喝了酒，付了钱，朝几个也出来转悠的丽兹的客人点点头。"天气真好，很适合出来走走，是吧，奥泽洛先生？""是啊，今年秋天到目前为止最好的天气。"他继续溜达，想让自己冷静下来，甩掉杂念，因为他得保证能履行自己的职责，这至关重要。

路过的士兵向他脱帽致意。对这些侵略者表现出来的礼貌，克劳德还是很震惊。他们还在继续展示礼貌，看得出来是在刻意避免冒犯民众，但这一切都是作秀；他一直在等待——每个人都在等待——等那只鞋落下来，等纳粹露出真面目，尤其是在那场令人发指的犹太人主题展《犹太人与法国》举办之后。

克劳德信步横穿塞纳河，来到左岸，这里不像右岸那样到处都是德国兵。他朝先贤祠走去，从卢森堡公园穿过去。公园里人头攒动，到处都是情侣、妈妈和孩子。旋转木马依然在转，台上还有乐队在演奏。只不过是一支德国军乐队在演奏啤酒馆音乐，嘭啪啪，嘭啪啪，吵得震翻天，气势汹汹地攻击他的感知力，更别说耳膜了。

尽管如此，克劳德还是惊叹，在阳光下，即便只是微弱的阳光，世界可以显得多么祥和。夜晚，当然是另一番景象了。

"晚上好，我的朋友！"一个年轻人向克劳德招手。他坐在户外一张靠窗的咖啡桌旁。这个位置离火盆不远，所以他把手套放在外套口袋里。克劳德走近时，年轻男子站起来，克劳德主动跟他行了贴面礼，两边脸各一下。

两个女人已经坐在那里，一个金发，一个黑发，两人都莞尔一笑。照克劳德的品味，她们脸上的油彩涂得有点过重，但那喜形于色、开怀大笑、动辄脸红的样子还是很吸引人，很引人注目。他也跟她俩行了贴面礼，在金发女郎旁边的空椅子上坐下来。

克劳德仔细打量了一下年轻男子。这个叫马丁的家伙，他有一种放荡不羁的气质。克劳德又被激发了好奇心。他帅得丧心病狂，一头黑色的鬈发，一双绿色的眼睛，穿衣打扮很有派头——脖子上总是扎着一条丝巾，像个飞行员——方圆一英里内所有女性都无法抵挡他的魅力，不由自主地被他吸引。克劳德本人没从女性那里受到过这种程度的关注，即使在他年轻时也没有。可他有种，敢承认自己嫉妒这家伙，尤其是他还比自己至少年轻十五岁。克劳德庆幸布兰琪没有理由见他。

点咖啡时，克劳德发现自己又在好奇马丁在战前是做什么的。（他对两个女人没有这样的好奇心，即使此刻金发女郎正依偎着他的肩膀，把玩他的衣领。）

克劳德知道，马丁没有一个固定的家；当然，他也没有理由去求证。这方面的细节他们都不让对方打探，尽管马丁很清楚克劳德在丽兹的身份，当然，他还对布兰琪的情况很了解，也不知道是怎么打听到的。这是克劳德的谈判筹码。

"我很好奇，马丁。"克劳德决定问问他，因为在这几个月里，他们已经喜欢上了对方，至少克劳德自己这么觉得。这不仅仅是因为他们在一个不寻常的时期成了商业伙伴。不，即使以前就认识他（像所有巴黎人一样，克劳德把他的整个人生，他对人和事的看法，都划分为德军入侵前和入侵后），克劳德相信，自己也会成为马丁的朋友。克劳德欣赏他这位合作伙伴的头脑，时刻保持运作，任何棋局都能预见到后三步棋。他处世机敏，连最小的动作——比如此刻正在招呼侍应生加咖啡这种动作——都别具一格。

"好奇什么，我的朋友？"马丁身子后仰，靠在椅背上，椅子的前脚翘了起来。他冲着旁边一桌的两个女人一笑，勾魂摄魄，纵使这边的金发女郎和黑发女郎——一个叫西蒙娜，一个叫米歇尔——不高兴的样子都摆在了脸上。那边的两个女人立即咯咯咯地傻笑起来。

"你以前是做什么的？"

"克劳德，克劳德，你知道规矩的。"的确，他知道，不打听私人问题。除了克劳德，在座的每个人都没有过去。

"克劳德，"西蒙娜对着他的耳朵柔声细语，"你是个淘气的孩子！"她捏了捏他的大腿，这举动并不令他反感。

"是的。"克劳德对她笑了笑，仿佛对面是一个烦人的熊孩子，"但是你得由着我。我喜欢研究人性。必须得这样，职业需要。再说了，你们对我倒是挺了解的嘛。"

马丁叹了口气。他摆正椅子，身子前倾。餐厅里的灯光把他那头鬈发映照得像个光环。周围的人都在聊天。听得到法国音乐，一段很老的录音，密斯丹格苔唱的《我的男人》，喳喳沙沙的，听起来很单薄，但好歹是法国歌。你甚至可以差不多说服自己相信这是一个典型的巴黎秋夜。空气中有一丝渐渐稀薄的暖意；花盆里的天竺葵开始凋谢，绚丽的红色和粉色在黑色熟铁栏杆的映衬下已经没那么鲜艳，醒目。

这是一个典型的巴黎秋夜，直到你反应过来一张张咖啡桌旁点缀着灰绿色的制服，而穿这制服的德国兵正操着他那难听的母语在聒噪；直到你发现街道上完全没有机动车的影子；直到你仔细看那靠在栏杆和街灯柱上的自行车，发现橡胶轮胎已经补了又补；直到你留意到每张桌子上都有一本配给票证簿，每一张法国人的脸上，时不时闪现惊慌的神色，仿佛刚从梦中惊醒，一场美梦，醒来就忘了。

"克劳德，好吧，公平起见，我的朋友。你当真想知道？"

"是的，想知道。"

"他想知道。"马丁脸上笑开了花，向西蒙娜和米歇尔又重复了一遍。两个姑娘咯咯地笑起来，摇了摇头。

"马丁也是个淘气的孩子。"米歇尔说着会意地挤了挤眼睛。隔着两张桌子的一个德国军官目不转睛地盯着她，见他这么明目张胆，她也向他挤了挤眼，那个醉得目光呆滞的年轻军官脸红了，移开了视线。

"是的，我以前是。"马丁承认。他靠到椅背上，点燃一支烟，吸了一口，吐出两个烟圈，哈哈笑了几声。"我以前是个舞男。"

"舞——什么？"克劳德差一点把刚端上来的咖啡给打翻了。侍应生笑着走开了。

西蒙娜和米歇尔也笑了，笑得爽朗清脆，如喜鹊一般；周围的人纷纷转过头来，但克劳德知道，他们只看到这两个光彩照人、喜气洋洋的美女和她们帅得勾魂的男伴；克劳德在他们眼里不存在。当然要的就是这个效果，尽管这可能会伤他自尊。

"舞男。"马丁耸耸肩重复了一遍，"出钱就可以买我，我被人买过——哎呀，我的朋友，现在也可以买我，嗯，女士们？"他对坐在旁边那一桌的两个女人挤眉弄眼；逗得她们又脸一红，眼睛看向别处。"大部分是有钱的女人。我去过你的丽兹很多次，但是你从来没注意过我。我总是挽着某位夫人的胳膊，某个浑身挂满珠宝的胖太太。你注意的只是那些夫人，你向她们鞠躬，而不是她们挽着的那个帅哥。我就是这样认识你的，我的朋友。我很了解你的名声，还有事业。"

"天哪。"克劳德为什么惊讶？马丁那么好看，那么自信。天不怕地不怕，克劳德觉得对付那些对自己丈夫常以主人姿态自居的富婆，这一点很管用。

"你不会看轻我吧，克劳德？"马丁的眼里流露出一丝焦虑，克劳德被这丝焦虑触动了。他意识到这家伙很看重自己的好感；他感到很荣幸，当然啦。

"不，不，我不会的。我们以前做过什么又有什么关系呢？战争，占领——为那些足够聪明的人创造了新的机会。"

"很高兴你能这样想，我的朋友。噢，对了。"马丁从口袋里掏出一张订单。两个姑娘觉得闷，聊起了她们最近看过的电影。两个男人开始谈正事。"这个星期你消耗了多少苹果？你估计下星期还需要多少？"

"恐怕不是很多，只有两百左右。但朝鲜蓟的需求量相当大，没想到。要我说，得进三打。"

两人继续讨价还价，蔬菜和水果，丽兹的厨房需要的农产品。马丁在订货单上做记录，偶尔停下来想一想，弹掉烟灰。马丁生气地嘟囔几句，降低价格后，克劳德有时会重新考虑需求，改变主意。等他们谈完生意，早已过了宵禁，索性也不急着走了。周围的桌子还是坐满了人。

最后，西蒙娜上厕所回来，没有坐下，抓住克劳德的胳膊，把他拽了起来。

"好了，该走了。我累了，但还没有太累。"她哼哼唧唧着说。周围的人——包括一桌德国兵——都笑了起来，会意地点点头，而另外两个人也站了起来。

米歇尔贴着马丁的胳膊，叹了口气（那种咕咕的喉音），可她炫耀地兜住他的裆部，郑重声明："这个永远不会太累。天哪，我一刻都睡不了！"

周围的人笑得更起劲了。克劳德以前就注意到，德国人很喜欢看这样的场面——法国人表现出他们认为法国人应该表现的样子：过分注重性，戏剧化。

"对了，克劳德，有一件事。"马丁扎紧围巾，在周围持续不断的喧闹声掩护下，压低声音，"我听说有很多人要被驱逐出境。刚刚开始，但消息来源绝对可靠。主要是犹太人。夜里上门抓人，成片成片的社区这样搞。"

克劳德把双手插进手套里，想让它们不要抖。他不敢看马丁，不敢看任何人。他在竭力控制表情。"谢谢，告诉我这个。"

"我只是觉得应该让你知道。"马丁突然转过身，弯下腰去亲吻其中一个还坐在他们旁边吃吃傻笑的女人；米歇尔气得大叫。那个女人倒吸了口气，脸涨得通红，眼睛闪闪发光。

他向她挤了挤眼，又向克劳德挤了挤眼，然后漫不经心地挥了挥手，和米歇尔手挽着手消失在夜色中，这黑沉沉的夜色让人有一种不祥的感觉。这会儿还没有灯火管制，但街灯已经灭了，只有咖啡馆里透出来的灯光洒在街道上。

克劳德小心翼翼地绕过桌子；西蒙娜紧紧挨着他，一头金发靠在他肩上（这一点也不令他反感）。他们漫步在昏暗的街道上，仍然缠在一起，穿过阿尔玛桥，朝蒙田大道走去。大街上静悄悄的，空荡荡的。

尽管克劳德在思考，衡量，盘算，但对这个金发尤物散发出来的魅力并非无动于衷；西蒙娜闻起来像紫丁香，头发柔软而有光泽。像如今绝大多数巴黎人一样，她的衣服也旧了，缝了又缝，补了又补，但很干净，很称她，衣服上还有一些小点缀——丝花、水钻别针、从其他衣服上拆下来的花边。这姑娘没穿尼龙袜——现在很少有女人穿——但她用眉笔在光腿背后画了条接缝线。她终究是个女人，温柔、顺从、懂事的女人。

他们走到了奥泽洛家所在的那幢公寓楼外。克劳德抬起头，看见窗口透出来的灯光。他微笑着转向西蒙娜——她有一双蓝色的眼睛，脸上有一颗用铅笔画的美人痣，克劳德觉得多此一举——就在这时候，一名德国士兵从他们身边经过，胸前挎着步枪。

"快点，不然就进去。"士兵凶巴巴地爆出一串德语，"已经过了宵禁了，你们这两只青蛙佬。"

两人都僵住了；然后，西蒙娜转向德国人，抛出她那明媚的笑容，甩了甩闪亮的头发，扭了扭腰胯。

"要不你也一起来，嗯？"

士兵停下脚步，结结巴巴，话都不会说了，步枪差点脱手。西蒙娜哈哈大笑，一把抓住克劳德的胳膊，闪进了大楼，而那个德国人还在结巴。

"送他点谈资。"西蒙娜一边说，一边跟克劳德往楼上走，"他短时间内不会忘记我的。"

说实话，克劳德还是有点怔怔的，他真怕德国人会接受西蒙娜的提议，所以紧张得只会点头，而那姑娘——满不在乎，活泼，勇敢——唠叨起了她明天的计划：修补一块破手帕；和女朋友见面吃"午餐"，其实就是喝点稀汤，或许再加一片面包皮；排队买肉——要是有一块厚切菲力牛排，什么她不舍得拿出来换啊，当然，这不现实，她唯一能指望的就是千万别是狗肉或猫肉……

他跟着她上了楼，进了房间。

脑子里一直在琢磨妻子今夜会睡在哪里。

第十九章

布兰琪

1942年秋

　　莉莉抓住布兰琪的手，拉着她经过一排又一排的铺子。摊位上摆满了花，秋天的花、瘦长的向日葵、巨大的菊花和紫松果菊。莉莉迅速扫了一眼四周（动作隐秘得差点逃过布兰琪的眼睛），拖着她沿着一条狭窄的过道向一间铺子最里面走去。她掀起帆布帘子，布兰琪发现自己进了一个狭小、昏暗的帐篷。里面摆满了翻倒的板条箱，还有一桶桶养在水里的花，稻草散了一地。两三个灯笼发出淡黄的幽光；一开始，她几乎看不出昏暗中有几张脸带着警惕和兴趣盯着她。

　　坐在板条箱上的是莉莉的"朋友"。有个女人，身材矮胖，相貌平平，一头脏兮兮的金发编成了麻花辫。其余都是男人，胡子拉碴，戴着帽子，渔夫帽，帽檐压得很低，遮着脸。身上的衣服很不显眼，是劳动服。其中一个急吼吼地将莉莉拉到怀里，那样子，分明就是在宣布"这是我的人"，明摆着就是她的情人。

莉莉介绍她——"这是布兰琪，我跟你们说起过的朋友"——接着又一连串报出他们的名字；见他们对这些名字几乎没啥反应，布兰琪知道不可能是真名，她也知道不该问为什么。

他们又继续聊之前的话题，可那个莉莉说名叫洛伦佐的男人——她的情人——还一直盯着布兰琪。她竟然有点受宠若惊，真是荒唐。布兰琪小心翼翼地坐在他们请她坐的板条箱上，这对她穿的丝织裙肯定是不好的。其他人说话，她就在一旁听着。他们说得很小声，讲的是法语，带着各种口音。她听出了几个硬邦邦的俄语腔调，一个粗糙的波兰口音。他们似乎都不是土生土长的法国人。

慢慢地，她意识到，莉莉和她的朋友正在讨论的事情——"明天，我们去老佛爷百货商店买丝巾"，"下周的晚宴只有四套餐具"——并不是字面上的意思。

布兰琪恍然大悟——就像一束光突然穿透黑暗，照亮了她——他们谈论的是破坏行动。

抵抗行动。

"她可能帮得上，"洛伦佐指着布兰琪说，"看看她，非常有钱。"

"是的，但是——"莉莉冲着布兰琪笑了笑，"只出钱。"

"也许还可以有别的。"

"不！"莉莉斩钉截铁地说，"别打布兰琪的主意，我不希望布兰琪跟我们一样陷得太深。她是我的朋友，是的，她可以帮忙，她可以帮着筹钱，因为有丽兹，也许搞点食物或配给票证簿；但别的不行。这不是我带她来这里的原因。她是我的朋友。"莉莉瞪着他们。

布兰琪脸红了；每双眼睛都看向她，她感觉到怀疑的目光审视着她漂亮的衣服、丝袜（织补过的，但不影响观感）、精致完美的发型（刚在丽兹美容院里做的）。她很羞愧，这样赤裸裸地暴露自己享有特权、生活相对安逸的现实，而这里的每个人都像是好几天没洗过澡，没吃过一顿热饭。

可他们也确实像是狠狠地打击了纳粹，与此同时，布兰琪却在跟纳粹打桥牌。尽管她穿得光鲜亮丽，但在这里，她觉得自己卑微，抬不起头来。

然后，她想起了她的那场冒险，想起了克劳德，土生土长的法国人，老觉得自己的国家有多了不起，自大狂——自从德国人入侵以来他做了些什么？什么都没有，除了伺候他的征服者，他的客人，对他们唯命是从。又是赔笑，又是鞠躬，让布兰琪反胃。

她胸中腾起一团怒火，突然有了目标，知道自己要做些什么。总得有一个姓奥泽洛的站出来捍卫丽兹的尊严。

"我想加入你们。"布兰琪说。

原来，这没有像她想象的那么难。

第二十章

克劳德

1943年冬

　　丽兹每天都有人消失不见。上午开员工会议时，有谁不在场，一目了然。大家脸色苍白，目光闪躲，不敢在一个人身上逗留太久，脚动来动去；也许还会有清洁女工哽咽着低声向圣母玛利亚祷告。克劳德已经明白，这种时候不能问有谁知道为什么某某没来。

　　没人知道，什么都不知道，可明明却什么都看在眼里，听在耳里。这就是近来巴黎的情况。

　　有时候，过个一两天，失踪的员工会在一阵欢呼声中出现。"来瓶香槟。"克劳德会大喊一声。然后就有人从别处——德国人不知道的某个储藏间——拿来一瓶酒。有时候，这个员工会有新鲜的瘀伤，皮开肉绽的伤口，这种伤口很快就会硬化成深深的伤疤。有时一条手臂吊着三角巾，有时一只手缠着绷带，少了几根手指。

在接下来的日子里，克劳德会特别留意这个人。他把所有可以当毒药用的东西都锁进自己的办公桌；睡觉的时候，钥匙就放在枕头底下。不能让一滴碱液无意间混进汤里送到长廊另一头去，也不能让一片毒芹夹在沙拉叶里。克劳德就怕有人这样来报复，太蠢了——干掉一个纳粹分子，他手下有多少人要因此遭殃？他得尽全力保护这些人，他的人，因为这是他的丽兹。他们私下里做什么，他不想知道，也不想去管。

然而，有时候，失踪的员工并不会回来。他们已经学会了再等等——一周，或许两周。之后，克劳德会找人顶上。

但他会写下失踪者的名字，名单就放在抽屉里；这个抽屉里，他还存放着所有有毒物品和弗兰克·迈耶给他搞到的一把左轮手枪。为什么要这么做？也许他隐隐约约有个念头，等——等这一切都结束后，如果真的能结束的话，再去找他们。但或许，只是需要通过记录他们失踪来标记他们存在。

冬季赛车场那场悲剧发生后的几天里，这份名单又变长了。在克劳德看来，这是个特别黑暗的日子，因为是法国人干的，不是德国人。他们抓自己人，这是头一回，没人能让克劳德相信这是为了保护全体民众。法国人抓法国的犹太人，有些是新移民，有些是几十年前就过来的，来寻求庇护，寻求更好的生活。他们抓捕从其他国家移民过来的已经成为法国公民的犹太人。他们拽起小床上的幼儿、怀里抱着婴儿正在哺乳的母亲和抱着布娃娃蹒跚步的幼童。主要是妇女儿童；男人早就被带走了，只不过没这么明目张胆，他们被关进了德国人说是专门制造弹药和战争物资的劳工营。

那么，这些妇女和儿童又会对他人构成什么威胁？他们蛰伏在阴暗中，苦苦等待亲人，已经够惨了。说来可笑，阴暗的生存空间里唯一明亮的东西，竟然是他们衣服上那枚黄色的大卫之星。为什么要把他们从阁楼、储藏间一样的蜗居和单间公寓里拖出来，塞进玻璃圆顶覆盖的室内赛车场，别说吃的，甚至连个粪坑都不给他们？这是法国警方干的，他们的警察和警长。他们开的卡车，他们敲的门，他们把着枪，他们把这些可怜的人推进了这间温室。温室成了地狱屋。他们被关了五天，缺水，不透气，看不到希望，活下来的人又被带到德朗西、博恩拉朗德和皮蒂维耶的集中营，或者还有其他什么不知道的地方。

谁下的命令？巴黎城内，只需要当看客的那部分幸运儿，街谈巷议，都在问这个问题。丽兹酒吧里的人也在聊。弗兰克·迈耶坚持认为是维希政府；另一些人说不是，肯定是纳粹，他们逼迫维希干的。克劳德认同弗兰克的看法；他知道反犹太主义在法国文化中根深蒂固。他跟他那一代的其他人一样，是在德雷福斯事件的教化下长大的。

那天，丽兹失去了十名员工，他们都可靠，勤劳，大部分是女性。他们再也没有回来。

德国人满意地笑了，他们举起杯子，庆祝这场胜利。阿道夫·艾希曼跑到丽兹来跟斯图普纳格尔一起幸灾乐祸。艾希曼这家伙，光是听到他的名字就已经让人毛骨悚然。他们坐在露台上。这是7月，非常美好的一天；克劳德永远都不会忘记那一天百合盛开，空气中弥漫着玫瑰花香，蜜蜂嗡嗡叫着在花丛中流连。他们又笑又唱，兴高采烈，因为就如艾希曼说的，"想想看，今天的巴黎比昨天少了一万犹太人"。

"空气都感觉纯净了些。"冯·斯图普纳格尔附和道。

克劳德在一旁看着，招呼他的时候就一个箭步迎上去。他点头哈腰，他招呼侍应生给他们上鱼子酱，添香槟。

尽管艾希曼很高兴，但巴黎还有犹太人。在这里出生的犹太人留了下来，有时候他们也会离开，只是没有那么明显——不是大白天的传唤，而是午夜的敲门声。但是现在，巴黎的每一个犹太人都有一颗星，都在盖世太保①总部有一份案底。没有人是安全的。别傻乎乎地以为他们会对犹太人就此收手。克劳德雇用的那些气质柔弱的男孩，阔太太们最喜欢的那些人，下班后在翻领上插着绿色康乃馨的那些人，他们会怎么样？那些有残疾的人呢，比如格里普（弗兰克·迈耶还以为克劳德不认识这个人，他当然认识，格里普瘸了一条腿）？那些留下来的为数不多的美国人呢，比如布兰琪？

布兰琪和克劳德第一次看到黄色的星星时，他们在半道上停

---

① 盖世太保是德语"秘密国家警察"（Geheime Staatspolizei）的缩写Gestapo的音译。它在成立之初是一个秘密警察组织，后加入大量党卫队人员，一起实施"最终解决方案"，屠杀无辜。——编者注

下了脚步。是的，他们知道这道法令，但在印象中，那只是个概念，难以想象。他们甚至还开玩笑——香奈儿会不会独出心裁，设计出一颗别致的黄星，高价售卖？直到那天他们在一家咖啡馆愉快地享用完午餐后，在回家路上亲眼看到。

这是为了让布兰琪远离莉莉，克劳德的其中一项计划，因为，天公不作美，这个女人回来了。克劳德是这样分析的：假如多花些时间陪布兰琪，也许她就不会找莉莉来陪她了，当然也只是"假如"，因为他确实抽不出时间。莉莉会把妻子带坏。两人凑一块，似乎整天整夜除了喝酒什么也不干。她们勾肩搭背，跟跟跄跄地晃进丽兹，站都站不直，嘻嘻哈哈，不知道在傻笑什么。烂醉如泥的莉莉经常得睡在他们房间里，这种时候，她蜷在扶手椅里，布兰琪在床上打呼噜，而克劳德不得不在他办公室的小沙发上熬一夜。

"克劳德，你棒啊。"有一天晚上，莉莉一边咕咕哝哝地对他说着这话，一边踢掉自己的鞋子（一双男式战靴！），在椅子上坐下来，眼睛半闭着，蜷成一团，像只猫一样。

"克劳德超可爱的，是吧，噗仔？"布兰琪说着，打了个嗝。

克劳德皱了皱鼻子，离开了这两个酒鬼。心里一直惴惴不安，怀疑她们惹了什么麻烦，因为布兰琪一喝醉就会乱说话。

他还怀疑莉莉只是个幌子，布兰琪在跟别的男人交往——哦，这乱七八糟的世界，什么都让他怀疑！

那天，奥泽洛夫妇第一次在街上看到黄星，布兰琪一把抓住他的胳膊，他也一样。其实人并不多，因为最新的法令不准犹太人在公共场所聚集，也不准他们在主干道上行走；但是，似乎目光所及之处，到处都能看到这些可恶的徽章。那儿，一名女学生的外套翻领上就缝着一颗——这件外套实在太小，很不合体。自从纳粹下令禁止犹太小孩上学以来，她就一直去不了学校，可她还是穿着校服。克劳德不禁好奇这是为什么。纯粹就是希望吗？还是恋旧？或者，只是一个孩子心血来潮的念头？

这儿，一个穿蓝色粗花呢夹克的男人胸口有一颗，他看上去和克劳德没什么两样：法国式的长鼻子，显得疑心很重；唇上一小撮胡子；指甲修得整整齐齐；每周修剪的头发，抹着润发油；鞋子擦得锃亮，每走一步，鞋面上都会映出那颗黄色的星星。

那边，一对老年夫妇，身上都有星星，他的在破旧的毛衣上，她的在史前文物般的毛皮大衣上，这件大衣旧得像是维多利亚时代的产物。他们并排坐在树荫下的一条长凳上。克劳德最近发现，犹太人往往只待在场地周边，甚至在他们可以自由走动的地方也不例外——当然，这样的地方很少，就那么几条街、几个公园和几条人行道。他们总是想藏起来，可其实在巴黎的任何地方，他们都是注意对象，躲不开别人的目光。这对夫妇坐在长凳上。他的一只手搭在她的膝盖上，护着"他的"人；她双手紧紧地抓着放在大腿上的手提包。他俩坐在那里，看着前方，世间百态在眼前演绎，怎么看怎么不习惯，这世间，让他们感觉陌生。她的手提包大得惊人，克劳德怀疑她把所有贵重物品都装在里面

——旧照片、出生证明、珠宝。或许还有换洗衣服。以防万一。

对于这星星，布兰琪和他都没表达什么看法。他们没有逗留太久，啥都没说，不约而同地迈开脚步，走得比平时快，急匆匆赶回丽兹，赶回房间。进了房间，还是一言不发，爬上床，和衣躺到床单和毯子上。两人并排躺着，他搂着她，她浑身发抖，但也可能是他在抖，也可能是两人都在抖。最后，她终于开口，终于提到了那个他们始终不敢触碰的话题。

"幸亏我们没有孩子，克劳德。"结婚二十年的妻子说。

他紧紧地搂着她，只知道点头。他的妻子，他所拯救的公主，如今变成了一个令人困惑的女人，她温暖的身体充满活力，她的思想更加富有活力，她的慷慨，她的善良，她的大胆，她的恐惧，她的鲁莽，她的固执。那脾气，在名牌服装下藏得并不严实。有时，他承认，有些时候他忘了妻子是一个人，而不是一个抽象的感觉（气恼，往往是这样），一个美丽的、令人恼火的细胞群，一个软与硬、逻辑与情感的矛盾体，跟所有女人一样。

但在德国鬼子眼里，一些细胞群，一些骨和肉、流动的血液、跳动的心脏结合起来的整体，根本不是人。

"布兰琪，求求你，别再见莉莉了。"他对着她的耳朵轻声说。她的身体一下子就绷紧了。"求你了，我有种不好的感觉，我不知道她会让你做什么，但是你得小心，你一喝酒就……"

"我一喝酒就什么？"她的声音尖厉刺耳，透着怀疑。

"你会犯糊涂，你经不起这样折腾，没人经得起。"

"我们做个交易吧，克劳德。"她往外一翻身，坐了起来，捋了捋头发，还是背对着他，"只要你晚上别再电话一响就跑出去，我就不会再见莉莉。"

"布兰琪——"克劳德第一次动了念头，想要停止他的夜间活动。冬季赛车场事件过后，德国鬼子收紧了绞索，对巴黎的管控越来越严，他的夜间活动也越来越频繁，越来越令他兴奋。

现在宵禁很严，这反而令暗地里见面更加刺激。按规定，不可以聚众扎堆，四人以上就算聚众扎堆，即使是在咖啡馆和夜总会也不行。已经发生了几起针对纳粹士兵的枪击事件，结果就是民众成了报复对象，被赶到一起，被枪杀；通常是犹太人，但也不全是犹太人。

但是不行，现在，尤其需要排解压力，他每天要应付的事情千头万绪，有那么多人要取悦，从妻子到员工，还有这些"客人"，这些不速之客。他尤其需要找回恺撒·里兹的记忆，找回他克劳德自己的记忆，过去的那个他。只有出了丽兹，克劳德才能找回自己。他不会停止与西蒙娜——还有米歇尔和马丁——见面。见面讨论的已经不限于蔬菜，现在马丁还贩卖其他东西。有些东西克劳德需要，有些东西他希望自己永远都用不上，但他还是从他朋友手中接过来，有时候留着——丽兹的橱柜很大，基本上不在明处——有时候转手给别人。

不管他自认为有多谨慎，他时时刻刻都在审视自己的行为，提防失职。他很不愿意承认，自己有时候也会犯错。有天晚上，他在十点半左右去了地下室的厨房。当时有一场空袭；英国的轰炸机在轰炸城外的码头，这码头是德国人的战略要地。克劳德恰好知道，丽兹正好落在一条特殊的纬线上，借助这条纬线，轰炸机可在夜间辨认方向，飞越灯火管制的城市。要是有人恰巧开着厨房的灯……

果然，非常奇怪，虽说有灯火管制，可这里却灯火通明。要是纳粹知道了，要是他们知道了是谁开的灯……克劳德想到这里，不寒而栗。他摸了摸一个灯泡；几乎还是热的。所以不管是谁干的，肯定刚刚才离开。他好像闻到了一股熟悉的气味——也许是香水，或者是发油，但他没在意。他提醒自己得盯紧手下，他要找出是谁干的，郑重警告他（她）。

他转过身，上楼回到自己的房间。布兰琪正在脱鞋袜，气喘吁吁的——"灯火管制，灯火管制，管制个头，我费了老大的劲也摸不到路回来！"克劳德的火气腾的一下蹿上来——外面在空袭，她还回来得这么晚——气得他把灯的事忘得一干二净。很快，两个人就吵了起来，声音盖过了头顶轰炸机的轰鸣。

第二天早上，他被传唤到冯·斯图普纳格尔的办公室，接受了一通不太和气的审讯。打发他走之前，德国人警告说这事还没完。因为厨房里的灯像个灯塔一样，就在通往码头最直的路线上，从上空看，十分醒目。看来这次盟军收获很大啊。

所以，克劳德必须小心，他不能让激情影响工作，让丽兹遭殃。

自己从事的那些活动让他感到自豪，他暗自得意，却被妻子眼里的悲伤和无奈泼了盆冷水。无奈，觉得他辜负了她的期望。妻子对他很失望，对他的不忠，对他的工作，都很失望。她嘲笑他对纳粹点头哈腰，嘲笑他忙不迭地伺候他们；他无法忽视她言语间流露出的厌恶。那场空袭过后，克劳德更加卖力地讨好他的纳粹客人，甚至亲自给冯·斯图普纳格尔擦靴子，因为那家伙曾经嫌弃过擦靴子的工人活干得不好。

"克劳德，你会是个非常优秀的德国人。"冯·斯图普纳格尔满意地看着擦得锃亮的黑色皮面，对他说，"也许你可以跟我去柏林，在那里管一家酒店。"

克劳德微微一笑，说："谢谢。那真是太好了。"

当天晚上，电话铃又响了。克劳德比平时更急迫地想去赴约。布兰琪笑了笑（近来常见的那种深不可测的微笑），在他脸上拍了一下（轻轻地，漫不经心地，几乎令他想起昔日的温情），然后就先走了。最近，她总是比他早出门，比他晚回来；回来的时候，总是语无伦次，目光呆滞，衣服上一股酒味，杜松子酒和苦艾酒的味道。而她早出晚归的同时，克劳德在做法国男人必须做的事，即使是在1943年的巴黎。

他闭上眼睛，却还能看见星星——那是她一巴掌给的星星。巴黎街头的黄色星星。

他看着表，数着时间，只给自己六十秒的时间。在这六十秒里，他鄙视这个世界，这场战争，这场侵占，这个污渍，这场灾祸，这个噩梦。怎么形容都不解恨。

一分钟到了，他关闭仇恨，把它紧紧锁进心里的一个小隔间里，把钥匙藏起来，藏在一个不用费多大劲就能找到的地方。时间到了，得走了。克劳德往脸上洒了点水，整了整领带。

然后冒险出门，走夜路去见一个美丽的女人。

第二十一章

布兰琪

1943年冬

莉莉回来后，过了几个月，给布兰琪的紫罗兰又出现在丽兹酒店，这又是约会的信号，但这次和她在花卉市场的长凳上见面的，不是莉莉，而是洛伦佐。

"莉莉去哪儿啦？"布兰琪一边问，一边往毛皮大衣里缩；她总是忘记巴黎的冬天有多无情。

对方瞪了她一眼，她这才想起来，当初听到的关于抵抗军的第一条规矩就是"不能问问题"。

"我有东西要给你。"洛伦佐说。布兰琪捻着手上的一束紫罗兰，听他说下去。他说这很危险，他不会骗她。他们——这个没有明说的"他们"指的是谁，布兰琪没傻到要去追问——拿到了一套缩微胶片，里面有军队的海岸行动计划。德国人正在到处搜查。必须把它交给北站的联络人，那人会送出法国交给盟军。布兰琪的任务就是把东西送到他手上。她会说法语，可以扮他妻子。

她知道，自己完全可以走开。以前的布兰琪会走开。那个布兰琪曾认为跟温莎公爵和公爵夫人共进午餐是件荣耀的事（她还特地写信告诉父母，还附了张照片）；那个布兰琪常常在天鹅绒沙发上蜷好几个小时，看富人、名人、痴心妄想的人趾高气扬地在丽兹走进走出，刻意显摆身上的珠宝给所有人看。

现在的这个布兰琪一声不吭地跟着洛伦佐走到另一个卖花的铺子里，他递给她一个锡制午餐桶和一张法国身份证，上面显示她是贝尔特·瓦莱里。她很认真地听他交代任务细节，明白自己只需要去给在第五轨道工作的丈夫穆勒·瓦莱里送午饭。洛伦佐给布兰琪看了一眼这个男人的一张照片，然后扔进咖啡罐里烧了——这个穆勒一脸愁苦的样子，就好像有人刚开枪杀了他的爱犬。洛伦佐递给她一身很朴素的衣服和一条家庭主妇用的方巾，他似乎直到这一刻才注意到她身上的南美栗鼠大衣。

"你看起来太他妈的丽兹了。"他气急败坏地说着，弯腰从一堆旧衣服里抽出一件布外套，外套上有一个口袋耷拉着，扯破了，"把那可笑的毛皮留下——我可以卖了它，换点钱。"

"可……这是……"这是克劳德在他们结婚一周年纪念日送给她的。她还记得他当时的表情，腼腆又自豪，自豪自己凭丽兹这份薪水买得起这件礼物送她。她不舍得，这就像又要割舍一段记忆，一段正在褪色、更有温情、更有憧憬的过往的记忆——这样的记忆本来就少得可怜。

"你到底想不想帮忙？我们可以买护照、汽油、火车票，或者其他有用的东西，还有枪。我还以为你愿意战斗呢，丽兹酒店的女主人？"洛伦佐看着她，毫不掩饰厌恶和傲慢；她真想把那神情从他脸上抹掉。

"当然，拿去吧。尽量多换点钱。"

连声谢谢都没有，他只是说："你把桶交给他后，马上就走，马上，离开那里。你确定你能做到吗？"他身体向她探过来，怀疑的目光紧紧盯着她，挑衅她。她意识到，对他来说，她是可以牺牲的，就像她的皮毛大衣一样，只是一时有用，仅此而已。

"我还可以来点花样。"布兰琪回答说。

"你确定吗？"洛伦佐皱起眉头，一脸愠色；他脱下帽子，挠挠头，东看看西看看，像是希望有什么人从花篮后面跳出来，代她去执行任务。"你明白这事有多要紧吗？你要知道，你不能跟任何人讲这事，要是被抓了，你就只能靠自己了。你不能把其他人的名字说出去，你不能说话。否则，后果自负。"

"否则什么后果？"

"要是纳粹不杀你，我们会。"

她强忍着没让自己哆嗦，但没说什么。

"完成任务后，别回这里。"

"我该去哪儿？我的衣服——"布兰琪拍拍身上的裙子，今天早上精心打扮、刻意穿上的印花绸，"这个怎么办？"

"我也会卖掉。"他呵呵了几声，嘲笑她这愚蠢的小女人心思，他站在那里，双臂交叉抱在胸前，等着她脱衣服。

布兰琪耸耸肩，真的脱了，她换上了那身装束；家务便服有点太紧，而外套又有点太大。她提着桶从帐篷里出来，停下脚步，调整了一下低低地贴在额头上的头巾。洛伦佐没有跟出来。她一个人都不认识，自个儿在市场里走，偶尔停下来看看花——主要是白英，还有玻璃下的一些温室花——她这样子，就只是一个普通的法国家庭主妇，打算花几个子来装饰餐桌。但是她每次与纳粹士兵擦肩而过，都像遭到一次电击；身体往后缩，心脏狂跳，手里的桶抓得更紧，但没人多看她一眼。于是，她开始朝塞纳河走去，朝火车北站走去。

这次不像上次，那次护送年轻的飞行员真的是赶鸭子上架，逼着她去经历一场轻率、鲁莽的冒险，她就像一个替角，突然被叫上场去演一个她没有排练过的角色。她没有时间考虑后果。

要是她再也见不到克劳德了怎么办？这个问题让她猝不及防，让她又想起了她刚刚送出的那件外套，还有与它相关的所有回忆。她意识到，她已经很久很久没像今天这样把丈夫当成一个人来看待了；他是她痛苦的根源，是她酗酒的借口，是她离家出走的原因。如果再也见不到他了，她会伤心吗？

他会为她伤心吗？

这个复杂难解的问题驱散了所有其他更紧迫、更可怕的想法。忽然，她意识到差不多已经到了车站，意识到自己拎着那个珍贵的桶在晃，仿佛这只是个手提包或野餐篮，里面没藏着法国境内每个纳粹军官都在找的那卷偷来的缩微胶片。布兰琪担心那张假身份证被她弄丢了，这下可把她吓坏了——是和自己的衣服一起留在花卉市场了吗？然后她想起来，在桶里，在格子布上面，格子布盖着三明治，三明治保护着珍贵的缩微胶卷。她拍了拍自己的脸颊，掩饰内心的恐惧，向在入口处站岗的德国人出示那张身份证。她硬着头皮直视他们的眼睛；她不能表现出紧张，不能让人觉得可疑。士兵接过卡，没怎么看，就塞还给了她，继续和他的朋友聊天。

她一踏进这个巨大、空旷、嘈杂的车站，跟照片上一样愁眉苦脸的穆勒就冲上来（咦？据她所知，他从来没见过她啊）；他抓住她的肩膀，爆出一长串法语，劈头盖脸一通责骂。

"你怎么这么磨蹭，娘们？我快饿死了！我整天为你做牛做马，这还不够，你连按时给我送午饭都做不到吗？"

布兰琪愣住了，反应不过来。这家伙疯了吗？随后，她昔日的表演本能被激发了。

"你这什么狗屁老公！你敢这样对我？我是为你在打扮！"

"哈！那你白费力气了。"

一群好奇的观众突然聚集起来，观看这场跌宕起伏的家庭闹剧。

布兰琪扇了穆勒一记耳光，他嗷嗷地叫起来，她揪住他的衣领，赏了他一个火辣辣的热吻。他惊呆了，手一松，桶掉到了地上。

她吓得差点大叫；穆勒也跟她一样惊恐，瞳孔都放大了。

他俩同时往下看。

桶好好的；没东西掉出来，就连湿乎乎的三明治也没掉出来。布兰琪松了一大口气，激动得一把揪住穆勒，在他嘴唇上又印了一个更热烈的吻。这次，他回应了她。

围观的德国兵爆发出一阵热烈的掌声，其中一个还高呼："法兰西万岁！"布兰琪终于松手放开呆若木鸡的穆勒，兴奋得差一点要鞠躬谢幕，她及时控制住了自己，转过身，大步流星，扬长而去，一边扯着嗓子大骂，骂所有的法国男人和他们的愚蠢行径。

回到丽兹时，她还在甩胳膊，她咧着嘴，笑得傻乎乎的。只是隐约有点担心，自己还是有可能被抓；但她告诉自己，要抓她那也应该是在她投放情报时抓个现行，现在没事了。投放情报——这思维已经有战士、间谍的样子了。

可现在她已经回到了丽兹，在这里，她不会遇到不好的事，她可以尽情享受这快感，这刺激。她做到了，做得很漂亮。她在脑海里回放整个场面，她想起自己吻那个可怜的混蛋，把他惊得大喘气，想到这，不由得咧开嘴笑。啊，她真希望克劳德能看到！她真希望有人看到，比如——

莉莉。当布兰琪推开康朋街一侧的酒店门时，她正坐在丽兹酒吧外的一把椅子上。布兰琪还是很高兴，但很想喝一杯烈酒，奖励自己出色地完成了任务。莉莉一看到布兰琪就哭了。布兰琪抓住她，把她拉进了酒吧，没理会周围的目光——当然，布兰琪还穿着那身破衣服，尽管她已经扯掉了头巾，尽量整了整发型。弗兰克·迈耶什么也没说，探究地看了布兰琪一眼，给她们倒了两杯马提尼。

"我跟他说过不行，洛伦佐——我告诉过他别叫你去干这个。他打发我出去瞎忙活了一场，故意把我支开。哦，布兰琪，你不该去做，你这个傻瓜。这太危险了。我要杀了他，洛伦佐那家伙！"

"嘘……"弗兰克头微微一歪，歪向吧台尽头的几个德国军官——随着她俩的声音越来越响，他们聊得没之前那么起劲了。莉莉终于平静下来了。

"但你做得还好吧，布兰琪？"

"岂止还好。莉莉，我真是棒极了！"

"应该我去做的，但我得避避风头……我不该来这里。"她瞥了一眼吧台尽头的德国人，"但我得亲眼看到你。我不相信那个洛伦佐。他不关心别人，一点都不，不像罗伯特。布兰琪，我很担心你。"

"莉莉，我能照顾好自己。我想做，我想帮忙，我想救人。你不会不给我这机会的，对吧？"布兰琪伸出胳膊搂住她的朋友。莉莉摇摇头，但抽抽搭搭地忍着涌出来的眼泪；突然间，布兰琪也哭起来，她也不知道为什么——可能是肾上腺素消退了，心烦意乱的神经又活跃了。于是，两个人埋头趴在吧台上轻声抽泣。

弗兰克又推过来两杯马提尼。

"布兰琪!"

布兰琪猛的一激灵,抬起头,张着嘴傻愣愣地看着丈夫。他狠狠地瞪了一眼莉莉,这毫不掩饰厌恶的目光随后又转移到她身上。

"布兰琪,到底——你的衣服呢?"她低头看了看过于紧身的家务便服,上面的印花已经褪色,那件破烂的布外套团成一团,丢在她脚边。她心里微微一惊,内疚地回想起她就那样把自己的毛皮大衣送了人,他的毛皮大衣。

"我,嗯——"

"布兰琪,她把东西洒身上了,我就给她衣服换上。她当时身上一塌糊涂——我们玩得可开心了,就像这样!"莉莉伏在她身上,举起她的马提尼酒杯,醉醺醺地向他敬酒,"干杯,克劳德!一起来玩!"

克劳德没睬她,一把抓住布兰琪的胳膊,要拖她走。"走,回去躺下。我不能让你这副样子,这里不行。"

布兰琪的酒劲还没发作,尽管她能感觉到脑壳底部已经在嗡嗡作响,视觉边缘开始模糊,她注意到一旁的德国人会意的眼神,他们正津津有味地在看热闹。太典型了,太"法国"了——吧台角落两个醉醺醺的女人,其中一个还是总经理的妻子。这就是他们所看到的,这也是克劳德所看到的。

莉莉和布兰琪——出门狂欢的两个酒鬼朋友。

她吻了一下丈夫的脸颊——一个湿漉漉的吻，留下一抹口红印，她用借穿的衣服的袖子擦了擦，没擦干净——她说："对不起，克劳德，今天可真是要命。"

她想冲着丈夫脸上的表情挤出一个微笑，但这表情太真实了——自以为是，嫌她不争气但又死了心的样子——她头昏眼花，只得闭上眼睛，她知道接下来在很长一段时间里她都得闭上眼睛，不去面对他的嫌弃，在很长一段时间里她都得日复一日地让他失望。

让克劳德相信他想相信的——他如此迫切地认定的——她就可以瞒过他，不让他察觉自己在干些什么。如果他认为她只是个邋遢的酒鬼，一个讨厌的累赘，万一她被抓，德国人就不会去审问他，牵连他。这样她也可以把莉莉隐藏起来。

"宝宝是只熊，宝宝没头发。"她嘴里哼着，眼睛半闭着，看着丈夫脸上那种熟悉的嫌弃表情越来越深刻。她满意了，闭紧眼睛，咯咯地笑。"宝贝儿。上酒，再来一轮，记他账上！"

她听到丈夫叹了口气，走了；她伸手去拿另一杯马提尼。

第二十二章

克劳德

1944年冬

　　就是那个女人。除了她，还能有谁？就是她，莉莉。

　　这个女人！这个细脚伶仃、一丁点大的家伙！是她腐蚀了他的布兰琪；妻子性格中最不负责任的因子是她唤醒的，也是她在怂恿。哦，是的，克劳德知道布兰琪喜欢喝酒，刚认识的时候他就知道。她没完没了地呼吁让女性进酒吧——除了满足她自己的酒瘾，除了喜欢跟海明威、菲茨杰拉德推杯换盏，分享故事来混日子，还能为什么？克劳德相信，喝酒能让她忘记，忘记她远隔重洋的家人，忘记她为了成为他妻子而放弃的生活和东西。但是——防御心理开始蔓延，他毕竟只是个男人——他可从来没要求过她，让她放弃那些。

　　况且，是她自己心甘情愿那么做的。

　　但跟莉莉在一起，妻子饮酒作乐的表现愈加冒失，仿佛是在主动招惹危险，仿佛现在不是处处潜伏着危险，连丽兹也不例外。

一天，他手下的经理汉斯·艾姆里格十分随意地对他说："克劳德，我知道你——你有时工作到很晚。如果你需要我帮忙，我很乐意。我可以替你保守秘密。"

克劳德很肯定地告诉汉斯（不是德国人，是荷兰人，谢天谢地！）他误会了。克劳德怎么知道他是敌是友？怎么知道汉斯指的是他的哪个秘密？现在这种时候，你不能冒险去信任什么人，谁都是敌人，直到解放的那一天，直到他们盼望的奇迹降临，到时候一切都会大白于天下。但这似乎不太可能，至少目前不可能。

弗兰克·迈耶也让克劳德心烦。噢，弗兰克还是老样子——大块头，行事谨慎，深藏不露，从克劳德第一次看到他直到现在，他一直是这副样子，因为他是丽兹的老员工，比克劳德"老"。观察，他总是在观察，据守在那个红木吧台后面；他似乎从来没有离开过那里，克劳德有时甚至怀疑他可能睡在那里。看来，在酒店的墙外，这个来自奥地利的大块头没有家庭，没有生活。在他那身白色夹克里面，他是个谜，无论态度，还是举止，都让人捉摸不透。

然而。

克劳德对弗兰克的了解程度——其实是对丽兹每个人的了解程度——超越了他给人的印象。比如说，他知道弗兰克有各种风险副业，例如他的赌场。克劳德还知道那个小土耳其人，他的朋友格里普，是大名鼎鼎的伪造高手；有许多护照、死亡证明和其他官方文件出自他的手，是他改的，或造的。克劳德看不出来的是，弗兰克和格里普是否参加了抵抗军。

抵抗军到底是什么？它不是一个明确的群体，不像有些人认为的那样；它没有官方标志，没有会费。它没有固定的组织，时而在这里，时而在那里。一些从来没有拿过枪的人也是成员。他们把深思熟虑的谋略策动、阳奉阴违的眉来眼去、血腥暴力的杀伐手段一锅烩，目的是炸桥毁路，把整团整团的纳粹分子连锅端。有时候，克劳德认为，与其说它是行动，倒不如说是一种情绪；如果你做了什么，不管多小的事，只要让他们的"客人"不安，感到不受欢迎或者有生命危险，那么你就是在抵抗。

弗兰克在传递消息，这点克劳德深信不疑。至于消息来自哪里——间谍，双重间谍，抵抗军，盟军，德国精英（他们无法忍受数百万德国人在苏联白白丧命，开始密谋反抗希特勒）——这个，他并不知道。但弗兰克还在输送资金，这些钱本该是丽兹的，这点让他很头疼。在正常情况下，克劳德只能揭穿他挪用公款，炒了他。

但是——

钱到哪里去了？弗兰克是在为那些无力承担旅费的人筹钱让他们去美国吗？他用这钱给自己从黑市买好衣服吗？谁说得清？谁敢问？克劳德不得不放任他继续这样抽走本该属于里兹夫人的钱，因为目前唯一的陪审团其成员都是德国人，克劳德不会把他

（或任何一个员工）交给他们去发落。

厨房的灯，克劳德还是不知道是谁打开的。事后，克劳德自己也受到了审查；事实上，他还在牢里待了两天。德国人对他很客气——审讯官曾不止一次在丽兹享用午宴，他是冯·斯图普纳格尔的座上宾，所以对克劳德很熟。不仅客气，还很亲切，因为克劳德总是能确保他喝到最喜欢的葡萄酒，勃艮第，还有他挚爱的主菜油炸鸡肉。克劳德接受审讯时，气氛自然很愉悦，洋溢着饭友间的亲切友好。克劳德猜想，即使是德国人也会感到为难，下不了手去折磨为自己提供美食的人。他很温和地问克劳德有什么怀疑对象，觉得会是谁开的灯。他又小心翼翼地指控他是反叛者——有份名单，来历不明，在"疑似反叛者"一栏里，有奥泽洛这个姓。那位军官说，显然很可能是搞错了，但还是得问一问。

最后这项指控，虽然很温和，却叫克劳德无法忍受。在提醒对方有多喜欢那些炸鸡肉后，克劳德毫不含糊地表明自己对反叛者的看法，这些人渗透社会，破坏社会结构，唯恐天下不乱。他提醒这位军官，丽兹从阁楼到地窖都被他自己扫荡过，所有同情这些乌合之众的员工都被清理掉了。

不审讯的时候，他就被关在一间牢房里，还没有丽兹的一个扫帚间大，但和其他人被关押的地方隔了一段距离，他不敢看他们，唯恐认出谁来。食物是猪食，天哪，他们管这叫汤！可小床很舒服。还有一扇窗，透过这扇窗，他看见了她。

这两天两点左右，他的妻子会在街对面的咖啡馆里坐下来，一根接一根地抽高卢烟，脸色苍白，神情紧张。但她就在那里，守在关押他的监狱对面。不知道怎么回事，她就是知道克劳德看得到她，知道他看到她会获得些力量。事实也确实如此。他很惊讶，因为有很长一段时间，妻子在他眼里只是个麻烦。

德国人拍拍他的背，呵呵笑了几声，威胁他（都没怎么掩饰）——如果丽兹再发生这种令人遗憾的事，不管有没有炸鸡肉，都要由他本人来承担责任。然后，他被放了出来。他出来后，取笑妻子这样"守夜"，因为他没勇气承认看到她在那里对他来说有多重要，没勇气说出自己当时有多害怕，怕这是最后一次见到她。

克劳德也没勇气告诉她，她的痛苦有多触动他，甚至令他感到意外。他很惊讶——她在，竟然会对他造成这么大的影响；而他不在，也会对她造成巨大的影响。

"看到没？"他回到丽兹时，轻快地吻了一下她的脸颊；她哽咽着突然张开双臂搂住他。"可怜的小琪——你一天也离不开我啊！"

"别自作多情，噗仔。"她说着，推开自己，往唇上补口红，"我只是想看看你的情妇是不是也会出现。"但她拿着口红的手在颤抖。

克劳德抿紧嘴唇，回去工作。

然而，当他关上门的那一刻，他听见她放声哭了出来，他也感受到悲伤袭来，就像一件沉重的发霉的大衣压到他身上。这场战争究竟对他们做了什么？这段婚姻以前也不完美，没错；克劳德可以承认这一点，承认自己的过错。但战争不是应该拉近人与人之间的距离，而不是硬生生地把他们拽开吗？那个海明威在他那本讲西班牙内战的书里，写的不就是这些东西，枪林弹雨中的爱与激情吗？

曾经，克劳德觉得他和布兰琪的故事是他所知的最浪漫的一阕；现在，他只知道一个梦被戳破的苦涩。

过了一会儿，布兰琪从大厅走出去，从他眼前经过，她去跟莉莉喝酒。

莉莉。

克劳德知道，这个人迟早会给他们所有人招来灾祸。

第二十三章

布兰琪

1944年冬

"哎呀，我身上这味道。你猜我往身上倒了多少杜松子酒？"

"全部。"

"你这大舌头，我都觉得你发明了一种新的语言。"

莉莉咯咯咯地笑起来。"我厉害吧，布兰琪？"

"厉害，一如既往。"

"你也是。"莉莉一下子变得正经起来。布兰琪在换衣服，虽然她喜欢杜松子酒，但这也太过分了，她闻起来就像整片杜松林。

"怎么样，布兰琪？告诉我。我还是不喜欢这样，尽管你确实很擅长这个。"

"是吗？"布兰琪从房门的边角探出头来，高兴得莫名其妙。她的确很擅长"这个"，这是事实，但这并不意味着她不喜欢听别人这么说。她希望能让克劳德知道，让他看清她的这一面，看到她真正的样子，而不是他认为的那样。

但是不行，她也只能安慰自己，还有莉莉欣赏她，总比没有好。在克劳德看来，布兰琪只要不在丽兹和那帮无聊的女人（这些女人还在为时尚而不是人命哀悼）玩无聊的扑克，就跟莉莉在外面饮酒作乐，丢人现眼，老样子。

布兰琪任由他把她往坏处想。因为这样她就不会牵连克劳德和他那该死的宝贝丽兹；他可以对肮脏、危险的抵抗行动保持不屑，继续伺候那些禽兽。有时布兰琪甚至不忍心看他，她这位昔日的英勇骑士，如今沦落成了一个痴痴傻笑的奴仆，听命于最凶狠的恶龙。

"你绝不能告诉克劳德，"莉莉警告她，"我们不能相信他，他跟他们走得太近了，他只考虑自己的死活。"

布兰琪点点头，但她听到这种评价，最直接的感受，不是失望，而是醒悟：看到一个她曾经认为是她见过的最坚守原则的男人沦落成了一个傀儡，真是悲剧。

所以克劳德不知道。他不能知道，他以为那晚布兰琪喝得烂醉如泥，回不了家，不得不睡在莉莉那儿；实际上，她是在去勒芒的火车上，和两个德国兵像傻子一样瞎聊，手提包里又揣着一本假护照，她又装成一名德国护士，护送正在康复疗养的伤兵，所谓的伤兵，其实又是一名被击落的飞行员。（随着盟军加大对德国的轰炸力度，近来有大批飞行员坠落。）那两个德国兵对她很感兴趣，一直缠着她，挑逗她，想让她答应一进城就跟他们去约会。不管她说什么，都甩不掉他们，而那个美国飞行员坐在一边，头始终埋在两膝之间，不停地往背包里呕吐，可德国人还是不肯走开。她最终在车站躲开了他们，把那个虚弱得走不动路的美国小伙子推到一辆顺手的推车上，推着他挤出人群，只招来好奇的目光，倒是没人来问东问西，也许因为他们太明目张胆了。她推着这个六英尺高的美国人，等把他送到他的联络人（在市场里卖蔬菜的一个菜农）那里，已经累得筋疲力尽。

这是她第一次可以携带枪支；她的手提包里有一把小手枪，是洛伦佐给她的，和克劳德那把没什么两样——他以为她不知道他有枪。

但是她知道。一天晚上，她在他桌子的抽屉里翻找的时候发现的（当然，她有钥匙；这个他也不知道）。她在找酒窖的钥匙，她把偷来的几件德国军服藏在许多三十年的勃艮第葡萄酒后面。她吓了一跳；克劳德可不是那种口袋里揣把枪到处走的人，尤其是在丽兹，这里的人，不管是谁，不管头衔多大，都有可能被拦下来搜身。她拿起枪来赏玩——擦得好干净，好亮，握在手里凉凉的。

她试着在脑海中勾勒丈夫用这把枪的场景，但想象不出来。

克劳德永远不会怀疑，那次他训斥莉莉和布兰琪因为太吵被赶出力普啤酒屋，其实她们是在给洛伦佐和"小母牛"（那个扎辫子的大块头女孩）打掩护，好让他们去偷一名德国军官的军官证。那家伙在兴致勃勃地看热闹——两个漂亮女人（布兰琪把她的一件晚礼服用别针收紧，给身材娇小的莉莉穿）为一个惊讶的年轻纳粹中尉吵得天翻地覆，闹得不可开交。这个中尉压根不知道这两个女人是谁，但很乐意受到这样的关注。

布兰琪确信，克劳德也绝对想不到弗兰克·迈耶在酒吧里给双重间谍传递加密情报。他怎么都想不到，有一天晚上，布兰琪打开了厨房的灯，帮助盟军轰炸机在一场夜袭中确定巴黎郊区某个码头的方位。

克劳德什么都不知道。这一点，布兰琪确信无疑。他什么都看不见，什么都不知道，什么都不想——除了他那该死的宝贝丽兹。

骗术奏效了，很成功。她很兴奋——谁不喜欢瞒天过海的感觉？——她决定把对克劳德的失望情绪收一收。布兰琪很高兴自己是个有用的人；很高兴能实实在在打击纳粹分子，比对着他们的裆部踢一脚更有威力。这些活动使她恢复了以往在丽兹那种漫不经心的状态；她又可以和斯巴茨和香奈儿一起玩牌了，不会再有冲动朝他扔个杯子过去，也不会想骂她皮包骨头的婊子。她甚至能和冯·斯图普纳格尔开玩笑，也谈不上是开玩笑，谁能跟这样一头毫无幽默感的猪打趣；他们一直在打赌，他的军官中谁会先得淋病，因为照他的说法，自然所有的法国妓女都有病。

布兰琪最喜欢的德国人还是要数站岗的那些人，尽管她想念弗里德里希。他跟绝大多数德国小伙子一样，被派去了苏联前线。现在在丽兹的士兵绝大多数比他年长，比他粗暴，更容易被看作纯粹的纳粹分子，而不是人。

布兰琪可以跟这些"四季豆"一起坐在咖啡馆里，非但不想冲他们的裆部飞起一脚，而且还端庄地抿着咖啡，哈哈笑着回应他们愚蠢的玩笑。

每收到一回紫罗兰，她就又有一个机会来打击他们。

她心痛吗？克劳德那么轻易就上当，那么轻易就相信她不好？战争结束后，他们的关系能修复吗？

因为在战争期间，你没机会去呵护婚姻，这一点越来越明显。

第二十四章

克劳德

1944年春

"奥泽洛先生！奥泽洛先生！"没有按礼节先敲门，他直接就闯了进来。这个年轻的侍应生几星期前才来。克劳德对他并不放心——没有推荐信，似乎也没有家人，出身背景一片空白——但不管怎样，他还是收下了。这小伙子年轻，体格健全，也不太笨。今时不同往日，即便是丽兹，要想在巴黎招到这样的人也没那么容易了。大多数年轻人被征召入伍，送到劳工营为德国人制造武器去了（德国人不放心让土生土长的法国人拿枪，这才没把他们送到前线去）。

"什么事？"

"冯·斯图普纳格尔将军要马上见您！"

"为什么？"

"他不说。"

克劳德叹了口气，放下文件，朝旺多姆那边走去，向每道门口站岗的卫兵点头致意。他们腰间别着手枪，见到他并不惊慌。毕竟，他是奥泽洛先生——可以算是自己人。

最近，冯·斯图普纳格尔愈加喜怒无常——他咆哮着下令抓捕平民，把他们赶到一个地方，统统枪决，以此来报复抵抗军的行动，每遭受一次攻击要近一百人偿命。

一百个平民抵一两个卑鄙的德国人。奇怪的是，这已经渗入了巴黎人的意识，甚至谈话。就是这样。他们渐渐变得麻木，对周围的恐怖无动于衷。一个地方一旦遭到占领，就会导致这样的后果——它消磨你的意志，直到你接受邪恶，直到你连说都说不清楚它到底是什么，更别说把它辨认出来了。

冯·斯图普纳格尔转脸就变得开朗，亲切，他会邀请克劳德到他办公室一起喝一杯白兰地，弄得好像他们真的是朋友似的。这种时候，让人感觉他几乎有了点人性。

直到下一次大规模抓捕平民。

克劳德一直在尽力回避他，最近也一样，因为他喜怒无常。但既然点名叫他去，那就逃不过了——

除非不是这么回事。因为当克劳德走到这个纳粹分子的办公室门口，被卫兵领进去时，冯·斯图普纳格尔看着他，一脸困惑。

"不，我没要求见你，奥泽洛先生。"这个德国人说。克劳德注意到今天他说的是"奥泽洛先生"，而不是"克劳德，我的朋友"。这区别很管用，克劳德立即警觉起来。

德国人的办公桌上铺满了文件，克劳德强忍着不去看，不去看那上面有没有他认识的，甚至是他爱的人的名字。

"抱歉。"克劳德鞠躬后，转身准备走。

"等等——既然来了，奥泽洛，我的茶凉了。"

哈，现在只是"奥泽洛"了。

"我马上叫人送一壶新沏的过来。"克劳德微笑着转过身——那是一种圆滑、专业的微笑。

"既然你在这里，那就你自己来吧。"

克劳德一下子愣住了；这不是他的工作，对方很清楚。这家伙洋洋得意地笑着，死死盯着克劳德，好像就盼着他争辩。但克劳德对自己说："别惹他生气，别惹他们中的任何一个生气。如果他们在这宏伟的高墙内——在我的地盘——心情好，也许今天就不会抓那么多老百姓。"

最近有些时候，比如此刻，克劳德惊讶之余感到不可思议：自己怎么还能把衣服填得鼓鼓的，呈现出一个有结构、骨头、肌肉的躯体，明明感觉自己已经被愤怒和无助融化？在这样的邪恶充斥世界，充斥丽兹，用它的腐败污染丽兹的情况下，细胞和分子怎么还能保持结构？

克劳德发誓，等德国人离开后，他会用漂白剂把这里上上下下擦洗一遍，如果有必要，他会亲自动手；他会说服玛丽-路易丝换新的墙纸，撕掉旧地毯，买新的。一切都换成新的——水晶、瓷器、布草，甚至枝形吊灯，她那么引以为傲的东西。一样不漏，彻底清理一遍，彻底清除掉这些恶人的气味、记忆。

还有这样的记忆：他向他们点头哈腰，履行自己的职责，就像他一直做的那样。他知道，接下来他还会日复一日、月复一月、年复一年，继续向他们点头哈腰。

"当然，斯图普纳格尔先生。"克劳德端起凉凉的银罐，仿佛那是份荣誉；他捧着这份荣誉走了。

回办公室的路上，他一直在找那个叫他的年轻人，但那个男孩不见了。可是，克劳德注意到妻子坐在康朋街那边的大堂里，若无其事地在看报纸——这有点反常——一段陌生的旋律开始在他脑海里响起，充满不祥的预感和怀疑。尤其是克劳德一出现，她就放下报纸，朝大堂另一头的某个人点点头。

就是那个年轻的侍应生。他看到克劳德，霎时脸涨得通红，像受惊的野兔一样逃了。

克劳德把空茶壶递给另一名侍应生，回到他的办公室，服了两剂抗酸药，等着。

他不用等很长时间。

夜幕降临时，康朋街一侧的丽兹已经全是德国军官；警报已经发出，说抵抗军成员就藏在旺多姆广场上的巴黎丽兹的某个地方。

没过多久，克劳德就揭开了真相。年轻的侍应生很容易说服，克劳德只是给了他一杯酒，承诺提拔他，他就全招了。这小子是抵抗军的人，他说出这个的时候那副急切的样子看得克劳德直摇头——都没怎么施压，他就这么痛快地把实情吐出来，克劳德真担心这个年轻人的命运。他说有一个受伤的人需要医治。克劳德的妻子，他可爱的妻子（年轻人仰慕地说），他的好妻子，在丽兹为伤者安排了一个房间让他养伤；伤者的朋友，一个女人，陪着他。

这个朋友叫什么名字，克劳德问；其实心里已经有了答案。

莉莉，当然是她，莉莉·哈尔曼诺夫。

原来，当克劳德在酒店的另一边向冯·斯图普纳格尔点头哈腰时，布兰琪出面，让这两人以一对蜜月夫妇的身份住进了4-14号房间。克劳德打发了年轻人，拿起钥匙，三步并作两步爬上楼梯去4-14号。一气之下，他都没敲门，直接打开门，冲进房间。他后来意识到，没被当场击毙是他命大。

莉莉穿的是布兰琪的衣服，克劳德一眼就认出来了。她坐在床边，床上躺着一个皮肤黝黑的男人，光着上身，所以克劳德能看到那人腹部缠着染血的绷带。他不由自主地皱起了眉头——血是唯一洗不掉的东西，而眼下新布草又很难搞到。

克劳德闯进房间的那一刻，莉莉噌的一下弹起来，扑过去抓床头柜上的手枪。看到是他时，她哈哈一笑，放下手枪。

居然还笑！

"克劳德，你把我们吓坏了，"她高兴地说，"我的天！这是洛伦佐。"

那人痛得半闭着眼睛，嘴里咕哝了几声。

"你们在这里干什么？"克劳德厉声问道。他尽量压低声音，他不知道是不是有人在监视这个房间，是不是有人在门外偷听；他尽可能小心提防，但事实是，他也说不准。克劳德怀疑职员中有几个德国间谍，不是很多，但可能有一两个，一定有。德国鬼子不会蠢到不在这边安插间谍，尽管他们坚持说这里由克劳德自己来管。

莉莉也压低了声音；她不笑了。她牢牢地盯着克劳德，跟他讲这个故事。"洛伦佐，他中枪了。纳粹也是，他们只活下来一个。我们不知道该怎么安顿洛伦佐，于是我就去找布兰琪。我们把他藏在街角一家咖啡馆里。布兰琪说我们可以来丽兹，他可以在这里休息。她还认识一个医生；他给了洛伦佐一些吗啡。我们像新婚夫妇一样办了入住手续。我们在做这些的时候，布兰琪，她……她没让你在场，她把你支开，让你去瞎忙活了一场。"

"是的，我知道。"克劳德气得浑身发抖，不只是生气，还害怕。据他所知，这是丽兹第一次窝藏在逃的抵抗军成员。德国人一定在全城挨家挨户找这个人。而他就在这里，在克劳德的酒店里。

莉莉还把布兰琪也牵扯了进来。

"你怎么敢叫布兰琪帮你？"克劳德实在太生气，做不到像平常那么谨慎。

莉莉只是耸了耸肩。

"你不能相信她，莉莉。我讨厌这样说自己的妻子，但她喝起酒来那样子——我知道她为什么这样，我不怪她——但布兰琪，她像个孩子，不肯长大的孩子！你们两个饮酒作乐胡闹的样子——你们究竟是怎么卷进这事的？"

莉莉又在床边坐下来，小心翼翼地，不想惊动已经睡着的洛伦佐。

"别生布兰琪的气。都是我的错。我保证，她……她从来没有做过这种事，有危险的事。我实在走投无路了，你知道吗？"莉莉泪光盈盈，拿袖子去擦鼻子，可克劳德受不了，他不情愿地把自己的手帕递给她。

"实在没办法了。"她继续说下去。窄窄的肩膀随着抽泣的节奏一抖一抖的，大眼珠从泪池里游上来看着他，充满了悔意。"布兰琪是我的朋友，非常好的朋友，我爱她，我希望她安全。跟你一样。但我跟你有一点不同，克劳德。"突然间，她的眼睛干了，眼神透着怀疑；这变化令他大吃一惊。

"什么？"

"我看懂了布兰琪，我真的看懂了。不像你。但像你一样，我不希望她受到任何伤害。我保证，不会再有下次了。"

"很好。他怎么样？"克劳德不禁担心起来；洛伦佐，即使睡着了，也在呻吟。

"他会没事的，不过，不能去动他。"

"得多久？"

她耸了耸肩。"两天？三天？"

克劳德踱来踱去，莉莉盯着他，那把枪还在伸手可及的地方，但克劳德根本没去管她。他在思考。再给马丁送次货——他可以给马丁打电话，说他多出两个包裹，马丁能接手吗？

这是他们几个月前设计的暗号："包裹"是需要藏起来的人；"邮包"是需要暴露的人；苹果的量表示军队的动向；蔬菜指代德军最高指挥官。他们愉快地决定了戈林的代号——土豆。

这就是克劳德在玩的游戏。这就是他又能拿出法国男人的样子，昂起头走路的原因。这就是晚上电话铃响后他出门去做的事。他不是像布兰琪想的那样跑去见他的情妇；不，他像个情人一样急切、激动地跑去见马丁。马丁把另外几位酒店负责人也组织了起来。通过他的"生意"，也就是通过在瑞士的外部联络人向酒店供应农产品，他们得以将酒店里的情况传递给盟军。一开始，他们传递的只限于情报。

但现在已经发展到了人。好在丽兹有非常大的橱柜，德国人霸占的大多数仍在营业的酒店也一样。

两个女人——米歇尔和西蒙娜——只是为了掩人耳目（虽然克劳德怀疑她俩在没有黏着马丁和自己的时候，还在参与其他更危险的游戏，但这是马丁立下的规矩：不能问问题）。纳粹通常被这两个美艳的女人弄得眼花缭乱，不会去注意克劳德和马丁在聊些什么，无论这两个男人是坐在隔壁桌，还是俱乐部里（他们都在听爵士乐），抑或是在塞纳河边的长椅上。看到法国男人和法国女人手挽手走过，纳粹也不觉得这有多不正常，值得去追查。

谁也不需要知道，克劳德和西蒙娜一进楼上奥泽洛家的公寓，就各睡各的，不在一张床上，她总是天不亮就走。倒不是说克劳德不能跟这个美丽的女人做爱——她已经表示过她是愿意的；而且，大多数夜晚，他确实被他们在玩的游戏和打击德国鬼子的快感刺激得欲火中烧。

但在动身去尼姆之前，克劳德在他的办公室里曾向布兰琪承诺过。在这之前，他从来没向妻子这样保证过，所以他先前的那些风流韵事算不上什么罪过。但他既然已经承诺了，就另当别论了；而她又是一个心理脆弱、情绪不稳定的女人。她觉得他还在跟别的女人上床，这确实令他挺不安的，可他又有一种怪怪的荣誉感，因为他没这么做。即使是在战争期间。

尤其是在战争期间。

看莉莉这么激动，这么疲惫，这么邋遢，克劳德做出了一个决定。

"如果你不离开这个房间，如果你在任何情况下都不打电话提任何要求，也不开门，不拉开窗帘，那你可以留下来——我可以把他送出国去疗养，如果你觉得他需要的话。我有——一些关系。"

莉莉的黑眼睛闪了一下，克劳德意识到那是因为意外。她惊讶的表情像花一样绽放在她脸上，刺激得他蹙起了眉头。

"你？你……克劳德……你？我无法……怎么……我怎么也

想不到！"

克劳德挺直身板，仿佛他比实际要高得多；他俯视着这个女人。"我毕竟是法国男人，莉莉。但有一点，千万别告诉布兰琪。一个字都别说。她不可以知道——她不可以起疑心，因为不能让她有危险。有些事，我妻子的事，你并不了解，相信我。我认为你也应该离开这个国家；坦白说，如果你走了，我会安心些，因为我不能让布兰琪再陷入危险。"

"我认为在某些方面你的想法是错的，克劳德·奥泽洛，你误解了你妻子，但我没资格管。谢谢你，但只要该死的纳粹还在，我们就会留在巴黎，洛伦佐和我，我们还有工作要做。"

"那就三天，就三天，明白吗？三天之后，我不能再让他待在这里，我不能让员工有危险，但我可以把你们送到别处去，附近的某个地方。"

她点了点头，伸出手把洛伦佐的头发从他的眼睛前拨开。在那一刻，莉莉在克劳德眼里成了一个女人，一个温柔的女人；他不鄙视她了。

"我会送点吃的上来。"

"布兰琪已经送了。"

"当然。好吧，别再把布兰琪扯进来了。莉莉，你明白我的意思吗？我不允许。"

"你不允许？"她似乎又被逗乐了，眯起眼睛看着他，"真的吗？"

"是的，就照我说的办。"

她点了点头，开始展开一卷干净的绷带。克劳德转身要走。

"你是个好人，克劳德·奥泽洛。"她说。

他张开嘴想说点什么，但最终还是什么都没说就走了。这个女人怎么看他，对他又有什么影响？但心里分明涌起一股不熟悉的暖意，他不得不承认的确是有影响的，因为他渴望还能有女人欣赏他——

不，不是随便哪个女人，他渴望妻子能欣赏他，像从前那样看他。

可他承受不起这份虚荣心，原因有很多，其一是他没法信任她（很遗憾，但这是事实），所以不能告诉布兰琪他知道她参与了这件事。就让妻子以为这一次骗过了他，让她开心，满足她那点小孩子的冒险心理；他觉得该满足她。毕竟，她肯定已经百无聊赖，每天只是干等，无所事事，即使在丽兹，这样的日子也会过腻。

然而。

巧的是，就在克劳德跟莉莉和洛伦佐说话的时候，丽兹又出乱子了，这次的目标是可可·香奈儿本人。小姐惹上了麻烦，被抵抗军的另两个成员给绑架了。仿佛他们在克劳德和莉莉说话的短短几分钟里就翻倍增加，他不得不好奇到底是什么突然刺激了他们。

也许说"绑架"有点言过其实。那两个人在香奈儿的套房里等她——没人会承认他们是怎么进去的，但克劳德心里有怀疑对象——他们把一个袋子套到她头上，带她去了一个废弃的仓库，对她说他们知道她和冯·丁克拉格的关系，等战争结束后，会跟她算账。

两小时后，他们把她送了回来。香奈儿的状态还好，不是太狼狈。当然，她一回来，克劳德就去拜访了，向她表示同情和遗憾，承诺尽力彻查此事——这事居然发生在香奈儿小姐身上！居然发生在丽兹！太恶劣了！太过分了！

（太应该了！克劳德心里却在这样想，甚至在大发雷霆，在承诺，在安抚她时，他也在这么想。这个女人是国家的耻辱、叛徒。）

香奈儿也许被克劳德的表演安抚好了，但冯·丁克拉格暴跳如雷。他对克劳德说，他相信那两名抵抗军成员还在酒店里，德国人要逐个搜查康朋街那一侧的房间。如果克劳德不配合，他们就把门砸了自己闯进去；当然，这换门的钱得由丽兹自己来出。而且，克劳德的名字还会上一份名单，他是不会希望这份名单里有自己的名字的。

克劳德一眼就看出来了，斯巴茨是不会因为炸鸡肉分心的。

他若有所思地点着头，以找钥匙为借口拖延时间。虽然这会儿纳粹不是在找莉莉和她的情人，但他们在这里，洛伦佐还是有可能被认出来。当然，大家都知道莉莉是布兰琪的酒友，所以她也许不会有事——克劳德第一次对此（这好处）起了疑心，但马上就抛到了脑后，因为眼下还有更紧迫的问题要对付。

最后，克劳德"找到"了他的钥匙，跟着四个拔出了武器的德国士兵，走出他的办公室。脉搏在耳朵里砰砰狂跳，两只手抖个不停，抖得钥匙奏出了一段欢快的伴奏。

他无法相信，克劳德根本无法相信，在旺多姆广场的丽兹酒店里，武器都拔了出来。危险，真正的危险，在巴黎的其他地方——小巷、废弃地段、夜晚昏暗的街道——发生的那种事，第一次渗透了恺撒·里兹的宫殿的圣墙。

终于，战争真的来到了丽兹。克劳德没有完全被吓垮，反而有点欣慰。也许是欣喜？因为现在，他们都加入了战斗。

随后，这一点欣喜也被恐惧取代。克劳德从来没有敲过客人的门，唐突地把他们叫出来，不管他们在做什么。

一楼没有房间，他们从二楼开始，有条不紊地进行。克劳德敲门，门要么开了，要么不开。如果不开，他就插进钥匙，德国人冲进去，看看床底下、帷幔后面、衣柜里、浴缸里，甚至窗户外面，尽管实际上并没有阳台。他们翻箱倒柜，把丝绸衬衫、缎子睡衣、犬牙纹夹克像垃圾一样扔在地上。灯被他们打翻。毛巾被他们的脏手抓起扔进水槽。

克劳德不由自主，自动开始计算整理所需的工时，可后来还是放弃了，因为太多了，算不过来。

如果门开了，士兵们会把他推到一边，凶巴巴地盘问面对纳粹的枪管惶恐不安的客人。丽兹的客人，被人用枪指着审问；克劳德闭上眼睛，庆幸恺撒·里兹已经不在人世，看不到这一幕。

他们从一个房间走到另一个房间。在这地方，德国人之前从来没有大声嚷嚷过，而现在像狗一样在狂吠，恶狠狠地威胁、警告。在这过程中，克劳德能察觉到他们前方和后方的状况。他认为德国人没有注意到；他们太专注于手头的任务。可是他眼角一瞟，就看见那个年轻的侍应生，那个抵抗军成员，在跑来跑去（等事情过了，当然得把他炒掉——或者给他加薪；此时此刻，克劳德真的无法决定）。每当克劳德和他的纳粹狗绕过一个拐角，他都会听到嘈杂的低语声。就好像酒店的这一边突然变成了一个被踩踏过的蚁丘，所有的蚂蚁都在四处乱窜，不知道该怎么办。

他们走到奥泽洛夫妇的房门前，克劳德犹豫了一下。

"你的房间吗?"一个士兵问道。克劳德点了点头，但那人还是用步枪指着门。

"我们必须搜查。"

克劳德敲了敲门，布兰琪来应门，看到手持武器的士兵，瞬间脸色煞白。他们啥也没说，由着这些恶魔冲进门搜查他们的房间。克劳德用正常的谈话语气告诉他紧张的妻子香奈儿发生了什么事，为什么要进行搜查。她点了点头，偷偷地靠近他，张开嘴，正要说点悄悄话，告诉他莉莉和洛伦佐的事，克劳德看出来了，摇了摇头，及时制止了她。

"我不会太久的，"他说——他的声音听起来跟往常不一样，声调特别高，特别故作淡定，"亲爱的，你就待在这儿，这些人完事后，我就回来。"

布兰琪点了点头，但垂在身体两侧的手紧紧攥着拳头。为了不让纳粹看到她这个样子，克劳德把她揽进怀里。"别担心你的朋友。"他低声说。

布兰琪倒吸了一口气；她抬起眼看他，眼睛睁得大大的，带着怀疑——突然间，泪光盈盈。

"克劳德——"

他摇摇头，在她额头印了一个吻，跟在德国人后面出门时又看了一眼妻子。她看着他，终于像在看一个配得上她的男人。他已经很久没看到这种眼神了，这实实在在的证据就像武器，一柄爱的钝器，砸得他气都喘不上来。在这一刻，他知道，为了留住这个眼神，他愿意做任何事，即使是冲到纳粹的枪口前去保护莉莉和洛伦佐。

当然，他希望不用那么壮烈，毕竟他还想留条命，再度享受妻子的爱慕。这种感觉从头到脚冲刷着他，但轻柔，舒爽，疗愈了他的干渴，这种干渴他已经习以为常，甚至从未注意到他的皮肤在皱缩，干枯，死亡。

最后，他们来到4-14号门外。

"啊，"克劳德一边查看他的客人名单，一边慢慢地大声说，"一对度蜜月的夫妇。伙计们，还是不要去打扰人家了吧？"克劳德冲他们挤了挤眼睛，希望同样作为男人（他和这些纳粹分子唯一的共同点），他们会尊重性欲，不去打扰。

但士兵们摇摇头。

于是，他敲了敲门，没人应答。他把钥匙插进锁孔，那只手狂抖，他都不知道自己是怎么搞定的，试了好几次。他屏住呼吸，闭上眼睛，猛地推开门，准备迎接叫声，枪声，他不知道等着他的会是什么；他们也可能抢转枪口，指向他，让他没机会回到布兰琪身边——

可他万万没想到，听到的竟然是笑声，德国人响亮欢快的笑声。

克劳德睁开眼睛，看到莉莉明晃晃的裸体跨在呼哧呼哧喘着粗气，但雄风强劲、同样一丝不挂的洛伦佐身上。莉莉向门口转过身来，展现出一对小乳房，引人注目，十分引人注目，克劳德一下子意识到——顿时油然而生几分钦佩——德国人甚至都不会去看她的脸，还有可怜的洛伦佐，此刻他正气喘吁吁地在用功，试图完成眼下的任务。

"干什么？混蛋！你们干什么？你们不要脸吗？想再看仔细些吗？这里——看这里！"那对乳房被她双手托着抖得直颤。最后，德国人关上了门，一阵狂笑，笑得直不起腰来。

他们没有注意到克劳德掏出一块手帕，去擦自己出汗的额头。

"啊，爱。"其中一个士兵嘎嘎地笑着说。

"这混蛋真有艳福。"另一个挤眉弄眼地说。他们聊起了家乡的女朋友，一边继续沿着走廊搜下去。

纳粹终究还是没找到绑架香奈儿的那两个人。安定下来之后，过了午夜，莉莉和洛伦佐便溜出了酒店，上了丽兹的一辆送洗布草的卡车，那名年轻的侍应生开车把他们送走了。

克劳德惊讶地发现他并不希望莉莉走，他希望两人能找个地方坐下来，喝一杯，聊聊各自在做些什么。他想要跟人说说他的活动，他的成就。这种欲望很强烈，埋在他内心深处，一直隐藏着，现在突然冲上来，他几乎遏制不住。他也想听听莉莉在做什么。从过去几天的情形来看，他怀疑她做的事比他所做的要危险得多，但是克劳德曾经当过军人，现在又成了经理，他明白并不是所有的战士都能参加战斗；为了赢取胜利，文书工作也是必要的。

但是莉莉已经走了，和她的男人一起走了，看样子他应该会好起来。克劳德第一次希望她能回来，即使这意味着还会给布兰琪招来麻烦。那么布兰琪一定知道她朋友在做的事吧？不然莉莉为什么会在遇到麻烦的时候找她？布兰琪一定——她是不是做了什么来赢取莉莉的信任？

不，不，当然不可能。克劳德警告过莉莉，不能信任他妻子。一定只是因为布兰琪住在有很多房间的酒店里，莉莉利用了这一点。

克劳德拿着一瓶白兰地和两个杯子回到他们的套房。他让布兰琪放心，莉莉和洛伦佐目前是安全的。他的男性本能想夸大自己在这戏剧性事件中的角色，但他还是克制住了，没有吹捧自己，只是实话实说。她松了口气，很感激，却没流眼泪；克劳德很意外，他原以为她至少会哭一哭。她抱住他，克劳德倒在妻子怀里，享受她的温暖，她的沉着镇定。

克劳德意识到这是从尼姆回来后他们第一次共同经历危机。他已经很久没跟她聊自己的日常了，因为怕她心烦，怕惹她生气，怕给她带来危险。

然而，今天晚上给克劳德和布兰琪创造了和解的间歇。他们躺到床上，没有冒险说话——言语会伤人，两人都非常清楚，他们很容易选择精准的言语来破坏这种时刻。他们爱对方，他们注视着对方的眼睛做爱；结束后，还在深情地热吻。这是他们回到丽兹后过的最美好的一夜。

但克劳德和布兰琪都不是傻瓜。他们都明白，这一刻不会持续，只要德国人还在丽兹，还在巴黎街头巡逻，抓捕，屠杀，攻击，密谋，策划。

然而，无论是此刻在大床上辗转反侧的冯·斯图普纳格尔（脑子翻腾着暗号和清单，试图说服自己他是在为家人、为德国，做正确的事，他和一起参与密谋的同伴没别的办法，如果想要保住祖国和当前占领的地盘，就只能这么做，因为元首疯了：他太贪婪，太无情，过于极端利己），还是怒气冲冲、像刀片一样的香奈儿（她在自己的房间里踱来踱去，抽着烟，谋划自己的未来，她刚刚瞥见的未来——要是德国战败，怎么可能……还是有可能的），还是在送洗布草的卡车上颠簸的莉莉和洛伦佐（车子沿着鹅卵石街道缓缓前行，他呻吟着，偶尔转过头冲着她咧开嘴得意地笑，毕竟可以算是随机应变，化险为夷了，但他怎么都想不到她此刻心里在想的，不是他，而是罗伯特——她这样豁出命去保护的应该是那个男人，那个男人，她肯为他挡子弹，心甘情愿，毫无怨言），还是此刻在郊外一幢楼里的一间房里的马丁（米歇尔已经被他打发走了，他坐在椅子上，独自喝着苦艾酒，品味这孤独的滋味：这么多人想爱他，却连试都不敢试，于是他天天冒险，就为了感受些什么，随便什么），还是在同一张床上熟睡的布兰琪和克劳德（自从德军入侵以来，这是第一次，他们敢在被窝裸睡，没觉得非得里里外外穿整齐不可，以防夜里恶魔到访），谁也不知道——

谁也不知道，结局的序幕——不，引用英吉利海峡对岸某人的话，是"序幕的结局"——正在远方的海岸上聚集。

登上运输船，爬上轰炸机。

准备自1940年以来第一次踏上法国的土地。

第二十五章

布兰琪

1944年6月

　　盟军来了！盟军来了！她在心里一遍又一遍地唱这首源自前一场战争的上口小调。很快，他们就会来到这里——巴黎的每个人都知道，都在祈祷，都在小声地说。

　　德国人也知道，而且表现得愈加神经质，犹如困兽一般。更多的人被枪毙，报复越来越明目张胆的反抗行为；更多的军车在街上耀武扬威，刺耳的刹车声此起彼伏，人们（不管是不是犹太人）被赶下床，推上卡车，消失在夜色中。巴黎人的心中有火花，在这精神火花复炽的当下——他们步子轻快了，笑得多了，敢哼唱《马赛曲》了，敢在街上扎堆小声谈论小道消息了，好消息，说的不是死亡，而是解放——他们才蓦然醒悟，从1940年到现在，在屈辱中春来秋去这么多年，这火花一直杳然无痕。确切地说，是1940年6月。

　　恐怖始于四年前，整整四年前。

同盟军于6月6日在诺曼底登陆。今天是6月10日。布兰琪想庆祝。

克劳德自然比她谨慎，但他一向如此。"小琪，我们可不能这样想。同盟军在我们国家境内，是的，但如果我是他们，我会绕过巴黎直接去德国。你看，巴黎不顺道，他们真正的目标是柏林，要解放巴黎，会浪费宝贵的石油，更不用说兵力和枪炮弹药了。"

"你傻啊，噗仔！"她似乎已经很久没这样叫他了。不知道为什么，当世界被黑暗和危险笼罩时，你会觉得用昵称不妥。"同盟军来了！他们当然会来解放巴黎，这是个象征，你要知道。肯定会向世界传递信号：该死的纳粹完蛋了。被打败了！"

"是的，象征。"克劳德显得忧心忡忡；他用食指揉了揉鼻子。布兰琪似乎此刻才注意到他头发稀了，两鬓花白，嘴角有了法令纹。哎，见鬼，他是老了，老了四岁，老了一辈子。

她肯定也是，但她今天不想盯着镜子细看。现在不是评估、总结、说明的时候，以后再说。现在该庆祝，不该哀悼。

"象征，"克劳德若有所思地继续说，"实际上，这可能是纳粹想要摧毁的象征。如果盟军不抢先一步赶到这里的话，想想这将是一种什么样的'宣示'。纳粹会炸毁埃菲尔铁塔、凯旋门、卢浮宫，让整个城市沦为一片灰烬，让他们没人可解放。我觉得希特勒做得出来。"

"哦，噗仔。"布兰琪不允许他泼冷水，她已经好多年没有这样快乐了，"你可不能破坏我今天的心情，我要去马克西姆庆祝一下。你要一起去吗？"

"马克西姆？"他皱起了眉头，"布兰琪，你说真的吗？你知道纳粹已经把那儿当成了总部。太危险了。"

"怎么可能比这儿还危险？毕竟，丽兹也是他们的总部。"

"我……那……那儿就是，布兰琪！"

"啊，克劳德，你这自负的宝贝儿！你还是听不得人家说你的宝贝丽兹半点不好是吧？"但是她亲吻了一下他的脸颊，不让他生气，"马克西姆餐厅的香槟和鱼子酱！我已经好久好久没吃鱼子酱了，今天就算把配给卡全花了，把我所有女人的手段都使出来，我也要吃。我要去找点乐子，妈的！这是我应得的，我们大家应得的。你待在屋里还是出去？"

"出去。"他摇摇头，又是那副一本正经的样子，"我有工作。尽管你这么兴奋，但德国人确实还在这里，而且比以前更苛刻。小心点，布兰琪，求你了。答应我好吗？"

"你个大惊小怪的老家伙。"她亲了一下他的脸颊，"不过话又说回来，你是大惊小怪的小家伙。我会打电话的——我会找人陪的。"

"别找莉莉。"克劳德警告说。尽管布兰琪承认他之前对莉莉和洛伦佐是很，嗯，仗义，但几个星期过去了，他又故态复萌，又跟以前一样不喜欢她的朋友，不喜欢莉莉轻易就能腐蚀布兰琪，布兰琪轻易就能被莉莉腐蚀。

　　尽管有时候——她和丈夫相处时一些意想不到的温馨时刻——她很想向他透露自己和莉莉在做些什么。但把这个欲望压下去的是一个新生出的念头，一个异常强烈的决心：她必须保护他。他们的角色发生了意想不到的逆转。

　　曾经，她想惩罚丈夫；现在，也许是因为那种电话越来越少，间隔越来越长，她知道自己必须保护他，必须让他平平安安的，这样当这一切结束时，他们才有可能去修复婚姻。她在他救莉莉和洛伦佐的那天瞥见了一个承诺，她必须践行。

　　所以布兰琪莞尔一笑，像个贤惠的法国小媳妇。"当然不是，克劳德。我说了我不会的。"

　　"那就好，找个别的人，合适的人。或者就留在这里？"克劳德定定地看着她，眼巴巴的样子缓和了严厉的目光。

　　她顿时知道他也意识到了这个承诺，这一瞬间的发现令她激动得头晕。一定是因为这个原因，所以突然间，他们对彼此这么亲切，这么体贴。他有时候在她身边会流露出腼腆的神情；她会为了他打扮自己，梳特别的发型，减少泡在酒吧里的时间。虽然他们还在小心翼翼地提防对方，但这种提防是柔韧的，不是以前那种一折即断的怀疑和失望。

　　"我会找到合适的人的。"布兰琪开始穿衣服。她抽出一件好几个月没穿的丝质衬衫。她想找一双没有抽丝的丝袜，但怎么可能，所以她也做了一件这几年每一个巴黎女人都在做的事：用眉笔在腿背面画了一条线。她从橱底拿出一双最"新"的旧鞋子，仔细打量。尽管皮面上有一道裂缝（丽兹的鞋匠试图用胶水修补），但这是她最像样的鞋了——她唯一一双不是木制鞋底的鞋子。在这几年里，她出去溜达，工作，所有的鞋子都被她穿烂了。现在她也跟巴黎的其他人一样了——所有的皮革都被德国人收走了，民众只好拿木制鞋底将就。这样的鞋底踏在街道上，空洞的咚咚声与纳粹钢靴的叩击声混杂在一起，听得布兰琪有时候耳朵里嗡嗡直响。尽管这几年来，人们惶恐不安，默默顺从，但巴黎仍然是一个相当嘈杂的城市，只是跟以往的嘈杂不同；它也变了。

他们都变了。

她决定大胆地穿上三色旗的颜色，星条旗的颜色——她用一块红围巾配上一件白色丝绸衬衫和一条蓝裙子。克劳德给了她一个异常强健的热吻，让她激动得包在那修补过的鞋里的脚趾都勾了起来。然后，布兰琪离开丽兹去找莉莉，想在她"挂帽子"的某间房里找到她。

但布兰琪知道她总会出现的。那丫头天赋异禀，能嗅出哪里可以蹭饭。

"啊，布兰琪，真妙。"莉莉低声说。马克西姆的富丽堂皇看得她两只眼睛瞪得硕大。布兰琪很高兴带她朋友过来见识，因为战前这里是她最喜欢的地方之一。

"确实是。"布兰琪懒懒地坐到豪华的长条形软座上，尽情享受这"美好年代"的华丽——配蒂芙尼玻璃灯罩的新艺术派大灯，随处可见的镜子，还有深色的木镶板。它有一点褪色，有一点修补过的痕迹——地毯已经磨损，桌布依然洁白，但打着补丁——就像每个活下来的人一样。

喝下一杯香槟后，布兰琪开始用自信的德语点菜，这样可以享受更好的服务。此时，莉莉对周围的环境不再诚惶诚恐，开始放松下来。布兰琪坚持要给她打扮，带她来这里，可不能让她穿成平日那样。所以莉莉穿了一条得体的裙子（用别针收短，这样裙摆就不会绊脚），一件短袖羊绒衫（缩水缩得太厉害，布兰琪穿不了，但莉莉正合适）。她找到了一双平底鞋，总算是女鞋，不是男式的，正合她儿童尺码的脚。她的头发长长了，有光泽的直发，长度差不多与下巴齐平。

莉莉开心得连连惊叹，东看看，西看看。镀金的镜子，红色的壁纸，枝形吊灯。马克西姆餐厅似乎还是一副"美好时代"的光景，那时候，法国男人得意地展示着他们的情妇，在一张张桌子间游走；只不过，如今那一张张桌子满是德国军人在展示他们的情妇。

但这日子快到头了，布兰琪告诉自己。快到头了。

"我喜欢。"莉莉打了个嗝，然后咯咯地笑起来，"我喜欢这里。你知道的，战争改变了我。"

"哪方面？"

"我觉得我学会了更好地去享受。战斗——总是战斗。我厌倦了。没完没了的战斗，没完没了的法西斯主义者，独裁者，坏男人——和女人。"莉莉意味深长地瞟了一眼与德国兵坐在一起的法国女人。"但也许我的人生到头了。我想罗伯特。"她说得非常轻柔,眼睛似乎要被泪水侵占。布兰琪很惊讶,因为很久没见她哭过,即使在那个没有月亮的夜晚,他们急着要把一辆装满了蔬菜的卡车(里面藏着枪支弹药)开到奥尔良附近的乡下去,当时莉莉的手被车门夹住,左手三根手指骨折,她都没有吭一声。

但是现在,快熬出头了,这个最不可能掉眼泪的人居然在哭。她抬头看着布兰琪,凄然一笑,向她要手帕。

"你从来都不带手帕。"布兰琪一边责怪,一边把自己的一块手帕递给她。

"也许现在会带了,布兰琪,也许现在我哭得多了。"

"为什么现在,莉莉?现在该高兴,不该伤心。我们做了很了不起的事,你和我!我可不想哭,我最不想做的事就是哭。都过去了,结束了。"

"对于你来说,是这样。"莉莉朝她咧嘴一笑,很羡慕的样子,"你知道吗,布兰琪?我从没告诉过你,但是当我失去罗伯特的时候,我不想再被这个世界拴着了。他是——该怎么说——我的锚。现在你是,布兰琪,你让我看到了不一样的东西,就像罗伯特那样。比如美好的东西,漂亮的东西;比如交谈,而不是交战。你令我又在乎别人了——我不希望你遇到任何不好的事。真好,又能有这样的感觉,不是一个人孤独得要命。"

"是吗?"布兰琪惊呆了,同时感动得不得了。

"我跟你说过罗伯特是怎么死的吗？"莉莉低声说。

布兰琪摇摇头。

"他和一些学生被抓，被折磨，私处被割掉，然后被德国人逼着靠墙站成一排，开枪杀了，像狗一样。我都没法过去给他收尸，他们不让任何人靠近。我不知道他们把他丢到了哪里。"

"莉莉，我——"

"不——让我说完。那时候，我做了一些事。我把纳粹士兵带到我的房间，我把刀插进去，把他们的尸体喂给猪吃。我忘记吃东西——'小母牛'有时想给我送点汤，但是我不能见她，什么都见不得，但有一次我见到了你。他们把一家人赶进卡车，那是在马莱区，你就在那里看着，你脸上有一种我从未见过的表情。你很难过，但又——怎么说呢？——脆弱？看到你那样，我就想要重新做个好人，这样我就可以去找你。我不认为你会喜欢我当时那个样子，太坏了。所以我又努力地活下去，好好活下去，这样你就会再和我做朋友。谢谢你，布兰琪，谢谢你。"

布兰琪发现自己在那一刻无法直视莉莉，只得摆弄起了餐巾和香槟酒杯。的确，她经常好奇莉莉看中她什么，为什么又回来找她，为什么留下来不走了。难道只是因为布兰琪能提供物质上的好处——钱、衣服、食物、优惠券？只是想让布兰琪加入她那永无止境的反法西斯斗争？听到真相超乎她的想象，比她想的更宏大，甚至到了生死攸关的程度，她惊得说不出话来。

她只希望没有太迟。

最近，布兰琪意识到，她把人仅仅看作算术问题——三个出去，两个回来，我们需要一个人来顶上。五个纳粹总比十个纳粹好，但一个也没有更好。一万个犹太人，现在是八千个犹太人，现在是五千个犹太人，纳粹一直试图将其削减到零。她被自己的这种变化吓坏了，她害怕堕落——就像莉莉描述的那样，被某种黑暗的东西吞噬。不像莉莉，布兰琪不需要不停地战斗。

但她确实需要不停地拯救，她需要在这个世界上再找到值得拯救的人和东西。

布兰琪又抿了一口香槟，细细品味，品味新的愿景，一个没有纳粹的未来，但是有莉莉在身边。她的朋友，她从死亡线上拉回来的——见鬼，但是布兰琪难道不厉害吗？莉莉难道不棒吗？她俩难道不是"蜜蜂的膝盖"吗？——她想起早已过世的帕尔常说：他不是"蜜蜂的膝盖"吗？布兰琪举杯敬帕尔。

然后敬克劳德。

她常常觉得，真有趣，在这几年里，她帮助了那么多人，这些人对她来说其实都是陌生人；她不知道他们是好人还是坏人，不知道他们是不是对自己的妻子不忠，是不是踢过自己的狗。她啥都不问就去帮他们，就因为他们不穿纳粹制服。那她至少可以试着为曾经深爱她的男人做同样的事吧；她至少可以不再逃跑，留在他身边，帮他变回以前的那个样子。

布兰琪明白：她在这方面很在行。拯救坠落的飞行员、受伤的抵抗军斗士、孤独的德国士兵、莉莉。现在轮到克劳德了。这场该死的战争至少让她看到了这一点。

"所以也许从今往后你可以在丽兹见我。我要住在那儿——和你住在一起！"莉莉咧开嘴笑了，"克劳德，肯定会很意外吧？我会有一个房间，我们会一起做一些美好的事——你会教我怎么当淑女！你有朋友，重要的朋友。也许他们可以把我的故事写进书里，嗯？我喜欢那样，我想出名。"

"海明威肯定会很乐意把你写进书里的——他可以写一本讲我俩的书，《调酒器为谁而鸣》。"布兰琪举起酒杯，莉莉跟她碰杯；然后，她们又点了两杯。"不知道他现在在哪儿？在某个地方跟德国人掰手腕吗？"

两个人都晕乎乎的，这两个藏在漂亮衣服里的战士，在过去，她们假装喝醉，从丽兹的吧凳上跌落，在电梯里唱歌，可从来没有像此刻这么开心，笑得这么发自内心。世界不一样了——颜色鲜艳了；即使餐厅里的小提琴手暂停演奏，也还是听得到乐声。到处都是音乐；布兰琪的耳朵里有嗡嗡的节奏，一颤一颤的。每个人都在笑——她们在笑，德国人也在笑，还有他们的女人。

让莉莉看不下去的是这些女人。

"看看她们，"她低声说，"那些女的，那些废人。真不要脸！"

"哦，别管她们。"布兰琪叉起一片甜瓜，细细品尝这爽口的味道，"等同盟军来了，她们不会有好果子吃的。"

她说得很大声，自己也没想到这么大声。因为旁边一桌的德国人呆住了，莉莉也呆住了。

但是，她又喝了一大口香槟——光明的前景近在咫尺，伸手就可以摸到——管他的，她不在乎。因为真的，什么都无所谓！同盟军来了，他们很快就要滚了。滚吧，可恶肮脏的纳粹分子，穿着松树色制服、养得肥头大耳的混蛋，恶心厚浊的喉音，爆炸般的笑声，邪恶，邪恶的思想行为。巴黎人一个个消失，永远消失，都是因为他们。

"敬同盟军。"布兰琪大声唱了出来，因为眼前的世界这么明亮，甚至有点太过耀眼；她已经很久没感到这么活跃了，她想大叫，她想跳舞——她咯咯地笑着，挣扎着站起来，不一会儿，莉莉也咯咯地笑着站起来。她们碰了碰杯，布兰琪大叫——

"敬同盟军！来给我们赶走这些德国猪！"

她模模糊糊地意识到周围安静下来，她瞥见一张张震惊的脸和僵住的笑容，但谁他妈在乎？她美极了，这样的布兰琪，还有莉莉——她们是巾帼英雄，她们是大美女，苦难很快就到头了，从现在开始，太阳会永远照耀人间。

在她们旁边的德国人突然站了起来，他们举起自己的酒杯，去跟莉莉和布兰琪碰杯。

"希特勒万岁！"

她的胳膊一下子甩出去，布兰琪把香槟泼在了其中一个德国人的脸上。

"去他妈的希特勒，你们全都下地狱去吧。"她又唱又笑，怀着胜利的喜悦——突然间，停了下来。

布兰琪意识到自己做了什么，她无法呼吸，几乎无法思考。她盯着那个德国人愤怒的脸，知道自己该求他原谅，但她说不出话来，不管是德语、法语，还是英语。他用餐巾擦去脸上滴下的液体，但除此之外没有流露出任何情绪；可他的同伴表现出来了，其中一个跟跟跄跄地朝两个女人走过来，但那个被布兰琪鲁莽地施了洗礼的男人拦住了那人。他衬衫的前襟被酒液染暗，但纽扣闪闪发光，滴着香槟酒。

"不。"他对他的同伴说。

"莉莉，我——"但是莉莉飞过来一个眼神，布兰琪立即反应过来。在充满惊讶的静默中，每个人都听到了这个名字，刚刚向一名纳粹军官泼了一脸香槟的女人的同伴。她的名字在他们的名单里，也许现在布兰琪也上了名单。认识她这张脸的人肯定多一些，至少对于这里的有些食客来说是这样，因为她认出了好几个丽兹的客人。

"我们走吧。"布兰琪悄声说。这时候，餐厅领班又是递餐巾，又是帮着擦，殷勤得不得了。布兰琪确信还没等她们出门就会被抓起来，但至少得试一试啊。

她们走出了餐馆，每走一步都战战兢兢；布兰琪相信她呼吸的每一口气都是最后一口，下一口气总是伴着惊讶。她领着莉莉跑离塞纳河，奔向丽兹，奔向莉莉这段日子"挂帽子"的地方。

她们没有说话。

终于，她俩停下来，面对面站了一会儿。布兰琪张开嘴想说些什么——说她很抱歉，说她不后悔——但还没等她组织好语言，莉莉就嗖的一下拔腿跑了。

但随后，她又跑回来，一把抱住布兰琪，抱得很用劲，然后，消失在了黑暗中。

一路上，布兰琪频频回头，最后总算回到了丽兹。她踉踉跄跄地爬上楼梯，冲进套房，锁上门，坐下来，等克劳德。这原本灿烂的日子——希望的日子，喜庆的日子——渐渐暗沉下去，又是熟悉的黑暗，充满险恶的黑暗。走廊上的每一声脚步都是冲着她来的，肯定的。她等着敲门声，等着他们来找她，肯定会来的。等到克劳德终于转动钥匙、打开门的那一刻，她已经紧张至极，冲上去狂笑着扑进他怀里，弄得他很诧异。

"啊，克劳德，克劳德——你绝不会相信我干了什么事！"

第二十六章

克劳德

1944年6月

　　"怎么了？看这里，布兰琪，怎么了？"她心烦意乱，双眼瞪得溜圆，妆花了，像个古怪的面具。克劳德抓住她的肩膀，让她坐下来。他看了看表。很晚了；他很饿。

　　她又做了什么？

　　她开始解释，刚开始还吞吞吐吐的，后来索性都倒了出来，仿佛是在忏悔。她告诉他自己——跟莉莉一起——在马克西姆做了什么。她把一切都告诉了克劳德，一直讲到她把香槟泼到德国人的脸上。

　　布兰琪，把香槟，泼到德国人的脸上！

　　"天哪。"一开始，克劳德只会说这两个字。他冲到窗前，朝外张望，见康朋街上没什么异样，他还是拉紧窗帘。好像这样就可以防止他们冲进来把丽兹给拆了，防止他们把她带走。

　　她坐在床上，看起来是那么脆弱，像是受了极大的伤害。就像去度蜜月那次一样，当时她也做了一件几乎同样愚蠢的事——要跳车——然后还跑了，他在火车站找到她时，她眼睛哭得红红的。这么脆弱，这么瘦小，怎么可能做出她说她做的那种事？一开始，克劳德想把她揽进怀里，安慰她，让她重新振作起来。

他已经朝她迈了几步，已经伸出胳膊准备去抱她；这时候，一股怒火冲上来，套住了他。一切都白做了！他花了那么多心思，千方百计让她平平安安，让他们都平平安安，千方百计保护丽兹（对，丽兹对他很重要，这部分的法国是他的责任，他要保护它不受玷污，不被雅利安人的铁蹄践踏）。他做了那么多努力，甚至憋出了溃疡，这一点他确信无疑：每天奴颜婢膝地为他们效力的同时，他身上的每一块肌肉都在使劲，要去扇他们耳光，挠他们，揍他们，他得强压住他的怒火。有多少次克劳德想把香槟泼到德国人的大肥脸上？叫他们——和他们的希特勒——见鬼去？叫他们滚出他的丽兹，他的法国？

但克劳德没有这么做。因为他是一个理智的人，成年人；不像他愚蠢的妻子。愤怒压倒了一切，他不想克制。

"布兰琪，布兰琪，我告诉过你，我告诉过你不要见那个危险的女人。我不许你见她！可看看你，你这个白痴，你这个傻瓜。你还是去见她，你不听我的，你总是这样。你不是女人，你是个孩子，被宠坏的孩子，我保护你太久了。你知道他们会怎么对付你吗？只要有人看他们一眼，态度不好，他们就会把人杀了，更别说朝他们脸上泼酒了。他们知道同盟军要来了，他们完了，在疯狂地打击报复。"

"也许不会，"她结结巴巴的，好像自己也不相信自己说的话，"毕竟，你——丽兹——"

"丽兹现在保护不了你了，布兰琪。"

"可我还做过许多别的——"

"你还做过什么？告诉我，布兰琪。我是你丈夫。如果你还做了什么别的事，你一定要告诉我。你给我说清楚，我有责任保护——"

"保护我？什么？你刚刚还说丽兹保护不了我了。也许我也不想再这样受保护了——也许我已经烦透了你把我当孩子看待。"

"因为你表现得就像个孩子！"

"不，不是的。"她轻声说，语气异常坚定。他不习惯从一向夸张的妻子口中听到这种声音，愤怒的克劳德顿时泄了气。布兰琪很冷静，很严肃，那双平时很柔和的褐色眼睛闪着钢铁的光芒，那神情是在说我不好对付。克劳德以前从没见过这种神情。

"布兰琪，你当然是——歇斯底里，酗酒，跟莉莉胡闹，而我在努力让这个地方保持运转，让你平平安安——"

"一直在向纳粹磕头？"

克劳德皱起了眉头，但他是不会让妻子来批评他的，这个女人刚刚还把一杯酒泼到了纳粹分子的脸上。"这是我的工作，布兰琪，你好像忘了，你之所以能不挨饿，能睡在软床上，都是因为我有这份工作。说真的，你根本不知道我每天要对付些什么。"

"那你为什么不告诉我?"

"因为你……你不——"

"你不信任我,是吗,克劳德?"布兰琪看上去并没有悲痛欲绝,反倒像是被逗乐了。那是觉得好笑的眼神吗?

"唔,布兰琪……考虑到你的……习惯……"

"你想知道一件有趣的事吗?我也不信任你。"

克劳德无法相信。他活到现在,一直都是他所认识的人里最值得信赖的那个。其他人也这么说。这是他个性中最该被人记住的点,他已经认命,不再希望自己是因为别的什么被人记住,就像那个叫马丁的家伙那样。自己的妻子怎么能说不信任他呢?这是她说过的最伤人的话——这段婚姻充斥着语言暴力,说出口的话是飞弹,瞄准心脏打的飞弹。

"自从你有了情妇,我就再也不信任你了。"她继续说下去,语气十分冷淡,这话仿佛刺进了他的心脏——不是飞弹,是刀子,"但现在尤其不信任,你对你的客人那副样子。说不定你会自己去告发我吧。"

"布兰琪!你怎么能说出这种话?我没有做过不光彩的事。你不知道这些年来我都做了些什么——"

"那你也不知道,真的,不知道我有什么样的能耐——"

"往纳粹脸上泼酒吗?非常勇敢,布兰琪,非常愚蠢,更别提有多自私了。"

"自私?"她咯咯地笑起来,那是一种令人不安的苦笑,"噢,这可真滑稽。你，指责我自私。那你的情妇呢？多得我都数不过来了吧？你现在还偷偷溜出去，在这恐怖的战争期间，你也不消停？"

"那不一样，那是——"克劳德必须坐下来。怎么会这么快就升级了？上一刻，布兰琪还在哭，向他坦白自己做的蠢事；下一刻，他们又在针锋相对，老调重弹，好像过去的四年里什么都没发生过。

事实上，什么都发生了。

布兰琪继续说下去，但仍保持着那种让他心里发毛的镇定。于是，他不得不怀疑她可能说得没错，也许，他真的不知道她有什么样的能耐。"你说你担心我，说你想保护我，说我该坐在这里什么都不做，可整个世界都已经天翻地覆，一直在死人。你不去想那对我有什么影响，傻坐着，看着。可你也不管我，每次电话一响就跑，我该怎么想呢？我觉得我不够好。但是，我从来都没让你觉得满足过，是吧？"

"布兰琪，我们为什么非得再来扯一遍这个？我选择了你，你是我的妻子。我当初尊重你，才会把你从那个人手里救出来。当初爱你，才会愿意娶你，那个混蛋可不肯娶你。"

"可之后你就不知道该拿我怎么办了，是吧？"她带着轻蔑的表情说。

"如果你是一个法国女人——要是我们——"

"要是我们什么？"布兰琪低下头看放在大腿上的双手，突然忧虑起来。

"要是我们有个孩子就好了，"克劳德带着怨气，第一次把这缺憾说了出来，"为什么会没有，布兰琪？"他硬着头皮，准备接受真相。"什么问题？"

"我去看过医生。"她在发抖，仿佛回想起了一个冰冷的无菌房，里面有白色的搪瓷盆，她被一个陌生男人又戳又捅的。克劳德也打了个寒战。"我的子宫出了点问题。我忘了——那是很久以前的事了。"

"可你为什么不告诉我，布兰琪？为什么？"克劳德在她身边坐下来，但硬忍着不去碰她；一旦碰了，他相信自己肯定会崩溃。他必须保持这种愤怒，保持这种正义的感觉，因为这是唯一能给他力量的东西。爱肯定不能给他力量；爱从来都没真正给过他力量，不是吗？

他小心照看着怒火，必要时添点柴。愤怒令他有劲去做这些年所做的事。对德国人的愤怒；对放弃抵抗、任他们长驱直入的法国人的愤怒；对妻子的愤怒。

对她的秘密的愤怒。

"我不知道，克劳德。这似乎不是我们能谈论的话题，对吧？我们可以谈巴黎，我们可以谈我喝了多少酒，你有多忽视我。这些话题，我们可以说上好几天！还有丽兹，没完没了的丽兹，我们可以谈这个，你真正的情妇。但我们从来都不能真正聊聊我们自己，是吧？重要的事？"

"我不知道。"克劳德的身体垮下来，双手抱着头。真是漫长的一天。近来，冯·斯图普纳格尔出奇地苛刻。"布兰琪，你不知道我每天在做什么样的牺牲——"

"有我牺牲的多吗？"

终于，它来了，它没敲门就直接闯了进来。他们藏了几十年的秘密。他们一开始就说好了不再提起这事。虽然各有各的理由，但在这一点上意见一致。既成事实，再讨论也没什么意义。

直到现在这一刻。

"我从来没要求你那样做，布兰琪，"克劳德马上为自己辩解，"我一次也没说过——"

"说什么？你不会娶一个犹太人？"

Jew

Juif

Juden

这个词是会引起熊熊大火的，无论用什么语言。听她大声地说出来，克劳德的脸抽搐了一下。只有纳粹才说这个；巴黎的每个人都假装它不存在，就如同巴黎的每个人都假装他们不存在一样。在巴黎人眼里，他们只不过是需要解决的问题，一直以来都是这样。

甚至在1923年也是一样。

"我叫布兰琪·罗斯。"她像是第一次说出这几个字。当克劳德·奥泽洛——彼时克拉里奇酒店的经理——向这位迷人的美国女郎要护照时，她犹豫了一下，才把护照递过去，不敢和他对视。

他也不敢——他脸上瞬间闪现出惊愕和失望，快得都来不及掩饰，因为护照上的名字是布兰琪·鲁宾斯坦，不是罗斯，而且，她的宗教是：犹太教。

她审视着他的脸，焦急，却又怀着戒心。他抚平了失望情绪，安慰自己说，他只不过打算跟这个迷人的女人约会一两次，那又有什么关系呢？他不是个有偏见的人，这一点克劳德·奥泽洛很肯定。是的，他在克拉里奇酒店实施不成文的"额度"——不能有太多的犹太人，让其他客人感到不舒服那是不行的。但是巴黎的每一家高档酒店都是这样。克劳德不是在战争中和犹太人并肩战斗过吗？他不是已经认识了几个吗？那个叫布洛赫的，他在卢浮宫经常遇到的男人，他们似乎总是在同一时间选择同一幅画来研究，他们甚至还因为这个哈哈笑过；有一回，他们还坐下来喝了一杯，讨论拉斐尔对阴影的运用手法。还有他父母家附近的那个老农夫雅各比，他有一个漂亮的女儿。克劳德每次去南方，总要光顾他们的小摊。不，克劳德不是一个有偏见的人。

不管怎么说，这个年轻女人的宗教信仰关他什么事？又不是说，他要跟她结婚，要娶她，这个迷人的美国女演员。

这个迷人的美国犹太人。

当他们真的结婚时，是她自己提出要做一本新护照（克劳德不赞成"伪造"这个词）。"反正我一直在考虑改个名字，噗仔。

你知道电影圈里那一套，大家都这样。"他相信了；事实上，他乐坏了。当她得意地向他展示那个叫格里普的小土耳其人亲手制作的那本新护照时，他给了她一根小小的金十字架项链，那原是他祖母的，他承诺会帮助她皈依天主教。

跟所有由虔诚的母亲和冷漠的父亲抚养长大的法国男人一样，克劳德是一个虔诚的天主教徒，他每周做弥撒，他过天主教的节日，他在领受圣餐前忏悔，所以看到布兰琪一直都皈依不了，他很失望，他也想不到自己会那么失望。

护照已经由官方更新了好几次。那枚金色的十字架，她在1940年以后才开始佩戴。那只是道具，仅此而已。克劳德此刻看着妻子纤细的脖子上挂的这枚精致的十字架。很显眼，总是很显眼，他们的德国客人都能看见。

"但你这么做总归是件好事，"克劳德说，"即使只是为了满足虚荣心。"

"虚荣心？"布兰琪一下子从他身边弹开，"你个傻瓜，如果你到现在还不知道，克劳德·奥泽洛，我这么做是为了你。为了你，为了你在你的宝贝丽兹的事业！你第一次带我来的时候，我就知道该怎么做了。我知道一个犹太妻子对你来说会是个负担，所以我就这么做了：我改了我的信仰，抹去了我的过去。不是为了我自己——我知道我在电影圈里没前途——我是为了你。"

"不——"克劳德的视线模糊了，好像当头挨了一闷棍，"当初你不是这么说的——你说你在来法国之前就想这么做了。"

"想和做是两码事。如果我没有遇见你，如果我没有像个傻瓜一样爱上你，我还是布兰琪·鲁宾斯坦。"她怨愤地说。脸都扭曲了——克劳德看得出来，那是因为内疚。内疚，因为在众目睽睽之下躲藏；内疚，因为死了那么多犹太人，而她却活着。

内疚，因为嫁给了他。

"每一天看到他们被抓，我就多恨自己一点。"她的话像锯齿状的石头，把他在丽兹这里自以为给她罩上的保护泡砸得稀烂，更别说他有时候油然而生的那种自以为高尚的感觉——是的，这点他可以承认，他觉得自己很高尚，当初敢娶她。"我也恨你。"

"是的，我……我明白。"克劳德说；语气透着疲惫。

"克劳德，既然我们这么了解对方，为什么这么多年我们一直生活得这么——这么——疏远呢？"

克劳德无法回答。他们面朝着对方，她眼中流露出绝望，他也感到绝望。绝望，还有戒心。所有谎言，他们都怀着强烈的忠诚，紧紧抱住，不肯放手，即使是现在也一样。也许这些谎言是燃料，驱动他们各自去做他们所做的那些事。

但这是他们在一起的最后一刻吗？因为她刚刚坦白的那件事。他差一点把这事给忘了，只顾着失望，失望情绪淹没了他，两人都沉浸在对彼此的失望中。但是，当然，布兰琪做了一件很糟糕的事，勇敢，但很愚蠢。

是不是该把真相告诉妻子了？在德国人把她从他身边拖走之前，坦诚相待，感受一下爱？

他吸了一口气。他不知道这是不是他做过的最勇敢的事：决定和结婚二十一年的妻子说实话。

"布兰琪，电话响的那些夜里，不是你想的那样，我没做那些事。"

她疑惑地挑起眉毛。他这才注意到她的下嘴唇有一个小红点，一定是在什么时候咬的，看上去一碰就会疼，他想知道她是不是很疼。

"我不是在跟情妇约会，我一直在——工作，用我自己的方式，去铲除他们，纳粹，去扰乱他们。我一直在传递情报，偶尔会帮着运人，有时候帮着藏人，犹太人，甚至藏在这里。"同样的问题——这几个字他为什么这么难说出口？他们从来不说这就是他们要藏的人，马丁和他自己。他们当然心知肚明，但从来没有挑明，他们从来没有给这些无名氏安上任何出身或过去。这难道不是纳粹要做的事吗，不过方式更可怕？抹掉一个人？灭绝整个种族？而他和马丁其实是把犹太人降级成了一个需要解决的问题，仅仅是一个问题。

"克劳德，你也是抵抗军的一分子？"布兰琪坐在他旁边，握住了他的手，让他十分诧异。

"是的——什么？什么意思，'也'？"现在轮到克劳德疑惑地盯着自己的配偶了。

"克劳德，你以为我在外头跟莉莉喝得醉醺醺的——'饮酒作乐'，用你的话说——其实我是在工作。跟莉莉和她的朋友，反叛者和学生，他们大多数来自其他国家。我……我把人送出法国。我还传递情报。可能跟你的方式不一样——我伪装成各种身份。我去过海边，去过乡下的农场。我没有待在丽兹，甚至没有待在巴黎。"

克劳德惊得只知道盯着她看，这个小女人。她的笑容，她的声音，她的态度总是比她的身体强大。他的妻子。他的公主，需要拯救的公主。他的问题，需要解决的问题。

他的布兰琪——抵抗军战士？

"可是莉莉和洛伦佐，他们来这里的时候——"

"那事对我来说，不仅仅是一次小小的冒险，"布兰琪承认，同时自豪地扬起脸，那个样子着实惹人怜爱，"我们已经在一起工作了很长时间。我给他们丽兹的东西——衣服，偷来的配给卡，食物。但我不想让他们来这里。我做那些事尽量避开这里。要说真的在这里做了些什么，就只有一次：有一次空袭，我打开了厨房的灯，为了盟军。"

"是你？我还以为——我本来也打算这么做的，可下去一看，灯亮着。"

"哦，克劳德。"布兰琪笑了，但在他还在怀疑的耳朵听来，这是懊悔、悲哀的笑。

"这么说，我们一直在做同样的事？我们有共同的目标？与此同时，我们还一直在吵，吵得你死我活。"

"太可悲了，不是吗？现在——"

"现在太晚了。"克劳德拉起她的手贴到自己胸口，就在心脏上。

他不知道还能拿这个女人怎么办。她不是公主，不，完全不是。不再需要拯救，就算曾经是需要的。她是有血有肉的人。她是犹太人。而且比他想象的要勇敢得多得多。

"现在怎么办，克劳德?"

"我们等着——我可以争取把你送出去，可我们最近几次都不太成功，马丁和我。纳粹分子现在无处不在，因为他们的末日快到了。我们要救的那些人最后结局都不好。我觉得你最好还是留在这儿。只能希望我的影响，还有丽兹，能发挥点作用。所以今晚，像巴黎的其他人一样，我们就等着。"

她点了点头，他们就这样待着，她的头靠在他的肩上，他的手被她握着，过了很久，他们躺下来。没脱衣服；今晚，他们必须做好准备。

在某一刻，克劳德意识到自己睡着了一会儿，因为他一下子惊醒过来。他本以为自己肯定一秒钟都睡不着，但是今天这样袒露心迹，感受不熟悉的情绪，实在太耗神了。他一动不动，静静地躺着，听到妻子均匀的呼吸声。所以，她也一定是睡着了。

这时，克劳德想起来，想起自己有一把枪。

他小心翼翼地下了床，蹑手蹑脚地去自己的办公室。在巡逻的德国士兵没有多看他一眼。他打开办公桌的一个抽屉，检查手枪的枪膛，看有没有子弹；枪膛是满的。他每个月都会拿出来上油，擦拭，尽管从来没机会开枪。但是，除非你好好保养它，不然有枪也没什么意义。

他把它塞进夹克口袋里，走回房间。一路上，向巡逻的士兵频频点头。他爬上床，定定地看着妻子。

布兰琪仰面躺着，眼睛闭着，双唇微启。一呼一吸，有规律，但很浅，所以不会睡得很沉。克劳德还是不太能理解这个女人会做出她说的那些壮举，但他相信她，因为他需要相信她，他需要他的婚姻有意义，不只是他过去以为的那样。因为在战争中，男人需要为某个人而战。没错，他已经有了丽兹。他还有个妻子。

但是他直到现在才知道她有多英勇，多了不起，多珍贵。他的妻子。

他的犹太妻子。

克劳德仍然定定地看着她，手指扣住了扳机。他做得到吗？他真能拿枪指着她的头扣动扳机吗？

他转头背过身去。恐惧，还有厌恶，令他浑身发抖；他把头埋进枕头，可无法屏蔽脑海中的画面：纳粹分子把丽兹掀了个底朝天，到处找她；布兰琪被折磨，被强奸；她在靠墙的一排人里，被那些德国人，他的客人，在这四年里他点头哈腰讨好的那帮人，开枪扫射。

他怎么能让她遭受这些？即使这意味着做不可能做到的事？

克劳德把枪塞到枕头底下，闭上眼睛，可不管头往哪个方向转，那些凶残的画面还是在攻击他。

好不容易熬过了这一夜。枪还是冷的，在克劳德的枕头下。他洗澡，穿衣服，把枪藏在一堆衣服里——他跟布兰琪说那是要洗的衣服。她没回答；她只打算洗个澡。她的眼睛下面有两瓣墨黑的新月；脸上的妆已经脱落，面色苍白，下唇现在有一点紫色的淤青。

她真美。

"瞧，我就说嘛，"克劳德手一边抖，一边在打领带，"没事的，我敢肯定。但今天就留在这里，以防万一，好吗，布兰琪？别出去。"

"好的，克劳德。"她看着他的眼睛，稳稳地——勇敢地——迎接他凝视的目光。现在，除了"我爱你"，已经没有什么可说的了。

奥泽洛夫妇抱住对方。一个温情脉脉、冰释前嫌、表示认可的拥抱，谁都不舍得松开。

但最后是克劳德轻轻地把她推开，他捞起那堆要洗的衣服，离开了妻子。孤孤单单一个人，没人保护她。不。她在丽兹。在丽兹，谁都不会遇上坏事——克劳德说过，很久以前。

两个小时后，弗兰克·迈耶跑进克劳德的办公室，上气不接下气。

"他们抓了她，克劳德。盖世太保，他们抓了布兰琪。"

此刻，克劳德唯一能想到的就是头天晚上明明有机会——唯一的机会——解救她，让她免遭这一切。可是他下不了手。他是个十足的懦夫，十足的丈夫——这么多年，她该拥有的那种丈夫，不忍心伤害妻子的丈夫。

　　克劳德冲进他们的房间，但他看到的，正如弗兰克所说的。

　　布兰琪不见了。

第二十七章

布兰琪

1944年6月

是哪个混蛋告发她的？丽兹酒店里的谁说的：是，当然，她在3-25号房？是前几天给她玫瑰花的那个人吗？是某个清洁女工吗？布兰琪上周还当场抓到一个在翻她的衣柜；她说她是匈牙利人，企图掩饰奇怪的口音。是阿斯特丽德吗？她如今的状态愈加可悲，头发乱蓬蓬的，也不卷了，口红晕在嘴唇外，让人感觉她总是在吃东西之前涂口红，笑容也没了。

还是身边更近的人？

被押出旺多姆广场一侧的几道门时，尽管双手被反铐着，布兰琪还是伸长脖子，一个劲地在找他。但是克劳德不在。他为什么不在？谁会告诉他她走了？他会怎么说？他会怎么做？她的丈夫，他说过他必须保护她，不惜一切代价。

这个男人，他也说过他必须保护丽兹。

甚至当她和其他戴着手铐的女人一起被推上一辆有帆布顶盖

的卡车时，她还是扭过身，看着被卡车渐渐抛在后面的丽兹，想看到他的身影，看到他追着车子狂奔的样子，心底的这种渴望按捺不住，让她不由自主地回望。许久前解救过她的那个男人，那个身材并不高大的义士，这个当下，他在哪里呢？

但是转念一想，如果她看到他的最后一眼是他在门口停下脚步，眷恋又惆怅地回望她，那就足够了。至少，他们拥有了昨晚。他们终于向对方说出了真相，让他们倾诉的秘密不再隐藏，出来见光。

她终于在这么多年后大声说出来——

她，布兰琪·奥泽洛，是犹太人。

犹太人和法兰西。

那是1941年的秋天。德国军方的宣传部门决定搞一场秀——孩子们，我们来搞一场秀吧！但这不是朱迪·嘉兰[1]和米基·鲁尼[2]主演的家庭剧。完全不是。克劳德和布兰琪去看了，因为丽兹酒店里的每一个纳粹分子都来问他们看过没有，老是来问。他们知道逃不过。这场秀堪比御前演出，是检验在丽兹工作的每个人的试金石。

于是夫妇俩老老实实地去了。街上没有黄色的星星，那时候

---

①朱迪·嘉兰（Judy Garland），出生于1922年，是美国著名的演员和歌唱家。她曾被授予奥斯卡最佳青少年演员奖、金球奖、塞西尔·B.迪米尔奖、格莱美奖和托尼奖。——编者注

②米基·鲁尼（Mickey Rooney），1920年出生于纽约布鲁克林，是美国著名的电影演员。——编者注

还没有；后来才有。从表面上看，布兰琪跟她过去近二十年来一个样。一个来自俄亥俄州克利夫兰的金发女郎，美国天主教徒，嫁给了法国巴黎的一个法国天主教徒。

在他们去之前，当她手指颤抖着往头上别帽子时，她想起了早年间，她年轻一些，轻率一些的时候，有人对她说，她看上去"不是很犹太"。一位电影制片人跟她说的，他这话是恭维她。

布兰琪也把这当作恭维笑纳了。

但是此刻，想到她那么轻松、那么急切地认同他的说法，那么高兴自己看起来不是"很犹太"，她感到恶心。

但是今天，她知道不会像平时那样轻松，不过话又说回来，这些年她是靠给自己打气才挺过来的，其实也不见得轻松。他们在举办展览的伯利茨宫前迎面看到一幅大壁画的那一刻，她就明白了这一点。这幅巨型壁画有四层楼高，一个丑陋的闪米特人的漫画，鹰钩鼻，圆溜溜的眼睛，粗糙的手指，手里抓着一个地球，象征犹太人要毁灭世界——这意思表达得一点都不含蓄啊，克劳德小声地说。

布兰琪摸了摸自己的鼻子——她忍不住，手自动抬起来去摸自己那该死的鼻子，摸摸它是不是突然变成三倍大，并且长出了一个钩子。

克劳德抓住她的手，紧紧地握在自己手里。整个下午，他都这样，让她紧紧地贴着自己，这样她就不会倒下去。

奥泽洛夫妇像连体双胞胎一样贴在一起，仿佛他的非闪米特血液可以渗入她的皮肤，改变她的血液，使她里里外外都"少些犹太含量"，他们从一个展厅挪到下一个展厅。展览通过照片、艺术品和肮脏的谎言用德文和法语副标题解释犹太人如何想要统治世界，想要涤尽世界的良知和道德，想趁基督徒睡着的时候杀了他们。他们用他们的艺术、电影和音乐毒害了法国文化。

他们不配享有仁慈和尊严，他们不配活着。

在她第一次乘船来法国时，布兰琪深信自己抛下的留在纽约的一切，现在又如潮水般涌了回来，她原本就已经呼吸不稳，这波潮水冲得她险些要窒息。回忆淹没了她。老照片，她在某个逾越节穿过的那条浆得笔挺的有红色绣花领的白裙子，她在祖母葬礼上穿的那条同样熨过浆过的有巨大羊腿袖的黑裙子，还有妈妈给她绑头发用的那个巨大的黑色塔夫绸蝴蝶结（总是绑得太紧，勒得她头皮痛）；传统，家庭，经常讲的故事，梦想，妈妈爸爸，姐姐哥哥，祖父母，远房姑姑和其他远亲，她最害怕的一切，她终生都在抛弃的一切。可为什么？为什么要抛下这一切？布兰琪想不起来了，她怎么还想得起来——面对这铺天盖地的诋毁，对他们的诋毁，对她的诋毁？

还有谎言，污蔑像她祖父母这样的人。他们是从德国千里迢迢来到美国的，从来没有学过英语，所以他们在的时候一家人总是说德语。他们善良，温和，一心想给自己的孩子和孙子孙女最好的。这样的人会是密谋趁基督徒睡着把他们赶尽杀绝的恶魔？布兰琪的祖父鲁宾斯坦甚至连只苍蝇都不忍心伤害。一段记忆忽然闪现：有一次，一只老鼠在他那间小公寓的厨房里撒野（这间小公寓是他和祖母在美国租下的第一个家，她父母老是劝他们换个地方，可他一直不舍得离开），尽管祖母在一旁唠叨，祖父还是下不了手，不忍心杀死那只老鼠；他抓起他那顶礼帽（就像亚伯拉罕·林肯的那顶，早就过时，可他还是坚持要戴），把老鼠"舀"起来，小心翼翼地放到屋后的小院子里，结果一只猫上来就把它咬死了，祖父哭得像个孩子一样。

那顶礼帽是他从旧世界带到美国的最好的东西。在鲁宾斯坦的家庭相册里，有一张他小时候的照片，他就戴着这顶帽子；脸太稚气，太小，这么高的帽子实在不相称，但脸上的表情好骄傲。

那是一张少年气盛、充满希望的脸——对着眼前她深恶痛绝的声称犹太人是世界之恶、人类之祸的谎言，实际看到的却是那张脸。

还有她自己的脸——突然间，她也看见了，仿佛是在照镜子。从前的样子，也就是在她急切地决定追求一种不同的生活、一种更好的生活之前。可笑的不正是她自己吗？她在这里，一个犹太人在敌占领区巴黎，每天都被德国人包围着。

但是她的脸——褐色的眼睛，小巧的鼻子，深色的头发（很早就染成了金色，她现在已经认不出真实的发色了）——她在照片、漫画和插画中看到了自己的脸。

你怎么辨认闪米特人？其中一个专题这样问。

说真的，怎么辨认？布兰琪肯定已经答不出来了，尽管他们热心地提供了现成的答案：油腻的头发，圆溜溜的小眼睛，鹰钩鼻子，喜欢抓着东西不放的手。

但是他们忽略了一些其他的特征。你怎么辨认闪米特人？

这些都是明证：吓得心咚咚狂跳，翻肠搅肚想拉稀，每次抚摸护照时甚至能触摸到那种实实在在的解脱感，庆幸自己几十年前就抹去了身份——原因现在看来是如此荒谬：为了丈夫的事业，为了进一步摆脱过去；回想起来，那段过去似乎并没有那么可怕，因为那是在一声"我愿意"中画上句号的日子，因为那天阳光很灿烂。

因为，因为，因为——没关系，实在太容易了；布兰琪跟弗兰克·迈耶一说，迈耶带她认识了格里普。娴熟的几笔，一张照片，五十法郎，那人就抹去了她的过去，给了她一个新的身份。如此简单。她想不通为什么大家不都去搞一下。改个名字，改个国籍，改个宗教信仰，索性再删掉几年，跟摩登女郎染个发、换个香烟牌子（"好彩"换成"高卢"）一样容易。

面对这场展览铺天盖地的恶意——就像撞到一面带刺的铁丝网，上面有生锈的铁钉，挂着皮开肉绽的躯体，暴露的器官还在搏动——布兰琪知道这终究没那么容易。

没那么容易。在这场密集的展览中，她每走一步，所见所闻都在提醒她：有些人是多么渴望有人来告诉他们，自己心底里最可怕的恐惧和偏见就算不值得称道，也是可以理解的；他们对所有谎言都照单全收。她看到两个男人在嘲笑一幅很恐怖的漫画，是前首相——两次当选的前首相！——莱昂·布鲁姆[1]，他被画了一个香蕉那么大的鼻子；他们笑得眼泪都出来了。

布兰琪无意间听到一位母亲认真地对她的女儿说，这是真的，千真万确，犹太人有时会吃像她这样的小女孩，所以纳粹在这里是好事，能救她。那个女儿，最多九岁十岁的样子。

"他们是畜生。"克劳德带着怒气很小声地说。他紧紧地抓着妻子的胳膊，她知道胳膊肯定被他抓出了印子。"这些纳粹分子没有良心。在自由的法国绝不会有这种事。"

布兰琪朝那母女俩扬了扬下巴。"你真的相信吗，克劳德？"毕竟，是他最先告诉她某些酒店和餐馆强制实施不成文的"额度"，是他告诉了她长达十多年之久的德雷福斯事件，告诉她当这个无辜的人被判有罪，锒铛入狱时，他的父母有多高兴。

是他当初没有积极劝她放弃换护照的想法，那时他在丽兹的事业刚起步。

那位母亲继续向女儿解释，德国人举办这个展览是件好事，因为有些邻居跟她们看法不同，但现在，谢天谢地，他们总算可以了解真相了，因为有一点是肯定的：纳粹不会说谎。布兰琪的丈夫在一旁听到这话，没有回答。

---

①安德烈·莱昂·布鲁姆（André Léon Blum），是法国知名的左派政治家、文学家和戏剧评论家，也是法国第一位犹太人总理。1940年"维希政府"将他逮捕，他被监禁到1945年才获释。——编者注

但他把妻子抓得更紧了，他凑在她耳边轻声说："谢天谢地，你当初真是有先见之明。"

他从来没有为这事感谢过她，他甚至从来没有真正承认过。对他来说，这似乎是理所当然的事：一个美国犹太人为了嫁给一个法国人而皈依天主教。这是奥泽洛夫妇婚姻的一块基石，一角基座，是他们讲起两个人的故事，故事中必不可少的事实，哪怕从来没有说破过，它跟情节一样必不可少，比如当初如何相遇，她穿的什么，婚礼当天他差一点忘了戴结婚戒指，诸如此类的情节。

等这一切结束，她就离开——当他们离开展览现场时，她这样对自己说。离开克劳德，离开他们这段便利的婚姻——因为时至今日，他们的婚姻就是这样；这是她一个便利的借口，让自己不回家，不回纽约，不回归她随随便便抛下的家庭。

不回归她随随便便放弃的信仰。

当卡车驶出旺多姆广场，开上和平街时，布兰琪不再沉湎于过往，开始专注于当下发生的一切。她不是旁观者，不是演员，不是冒牌"老江湖"，也不是巴黎人。她不再是布兰琪·罗斯·奥泽洛。

她终于又是布兰琪·鲁宾斯坦了。

你怎么辨认闪米特人？

把她双手紧紧反铐，推上一辆纳粹卡车，用一把德国枪指着她的头。

第二十八章

克劳德

1944年6月

　　他冲下楼梯，手里拿着她的护照。她忘带了。他能想到的就只是她现在需要这个；她需要证明她是布兰琪·罗斯·奥泽洛，天主教徒。于是，他一路狂奔，在大堂里像个疯子一样挥舞着护照，大喊："她忘了！她忘了带护照！布兰琪——她忘了！"

　　然后，他意识到旺多姆广场这半边的所有德国人都在看好戏一样盯着他。他妻子要去的地方，不需要护照。

　　可他还是急得团团转，直到看到一张友善的脸——冯·斯图普纳格尔，他正拖着沉重的脚步，从宽阔的楼梯往下走，一边往裤子里塞衬衫。

　　"出什么事了？"克劳德听到咔哒一声，意识到一名士兵的来复枪对准了他，但他没空去理会——不是开玩笑，他当真伸出手，把枪压了下去，就好像那只是一只苍蝇，赶走就行了。

　　布兰琪走了，布兰琪走了——这是槌子，不停地敲击他脑子里的锣；这是唯一要紧的话，这是他唯一听到的声音。

"我妻子——斯图普纳格尔先生！"克劳德·奥泽洛心急如焚，顾不得面子，扑过去求这个人，求这个纳粹分子。此刻的他，没有羞耻心，没有自尊。他伺候这些猪伺候了那么久，总该有点用吧？他们肯定会记得，会帮他的吧？"我妻子布兰琪——她刚刚被抓走了！她忘了带护照！"克劳德手里那本珍贵的皮册子都快挥到他脸上了。

"奥泽洛先生，请别这样。"冯·斯图普纳格尔推开了克劳德，但示意其他人都散了，该干啥干啥去。端着来复枪的士兵把枪塞进枪套，走开了。

"冯·斯图普纳格尔先生，我求你了。我知道她做了件鲁莽的事——她都告诉我了。但她是我的妻子！她是丽兹酒店总经理的妻子！她是很蠢，是的，很冲动。但她没做什么太过分的事，不至于要把她抓起来吧。"

"这不是我的决定，奥泽洛先生。"冯·斯图普纳格尔疲惫地坐下来。那是一张镀金的小椅子，让这个穿着灰绿色制服的德国人来坐，显得过于精致，过于小巧。"我不是盖世太保。我只是在他们来这里找的时候告诉他们该去哪里找她。"

"你？你告诉他们的？"

"我也没办法，只能这么做。我得服从上级啊，你知道的，你也是一名军人。我劝过——我劝过他们，希望他们网开一面。"他的肩膀无力地垂下来，克劳德感受到了几秒钟的希望——也许这个纳粹分子长着人心。"但是她对德意志帝国犯下了重罪，她亵渎了一位中尉的军服，她当众对他无礼。我们不能允许这种行为；如果我们容忍，就会向民众传递错误的观念，尤其是现在。就连丽兹的奥泽洛太太也不能脱罪。"

克劳德跪倒在地。他从来没有给谁下跪过，但是为了布兰琪，他这么做了。

"我求你了。跟盖世太保谈谈，让他们放了她。我会把她带走的，我保证。我会把她带到乡下去，在那儿她不会构成什么威胁，就安安静静地过日子，直到——"

"直到什么？"冯·斯图普纳格尔摘下眼镜，揉了揉鼻梁，又戴上眼镜；整个过程一直瞪着克劳德，看他敢不敢说下去。

"别介意——我不是有意的——就让我把她带走吧，我保证。她不会再做什么了，不会做任何对帝国不敬的事。"

"我说了这事不归我管，奥泽洛先生。即使我想——我不是说我想——盖世太保也不会听我的。他们直接听命于元首，不是军队。"

"那至少告诉我，她会被带到哪里去？"

"我不知道。德朗西，也许吧。弗雷斯纳？也有可能在城里的小监狱里，我猜的，但好像也不太可能。很抱歉，奥泽洛先生。我也有妻子，我已经好几个月没见到她了，可能一时半会儿都见不到她。所有的假期都取消了，要等下一步通知。所以我理解，但我无能为力。"

克劳德很惊讶，他真是一副很过意不去的样子，甚至可以说是颓极了，仍瘫坐在椅子上，如此沉重的责任，上司甩给他这么多人的千仇万恨，把他压得抬不起头来。

最后，斯图普纳格尔疲惫地站起来。"奥泽洛先生，请把我平常吃的午餐送到我办公室来。麻烦多费心，保证这次是热的；昨天是冷的。"他看看克劳德，犹豫了一下，两只手搭到克劳德肩上。"我们必须坚持工作，是吧？除了继续工作，我们什么都做不了。如果认为还可以做点别的，那是很愚蠢也很危险的想法，奥泽洛先生，你明白吗？"

克劳德点点头，但手却攥成了拳头，他晕乎乎的，眼前都是红点；怒火烧得他头一抽一抽地痛——怒火，也是红色的。

红色——那面挂在天花板上、盖着古董挂毯的卐字旗的底色。

但克劳德·奥泽洛是个极度自律的人，他及时想起了一切，所有。他接受的训练，他的职责，他的责任。

他的妻子，还在这些禽兽手里。

"当然，我很乐意为您安排午餐，斯图普纳格尔先生。还有——谢谢。"但究竟为什么谢他，克劳德自己也不太清楚，除了在他最需要的时候向他展示了一点人性。"但是，拜托你——不管布兰琪在谁手上，请务必把这个交给他们好吗？"克劳德把护照递给他。

冯·斯图普纳格尔接过护照，抬起沉重的脚步上楼回他的办公室。克劳德知道,不该把这个人意外表现出来的友善太当回事,但他忍不住;他眼里噙满了泪水,至少有那么一刻让他觉得在这独自承受的恐怖中没那么孤立无援。

然后,他得从德国士兵——这些他伺候了四年的德国人——身边走过去,穿过长廊,回办公室,至少试试看,让自己继续工作,就如冯·斯图普纳格尔劝他的那样。

但这是第一次,眼前的丽兹看起来是假的,就好像糕点店橱窗里陈列的覆盖着糖霜的纸板蛋糕,摆样子用的,看起来很漂亮,却是空心的。

在办公室里,克劳德怎么都无法集中注意力。他拿起电话,万分迫切地想和马丁说说;马丁可能会有主意,这家伙那么聪明,但他想起来丽兹所有的电话都有人窃听,他们的客人在窃听。而且,再怎么绞尽脑汁,克劳德也不知道这种情况该用什么暗语。

克劳德终于想起了那把枪,就在抽屉里锁着,还有毒芹,蚂蚁药,碱液。他打开抽屉,看着这些丰盛的藏品。好诱人啊!在斯图普纳格尔的茶里滴一滴碱液。在斯派德尔的汤里放点毒芹。干脆搞大些?给他们全都上毒芹!一场毒药盛筵。他肯定能在厨房里找到同盟者,他们会很乐意为德国客人调制这样的大餐。

或者动静小一些?别牵涉那么多人。他与哪个德国士兵来一场亲密双人舞,盛大的结局只是他脑子里的一枚小小的子弹?然后,让他们把他抓起来,他就可以跟布兰琪在一起了,他俩会被关在一起——

　　他再也帮不了她了，是吗？当然，克劳德，你这个傻瓜。别头脑发热，像个狂热的情人一样。以前你这样没问题，现在都什么时候了，你得理性些，清醒些。

　　他的手在颤抖——不只是颤抖，是全身震颤的"地震"。克劳德关上门，坐下来，抖个不停的双手捧着头，他试图思考，却什么也想不出来。

　　这一天剩下的时间里，他一直是这样，就这样一直拖着不回自己房间。

　　布兰琪不会在那里迎接他。

第二十九章

布兰琪

1944年6月

卡车轰隆隆地驶过鹅卵石街道；她是许多女人中的一个，大家都被铐着，都被颠得直蹦。其中一人问拿枪指着她们的士兵这是要去哪里。他没回答，可另一个女人回答了。

"到时候你就知道了，弗雷斯纳，地狱的前一站。"

"尽管说。"士兵终于开腔了，和颜悦色的样子。他从口袋里掏出一根烟，点着了，把燃烧的火柴扔向三英尺外的一个女人。"反正这是你们最后一次说话，说呀。"

这让她们闭上了嘴。

今天很暖和。今天暖和吗？还是6月，还是夏天。刚刚昨天，布兰琪还穿着短袖上衣和莉莉一起在外面走，走过的街道两旁热热闹闹地装饰着花箱，常春藤郁郁葱葱，鸟儿鸣啭啁啾。所以肯定还很暖和；可她却冷得要死，身子抖得厉害，她觉得自己都快吐了。

"别抖了。"她旁边的女人只说了这几个字，没再说下去。

车子往城外跑；女人们像土豆一样在卡车上滚来滚去，大家都沉默着，只有些啜泣声。很快，她们就到了郊区；一眼望去，毫无吸引人的亮点，沉闷得很。最后，卡车在一道门前停下来，把守的卫兵挥手放行后，车子停在了一座灰色的堡垒前。她们被粗暴地推下了车，跟之前被推上车的时候一样粗暴。又上来一些手持步枪的士兵，把她们押进大楼，像牲口一样赶到一间没有窗户的空屋子里。里面居然还有一屋子女人，处于各种惊恐状态。也有士兵，还有几个军官，看着她们，随时准备开枪的样子。

布兰琪四处张望，踮起脚尖，在人群中钻来钻去，找——

"莉莉！"她控制不住自己，她冲向莉莉，用肩膀推开其他女人，因为手还被铐着。

"莉莉！"见她还活着，布兰琪心里的石头终于落地，一时间把之前受的培训都忘了：要是进了监狱，见到抵抗军的其他成员，要装作不认识，绝对——绝对——不能让敌人发现你们认识。

布兰琪闯祸了，跟昨天一样，又闯祸了。她倒吸了一口凉气，踉踉跄跄地想要避开，只希望没人听到，但这时她听到了自己的名字，轻轻的一声呼唤。

"布兰琪。"莉莉的脸，那么苍白，布兰琪以为会从那双眼睛里看到憎恨，对她愚蠢行为的失望和厌恶。

可是，她看到的却是一种奇怪的带着震惊的温柔，甚至好像还有一丝欣喜，好像莉莉很开心能被认出来。不对，这不可能。可布兰琪还没来得及发问，一个德国人的声音就炸响了："反叛者莉莉·哈尔曼诺夫！"

布兰琪看着莉莉被押走，一身傲气，昂着头，双手被铐着，恋恋不舍地最后看了布兰琪一眼。她终于反应过来，这眼神是感激。

是爱。

留下布兰琪一人孤独得要死，虽然周围都是在哀号的女人，虽然她被自己的恐惧和内疚包围着。她害了自己，害了莉莉，害了克劳德。他现在肯定疯了。

"布兰琪·奥泽洛！"现在轮到她被押走，推进另一个房间，领到一套衣服：一件肥大的粗毛线裙子，一双又笨又重的木屐。她自己的衣服和珠宝都被夺走了——那个金十字架，被一把扯断链子，毕竟就这么细细一缕。但她的护照没被拿走，她闭上眼睛，想起来那还在丽兹。

在这里需要这个吗？有用吗？无从得知。她只能等着瞧了。

"我为什么会在这里？"虽然她很清楚自己为什么会在这里，但她还是忍不住要问，对着虚空发问；这里没有人类，只有面无表情、没有灵魂的德国面孔。

没有回答。

她被推进一间牢房，就她一个人。里面有一个罐子，一张小床，还有三只老鼠给她做伴。

夜幕降临，她一定是睡着了，因为接下来她看到的是一个神父被带进了她的牢房。她惊呆了——他们竟然还没搞清楚，这些愚蠢的德国人。

他们还不知道她是犹太人。

所以他们现在手里一定有了她的护照——也许是克劳德带来的？从他们在丽兹敲她房门那刻起，这是她第一次心里涌起希望。

这位天主教神父是个老头，那种吃饱喝足、洋洋自得的神父。他摆出一副高高在上的姿态，唤她的名字，祈求上帝保佑她。但他看到老鼠和罐子，一脸厌恶；他一直站着，显然不敢坐到她那张满是虱子的床上。他开始发问。

"孩子，你来自美国哪里？"

"克利夫兰。"

"我可以问一下，你在那里去的是哪个教堂吗？"

"圣母谁谁谁教堂。太久以前的事了，神父。"

"明白。你想要圣餐吗？我得先听你忏悔。"

她摇了摇头。"对不起，神父，也许你人还不错，但也许你会跑到纳粹跟前，把你听到的都告诉他们。改天吧。"

他叹了口气，可还是为她祈了福，然后走了。

她在牢房里又待了两天。布兰琪几乎已经说服自己，让自己相信他们早把她忘得精光，他们搞错了，他们会改变主意，放她回家，回到克劳德身边的。这两天里，他们给她有虫子的干巴巴的黑面包；她吐了出来。有虫子的粥；她吐了出来。有虫子的汤；这时她已经饿得不行，狼吞虎咽地灌下去，可还是立马喷了出来。那天晚上她睡觉，地上还有一摊呕吐物。

但至少老鼠不会往身上爬了。

然后，他们来找她了，这是第一次。她听到钢靴日日夜夜在大厅里走来走去，但这次在她的牢房前停了下来。钥匙插进锁孔，步枪戳戳她。她很配合，自己主动走去他们叫她去的地方。因为现在，他们会放了她；他们会告诉她这是个误会；他们会派人去叫克劳德，他会来接她。

因为她是丽兹酒店的奥泽洛夫人啊。

布兰琪被推进一间办公室，一位军官坐在桌后，面前摆着一个文件夹。封面用回形针别着一张莉莉的照片——表情像是受到了惊吓，一头乱发拂扫着脸庞，照片中的她年轻一些，头发长一些。

"来，跟我们说说，奥泽洛夫人，你，丽兹酒店的人——我们认识你丈夫，他对我们那些住在那儿的军官非常客气，他帮了大忙——可你怎么会跟这个肮脏的犹太反叛者婊子莉莉·哈尔曼诺夫混一块去了？"

"什么？我……我以为你们叫我过来是因为——"

"是的，是的，你在马克西姆做了件冲动的事，我们都知道，但我们更感兴趣的是你跟这个犹太婊子的关系。我们一直在找她。你们是怎么认识的？"

"我们是在船上认识的，很久以前。"久到像是上辈子的事。她像个孩子，一个任性的孩子一样，离家出走。莉莉在一间人头攒动的酒吧里注意到了她，看到了她的悲伤，看到了她的需要——也许还看到了她勇敢、真实的一面——然后走到她身边。布兰琪还记得她们喝酒，大笑，甚至还跳了舞。

"你为什么在那条船上？它是从哪儿出发的？"

"摩洛哥，去法国。我刚度完假，我回丽兹。"

"她为什么会在船上？"

"我不知道。"

"我们一直在追踪她的活动，从西班牙到现在。她是叛徒，杀害德国人的凶手。你知道她杀了我们多少人吗？"

布兰琪摇摇头。不能问问题。

"十三个，她谋杀了我们十三个战士。"

布兰琪想说"万岁！"，想说"只有十三个啊？"，想说"好样的！"，但她不敢。

"所以很简单，就说莉莉是犹太人，是抵抗军的成员——是的，我们知道你的那些活动，但我们会对你宽宏大量，我们会放你走。毕竟，你是大名鼎鼎的奥泽洛夫人。这几年，你的家也就是我们的家。我们不想伤害你——这影响不好。"

"我不知道，"她说了一次实话，"她从来没有告诉过我。这个话题我们从来没有讨论过。"布兰琪庆幸，非常庆幸，庆幸这一点。因为在这里，在这个监狱里，她明白她施展不了曾经觉得自己具备的演员天分。要是纳粹问她是不是犹太人，她会怎么说？

布兰琪·鲁宾斯坦·奥泽洛根本不知道。幸亏他们没有问——至少这一次没问。

她回到了自己的牢房，想着至少自己挺过来了，没那么糟，没有莉莉描述的和罗伯特忍受的那么恐怖。她以为最糟糕的已经过去了，却发现这只是开始，孤独时日的开始。她病了——今天发烧，明天痢疾，神秘的皮疹摩擦着粗糙的毛衣。她生病的日子里，白天与黑夜无缝衔接。监狱里回荡着哭声，都是女人；这里没有男人，在弗雷斯纳男女分开关押。偶尔有人反抗，哭叫，突然就没声了，每次都是这样。

她在这里几天了？她不知道。她试图通过月经周期来判断。来月经的时候，她没办法，只能任经血顺着腿往下流。但这只发生过一次。

在经血停后不久，一个士兵进了她的牢房，那人脸上看不出什么表情；她以为他是来带她回去接受审讯的。可他却把身后的门一关，开始解裤子，脸上挂着得意的狞笑。她蜷缩着贴在墙上，想尖叫，却发不出声来，她虚弱得犹如他手中的一片枯叶，在他的蹂躏下皱成一团。很快就结束了——她实在太脆弱，疼痛灼伤了她的视力，但谢天谢地，他几乎在进入她身体那刻就完事了。

整个过程，她都闭着眼睛，这样当他歪嘴皱眉，哼哼唧唧，冒汗使劲，挺动躯体，做这件侵犯性的丑事（强奸她）时，她就看不到那双蓝色的眼睛。妈的，布兰琪，别让他们把你的灵魂和话语都偷走。如果她不看，如果她没有这段视觉记忆，那么有朝一日若能离开这里，她也许会忘了这件事。忘了，就不用告诉克劳德了。

她知道他无法承受这个。他没她坚强。

总是在审讯，几乎每天都在审讯。她被揪出去，带到某个军官面前。军官的案前还是那刀文件，文件上还是夹着莉莉的那张照片。有时候，审他的人指控她在丽兹窝藏逃犯——"已知的闪米特人"——向她出示一些照片，照片上是她从未见过的人，和她一样的人。有时候，她又被胡乱指控杀了一名军官，炸了一座桥——这些都在上面，在她的档案里。

但最后总是会绕回到莉莉身上。

"告诉我们，告诉我们莉莉·哈尔曼诺夫是犹太人，这样你就可以回家了。"

有时候，他们——这些劫持她的强盗——突然变得和蔼可亲。他们让布兰琪坐下，给她茶，给她一块酥饼（没有爬满虫子），她会像动物一样狼吞虎咽，虽然觉得羞耻，但实在饿得忍不住。他们会笑她，会问起她在丽兹的那些大名鼎鼎的朋友，他们真的很感兴趣，对"作家海明威"尤其着迷；她明白这是在提醒她所失去的一切，也许再也见不到的一切，想借此来击垮她。这是在提醒她，他们想用一个破饼就让她在他们面前羞辱自己。

这种审讯实际上是最残酷的，因为从前的记忆又被翻了出来——那时，她还很欣赏冯·丁克拉格，还为弗里德里希操心，还想用一顶新帽子逗阿斯特丽德开心。那时，她认为这些东西是人，值得拥有欢笑，值得她笑脸相迎。

审讯来，审讯去，他们从来没指控过她实际上犯下的"罪行"，从来没戳穿过她说过的谎言。那么，她就知道了：这些德国人不怎么聪明。可是当邪恶站在你这边时，哪里还需要智力。

"我可以随时判你死刑。"德国人时常这样提醒她，总是试图引诱她出卖朋友，"我只需要一点点真相。告诉我，这个莉莉，她是犹太人，对吧？犹太间谍？"

"我不知道，我不知道。"布兰琪反复说。有时会燃起一粒火花，她以为已经灭尽的火花。她会把头一扬，从另一个人——另一个布兰琪——口中痛痛快快地把想说的都吐出来。她会跟他们说这里的饭菜烂透了，服务跟丽兹完全没得比。她会享受反抗的快感。但这簇火总是没多久就灭了，它燃不了多久，在这里不行。

有时候，她会折磨自己。夜里独自躺着，她试图屏蔽外界的声音。被士兵强奸的，不止她一个女人。牢房的门打开，关上，哼哼唧唧，没声了，门又开了。说真的，她和她的狱友被关在这里是为了什么？除了供他们取乐，供他们折磨、惩罚、摧毁、强奸来取乐，还能为了什么？但是，当她们像骷髅一样时，当她们的毛发大把大把地脱落，被老鼠拿去垫窝时，当她们一个劲地拉稀，虱子爬满全身时，他们怎么还能施虐取乐？布兰琪不知道。

躺在小床上，置身于这个可怕的梦魇中，布兰琪会思念丽兹，进一步折磨自己。

她会想起他们套房里的浴室，比这间牢房大，十倍之大。丽兹的浴缸也够大，装一支军队都不在话下。她记得克劳德曾跟她讲过那个故事：国王爱德华七世被卡在浴缸里，于是他的好友恺撒·里兹把所有的浴缸都拆了，换成了更大的，适合国王的那种。

她会回想当初的那种安逸：不管需要什么，不管什么时候，只需拿起电话，就会有人送到她手上。她会回想那些东西能让她觉得快乐充实的从前——那时候，一件新衣服会让她雀跃好几天，或者是一个新手镯，或者是一束特别精致的花。那时候，东西对她来说还很重要——那时候，填满她生活的只是她囤的东西，存的东西。

那时候，她还没开始救人。

"所以也许从今往后你可以在丽兹见我。我要住在那儿——和你住在一起！"最后那天，莉莉这么说。布兰琪以为自己也救了她。但是克劳德，他可不会喜欢那样——不管她一开始想的是什么，最后总是会想到克劳德。

这个男人，她的男人。那个像狮子一样在嘉理面前咆哮的男人。是他让她相信自己珍贵，值得拼命争取。是他让她轻易忘了自己是从哪里来的——毕竟是在丽兹生活啊！

是他伤害了她，但布兰琪再也想不起来自己当初为什么那么生气。性究竟是什么？什么都不是，跟爱比起来，微不足道。他确实爱布兰琪。经过最后那晚，她对此深信不疑。

有时候，克劳德看着她，一副惊讶的表情，继而又板起脸来，仿佛自己的情感让他觉得尴尬，仿佛她闯入他古板正经的人生是个意外。

正如他对她来说也是个意外。现在她能看清楚他了，以前她看不清，直到战争先把他们分开，让他们更加疏远，然后又把他们缝合起来，她才看到他的才智，他惊人的热情（总是在她最意想不到的时候流露出来），他的责任感，他对祖国的爱，他的勇敢（在这几年里，他一边哄纳粹开心，一边在他们眼皮底下搞破坏）。

她那么容易让他失望，这不是他的错——那时候布兰琪的生活缺乏意义和目标。而克劳德那么容易让她失望，这也不是她的错——典型的大男子主义法国男人嘛。因为，他们真的不知道在如此惊心动魄的开场之后该如何相处，只知道用最粗泛的笔触去描绘对方，回归俗套——任由自己被丽兹色诱，分了神。所以有时候，很容易忘记他们实际上可能需要彼此依赖，彼此信任，相亲相爱。

她躺在牢房里，孤零零的，心里充满了恐惧。现在，她只清楚一点。

如果还能活下去，她决不会再离开克劳德。

第三十章

克劳德

1944年7月

玛丽-路易丝·里兹相信自己可以宽慰克劳德，这份心意令人感动。她每天晚上都会邀请他去她的套房。她不放心他回去一个人孤零零地守着个空房间，于是，她邀请他去她房间。克劳德接受了她的好意，直到现在他还礼貌得要命。他们会一起喝喝茶，虽然她很体贴地给他准备了口味烈一点的东西。

然后，她会给他讲故事。

过去的故事。现实太可怕了，她不敢去想，所以越来越沉湎于过去。她讲起马塞尔·普鲁斯特和他那四壁敷了一层软木的卧室；讲起他叫人在他死前把他送到丽兹，因为他自己办不到；讲起他叫人从酒吧最后给他要一杯啤酒，丽兹当然会照顾自己人啦，可酒还在送过来的路上，他就过世了。

她讲起了她丈夫恺撒·里兹，她认为他是过劳致死的。有时候，她会讲她小儿子，她失去的那个儿子的趣事；但只讲他小时候的事，不提那个自杀的问题青年，自杀这事他是听弗兰克·迈耶说的。

她讲她年纪轻轻刚嫁过来的时候，还没怎么见识过像丽兹这么宏大的场面，但即使在那时，在她丈夫狂热的眼睛里，她也能看到它渐渐成形。她讲起他们一起融资的过程，说到"罗斯柴尔德"这几个字时，她还是会反感地皱起鼻子。她还说到她愉快地周游世界，购买精美的古董、画作、挂毯和家具，用来装饰丽兹。

克劳德从她的眼睛里看到了这个大酒店，这座圣祠，这座泰姬陵；简单来说，就是一个女人的家。克劳德很诧异，他们——布兰琪和他——竟然从来没有真正拥有过一个属于自己的家；他们满足于像巡回游民一样生活，虽然一直被娇惯着，但还是巡回游民。

如果他们有一所自己的房子，每天晚上睡在同一张床上，只有一个地址，而不是两个，如果她有个家要打理，每天忙于家务、做饭、打扫、安排，他的布兰琪是不是就还在这里陪着他？他是不是就可以让她平平安安地待在别的地方，随便哪个地方，除了丽兹？曾经，这里似乎是世界上最好的安身之所；曾经，他对它投入的时间、精力——是的，甚至是爱——都超过了给予妻子的。

但是在最后那晚布兰琪告诉他，她为他，为巴黎，为法国，做了哪些事之后，他终于像别人（莉莉和帕尔）那样看清了她，看到了她勇敢，不自私，看到了她付出，不是一味地索取；从此，克劳德再也无法像以往那样来看丽兹了。它成了战争的又一个牺牲品，它是他对刚刚认识的妻子，在她被德国人抓走之前，说出最后那几句温情话的现场。德国人把她抓走了，他们把人一个个抓走，最后抓得一个都不剩。

只要他们不先走的话。

"克劳德，我想跟你说句话。"有一天，弗兰克·迈耶对他说。日子开始模糊了，曾经任何日历他都了然于心，他是时间大师，他把时间收集起来，组织起来，分成一份份的，然后再进行分配；突然间，他想不起今天是星期几了。

他夜里不怎么睡觉。他老是盯着身边的空枕头，想象她——如果还活着的话——此刻在遭受的痛苦，这样来折磨自己。

克劳德在丽兹这么多年，弗兰克和他没怎么正儿八经聊过。弗兰克是自己领地里的国王，克劳德也不去干涉他，除了点些酒水，确保高脚杯定期更换，布草该补的补，该买的买，还要保证新鲜的柠檬和酸橙备货充足（最后这条已经成了记忆；克劳德有好几个月都买不到柑橘，这令德国人很不满）。克劳德自己很少待在酒吧里。布兰琪在那里待得够久，把他那份也补上了。他觉得被人看见和客人一起喝酒，不太好；他们——还有他的手下——会看轻这位品行端正、尽职尽责的奥泽洛先生的。

所以，当弗兰克走出酒吧时，克劳德有点惊讶——惊讶，最近也跟他的其他情绪一样（除了恐惧），都淡化了。这是在刺杀希特勒的计划失败之后。这事克劳德只知道这么多，这个计划令许多"他们的"德国军官栽了，包括冯·斯图普纳格尔。他也失踪了，克劳德还没来得及再看一眼他的人性。但是，冯·斯图普纳格尔与许多德国军官每天都聚在酒吧里，假装为帝国干杯，实际上是在策划暗杀希特勒，证明并非所有纳粹都一个样，别看他们穿得一样。

即使克劳德假装没注意到（有时候，他觉得假装没注意是他目前唯一的工作），也并非不知道这个计划是在丽兹的酒吧里秘密策划的，就在弗兰克·迈耶的眼皮底下，他甚至还可能全面参与其中，充当"邮箱"——克劳德相信间谍圈的人都这么叫，实际上就是负责收送情报的人，这些人往往对情报的内容并不完全知晓。

"你看她。"弗兰克在酒吧门口一扬头，示意他看一个时髦阔气、金发碧眼的法国男爵夫人（寡妇），她坐在一名新来的德国军官旁边——自从盟军入侵、暗杀计划失败后，这几个星期，许许多多德国军官拥进巴黎，多到克劳德都数不过来。这位男爵夫人穿着一件带毛皮袖口的黑色丝绸连衣裙，黑色缎子手套上装饰着巨大的钻石戒指和手镯。她一边把玩着一杯香槟，一边用有些人所说的"色眯眯的眼神"望着那个德国人。

"怎么？"克劳德很厌恶，他厌恶这些法国女人。当然，不是所有与德国人交往的都是为了个人利益。他知道有个女人，带着三个生病的孩子，丈夫从战争开始就再也没有回来，音讯杳无，她不知道他是被关进了集中营，还是死了。德国人来敲她的门，威胁说要把她仅有的一点家当都收走，她就抓住这个机会，为她那几个失去父亲的孩子挣点食物和药品。

克劳德不能——也不愿——去批评这样一个女人，而且，她有羞耻心，不让别人知道这事。可这位男爵夫人不同；她是机会主义者，只考虑自己，她每天晚上都和这些德国人在丽兹酒店、马克西姆饭店或利普啤酒屋吃饭，和他们公然结伴，招摇过市。

"男爵夫人很绝望，但一个劲地在掩饰。"弗兰克觉得这事很好笑，"她把赌注全押在德国人那边，赌他们会赢，现在盟军步步逼近，她想让这家伙带她一起回德国。想得倒美——德国人对她会比法国人宽容得多，记住我的话——但这家伙是不会带她回家去见他老婆的，不管她说要给他多少钻石。"

"我希望他们快点走。"

"会的，但巴黎是他们到手的最大的一块肥肉，他们是不会轻易放弃的。跟我来，克劳德。"弗兰克往楼上走，克劳德跟着他来到香奈儿的房前，弗兰克掏出一把钥匙插进门里。

"等等——你怎么会有钥匙?"

"她给我的。"弗兰克微微一笑。他不常这样，所以效果很别扭：这么大块头，羞答答的，笑得那么腼腆。"可可和我——我们好过。"

"我的天哪!"听到这个令他震惊的消息，克劳德不知道还能说些什么。脑子里立即跳出这两人在床上的画面——香奈儿瘦得跟刀片似的，盛气凌人，而弗兰克虎背熊腰，脾气火爆——尽管他硬忍着不去想。

两人走进香奈儿的套间。单色调（大部分是棕色和奶油色）的装饰派艺术风格。她有一些不错的画，但总体上来说，这地方没有个性；不过克劳德也承认，这个女人自己就足够弥补这一点。弗兰克关上了门。

"弗兰克，是你吗？"香奈儿从浴室里出来，怀里抱着一沓毛巾，她把毛巾放进一个行李箱里。房间里摆了好多个箱子，都敞开着。她的侍女跑来跑去，往里面填东西，见香奈儿头一点（她打发人的那种动作），便停下来，行了个屈膝礼，走了。

克劳德哑了似的，傻站着；他不知道自己来这里干什么，感觉自己是个不速之客。

"你要走吗，小姐？"

"是的，离开一阵。巴黎有点闷，我觉得。"

"她要跟斯巴茨逃到阿尔卑斯山去。"弗兰克打断她的话，被香奈儿狠狠地瞪了一眼，"躲开盟军，躲开老百姓，大家可能不会太喜欢她的行为，比如绑架她的那两个人。对吗，可可？"

"这么说也行。"她这么说，已经是最大的让步了。她走到其中一个衣橱前，打开橱门，拿出一把钥匙，插进一个保险箱里。她从保险箱里取出几个首饰盒，放进一个箱子里。

"但是在她走之前——"

墙外嗒嗒嗒的枪声打断了他。三个人都冲到窗口——克劳德后来想想，觉得真蠢，因为他们根本不知道子弹是从哪里打过来的。那里，一个街区外，康朋街上，三名纳粹士兵站成一排面对着一堵墙；一具蜷缩的尸体躺在他们面前。边上聚集起来的一群人慢慢地散开。尸体还在，但克劳德居高临下看过去，也还是看不清是年轻人还是老人，男人还是女人。他只知道又少了一个法国公民。

三个人同时转过身，他们甚至都没有讨论一下。这种场面他们都不是第一次见，但从丽兹的窗口望出去看到这种事，对克劳德来说是第一次。这个地方也保护不了他们了；丽兹已经隔绝不了种种险恶了：眼下是战争，而德国人离开后又将迎来恐怖的报复。有谁能幸免？即使是香奈儿也不敢抱侥幸心理。

克劳德打心底里相信，自己已经为国家尽了全力。要不是在1940年那个黑暗的日子，上级要求他放下武器投降，他会为了祖国战斗到死。于是，他另辟蹊径继续战斗，与此同时，还保护着法国文化和品位的光辉典范，也保护着为他工作的那些法国公民。

但是，一旦他们重新获得思考和行动的自由，这足以满足法国公民的杀戮欲吗？你已经能感觉到这种欲望正在抬头。

"我也要走了，克劳德，"弗兰克说着，点燃了一根高卢烟，吸了一口，"我必须走，局势越来越紧张了——嗯，你比谁都清楚。"

"是的。"酒店里的每个人都知道布兰琪的事，只是不提；他们一看到克劳德，就移开视线。每次他做他该做的工作，每次他答复一个纳粹——"好，当然，恩雷希先生，我保证您和女演员的晚餐九点准时上菜。""斯坦梅茨先生，你的新制服裁缝店刚刚送到，要我叫人把它送到您的房间吗？""有什么需要吗，这先生，那先生？"——克劳德知道布兰琪在他们手上，是他们下令抓她的，可他什么都做不了，只能继续伺候他们，让他们满意，希望他们都看在眼里。

只能跪下来祈求圣母保佑，他这么做，能让布兰琪回来。

"所以我要走了，"弗兰克继续说，"再也不回来了。"

"你为什么要告诉我？为什么不直接走呢？"

"嗯，克劳德，你一直待我不错，我觉得该跟你解释一下。"

"关于钱吗？"

"什么？"这是他们认识以来，弗兰克第一次被搞得措手不及，烟都掉了，但没等它在奶油色的地毯上留下烧痕，他就捡了起来。香奈儿仍在翻抽屉箱子，嘴里嘶了一声，但手还是没停下来。

"你一直在揩油，私吞本该属于里兹夫人的钱。"

"谁告诉你的？布兰琪？"

"不——什么？布兰琪？"当然啦，克劳德反应过来，对于丽兹的内幕、秘密、悄悄话，还有真相，布兰琪总是比他知道得多。

"是的。"

"她没告诉我，她也不需要告诉我。这里进出的每一分钱我都有数，我只是不知道你是怎么用这钱的。"

"我不会告诉你的，这是为你好。"

"所以这钱你是还不上了，是吗？"

弗兰克摇摇头，叹了口气，往后一靠，靠到垫子上。

"很好。当然，要是在平时，我就得炒了你。"

"这也是我离开的其中一个原因，省得让你难做，省得我们两个都难堪。"

"好，走吧。别告诉我去哪儿。"

"我不会的，不过我觉得你也许想听听布兰琪的消息。"

克劳德倒吸了一口凉气，这句话点燃的希望腾的一下蹿起来，烫着了他。他以前问过弗兰克——他当然问过。他敲过酒店两边的每一扇门，堵过女工，逮过侍应生；但是没有人知道，至少他们是这么说的。

"你怎么知道的？你见过她？"

弗兰克瞥了一眼香奈儿；她皱起了眉头，手里拿着一堆薄如蝉翼的内衣裤，克劳德竭力不去注意。她突然把内衣裤往箱子里一扔，坐下来，明显很不安。克劳德差一点向她道歉，自己在这里让她觉得不方便。

她双手抱胸，肘部支出的骨头尖尖的。克劳德发现，这个人没有一点是柔和的。她的鼻子，下巴，尖尖的脚跟，利爪般的手指，透出一点点黑色微光的那两道眼部的狭缝。

"布兰琪被带到弗雷斯纳去了，"她终于开口说了句话，她的话也是尖刻的，"斯巴茨告诉我的。"

克劳德喉咙干得冒烟，他吃力地咽了下"口水"，点点头。他猜她就是在弗雷斯纳。他觉得她不可能是在城里的某个小监狱里；不然，他现在应该已经找到她了。

但随后，他彻底反应过来。

弗雷斯纳。

弗雷斯纳，在郊区，此处往南十五公里，是劳工营前的最后一站；一旦到了那里，你的命运就被锁定了。自德军占领以来，克劳德从来没听说过有人去了弗雷斯纳还能回来。活着的情况下。

"她还在那儿吗？"

"是的。"香奈儿吸了口烟，吐出来，一边盯着他看，似乎他是动物园里的动物，这动物的行为让她困惑。他觉得她不知道爱是什么样的，这个女人，她从来都不知道，也不能理解。

"感谢上帝，不管怎样。"他低声说，声音在颤抖，"她……她怎么样？"

"我不知道，与我无关。"她把烟戳在烟灰缸里摁灭，站了起来。

弗兰克一直盯着香奈儿，那样子几乎是在警告她"你可别让我失望"，嘴里嘟哝着接茬："一旦进了那个地方，人在里面怎么样就没办法知道了。她和莉莉都被抓到那地方去了。我想你现在应该知道她们做的事了吧？布兰琪，她在盖世太保那儿有案底。冯·斯图普纳格尔没有告诉你。"

"没有。"接替他的军官也没有说，克劳德当然个个都问过，但对方只是耸耸肩，说自己一概不知。克劳德不晓得是否有人知道第三帝国的情况；它就在他眼前崩塌，军官们跑来跑去，满腹狐疑地互相打量，电报在柏林和巴黎之间飞来飞去。可那又有什么关系，反正布兰琪还是不在。

"我不得不承认，我很意外，"可可弯下腰去锁手提箱，回过头来大声说，"看不出来，布兰琪还有这本事。"

"勇气？体面？尊严？"克劳德冲过去，恨不得抓住她的肩膀推她，"比你更像法国女人，比你更有爱国心？"

"别激动，克劳德。"香奈儿眯起她的眯缝眼，她很困惑，"我还挺佩服她的，如果非要说出来的话。这些年，作为一个犹太人，她一定过得不轻松。我想，我有点理解她为什么会那样做，尽管我觉得那样太鲁莽，太愚蠢了。"

"你知道布兰琪的事？"克劳德怀疑地瞪着弗兰克，"你告诉她的，弗兰克？"

"不，弗兰克没说，"香奈儿声明，"是我机灵，不像我们的德国朋友。"

"你——是你告发她的吗？我对天发誓，如果你做了，我就……我就……"

"胡说八道。"香奈儿整个瘦骨嶙峋的身体僵直地表达着愤怒，"没人告发她，克劳德。那天在马克西姆餐厅，可以说每个人都认出了她，每个人都看到了她做的事，而且，他们也知道她住在哪里。"

"可你不是用维希的法律为自己谋利了吗？从犹太合伙人手里夺回你香水公司的控制权？你对犹太人没感情，小姐。这谁都知道。"

香奈儿耸了耸肩。"我是个商人，我还能说什么呢？但我和你妻子不存在生意关系，克劳德。事实上，我还挺喜欢她的——我们俩拌嘴的小把戏，挺有趣的。"

"克劳德，"弗兰克看看钟，打断了他们的对话，"你得知道——纳粹，他们昨天来抓格里普了。"

克劳德盯着他，过了一会儿才反应过来。

"哦。"克劳德今天像是词穷了，也许只是没有合适的字眼来描述这种恐怖。占领、占领者、被抓、消失，这些他们用过的字眼已经不足以用来描述现实。

"他们来抓格里普。"他重复了一遍，明白了弗兰克的意思。所以他们现在一定跟香奈儿一样，已经知道了布兰琪是犹太人——格里普很可能已经把自己做的事都招了。克劳德在此之前真的没有意识到他是多么希望她能继续守住她的秘密，直到这一刻，似乎有种小火花，极微小但又极重要的火花，脱离了他的身体，他看着它飞走，随着心跳的节奏一点一点暗下来。

"但那家伙自杀了，那该死的小土耳其人，在他们抓住他之前，从楼上跳下去了。"弗兰克轻声笑了笑，带着钦佩。克劳德伸手抓住那飞走的最后一粒希望的萤火，托在手心。它很弱，噼啪作响，但这是他仅剩的一点希望了。

"所以我必须在纳粹来抓我之前离开，我可不像那个土耳其小子那么有种。"弗兰克站起来，脱下他的白外套。上面一点污渍都没有，一直都没有。他在吧台后面成天跟酒水打交道——黄绿色的查特酒、红宝石色的石榴汁，甚至黄色的苦艾酒——一滴都没洒在自己身上，克劳德怎么都想不通。虽然弗兰克和他从来都不亲近，但克劳德不希望他离开，他甚至不希望香奈儿离开——他不是她的朋友，不是，而且她危险又卑鄙。

只是最近有太多的人离开了克劳德。

连马丁也离开了；自从德军入侵以来走了那么多人，连他也走了。他们的活动已经无法开展，出了太多乱子，许多联络人都不在接头点；但是，克劳德还是想说声再见，在他——离开之前。离开？还是被抓了？他可能永远也不会知道，也许这样最好。

于是，那声再见克劳德对弗兰克说了出来。他们拥抱对方。弗兰克这个奥地利人通常不太能接受法国人打招呼和道别的方式，但是战争、占领、恐怖、悲剧（还是那句话，这些字眼都无法表达，无法描述），无论是什么，反正有这样的效果——让男人做出一些他们曾经觉得万万不可能的举动。

然后，弗兰克转向香奈儿。她站在那里看着他，双臂垂在两侧，看上去是那么刻薄，怀着很重的戒心与敌意。"再见，可可。偶尔玩玩也挺有趣的，是吧？"

"保重，弗兰克，无论你去哪里。"她说。克劳德很意外，她竟然能说得这般轻柔，惆怅。

"你也是。如果你想听忠告，尽快把那个纳粹分子甩了。"

"的确是忠告，但心不总是想要忠告。"

弗兰克呵呵地笑了笑，吻了一下香奈儿的脸颊，走了。克劳德想起了自己的身份，毕竟还是丽兹酒店的总经理；她转向她，僵硬地鞠躬。

"小姐，我们会好好打理您的房间，让它保持原样，等您回来。"

"谢谢。我会回来的，当然会回来——我的生意，我绝不能丢下生意。但现在，我想最好还是休个小假。别担心，账单我会照付的。"

"这点我从来没怀疑过。还有，谢谢，谢谢你告诉我关于我妻子的事。你能帮帮她吗？冯·丁克拉格能帮她吗？这份人情，我一定会记一辈子的。"

香奈儿摇了摇头。"斯巴茨没有那个能力，克劳德。我已经问过了。"

克劳德不敢再让自己多说一个字，所以他只能又鞠了个躬，而她又继续打包。可他在离开之前，又向窗外望了一眼。街上的尸体已经不见了，被人挪走了。悲痛的亲人爱人？纳粹？谁知道呢？他甚至都看不出墙上或人行道上有血迹，有肯定是有的。

战争无非是消耗，这是他此时此刻的感想。没有得到，只有失去，除了——

也许它给了克劳德·奥泽洛一些东西，比如说，同情心。他不认为自己是个冷酷的人，但他可以承认自己曾经是个理智压倒感情的人，除了遇见布兰琪的时候。在印象中，那是他唯一一次让激情主宰行为，直到现在——现在战争增强了他的情绪和对周围世界的反应之间的联系。他觉得这就是为什么香奈儿的那句话会那么触动他，他都恨不得给它镶个框。

这场战争也让克劳德清醒了，因为如今布兰琪不在，他认识到了一点：婚姻的定义不是论我们想得到些什么，而是我们愿意牺牲些什么。布兰琪为他牺牲了整个自我——她全部的过往。克劳德又为她牺牲了什么？

什么都没有。但他会改的，上帝保佑，要是她能回来的话。

轻快的"再见"之后，又很轻地说了声"愿上帝保佑"，克劳德就这样告别了可可·香奈儿，回到了自己的办公室。

第三十一章

布兰琪

1944年8月24日

布兰琪不知道那些德国人的名字，他们日复一日地把她从她那间狭小的牢房里拖出来，当着其他女人的面一路拖过去。这些狱友们，各自窝在阴暗的牢房里，刻意回避她的目光，怕她去了就回不来。这是你很快就能学会的技巧：别太重感情。

她现在只关心身上的痛。左肩脱臼了，她觉得是有一次审讯时弄的。她只记得纳粹分子把她砸到水泥墙上，她当场晕了过去；醒来后就发现不能正常活动了。她有时候想把胳膊抬起来，抬到腰以上，但实在太痛——又冰又烫的标枪刺穿她的肌肉——痛得她大叫。

她只关心饥饿。饥饿，持续地跟着她，已经成了她的一部分，就像扎营在她头上的虱子，粗糙的指甲下的污垢。有时候，她裹紧身上薄薄的毛线裙，摸着织物下突起的肋骨，心想："我终于瘦到可以穿香奈儿那个贱人的衣服了。"她很想大笑，她努力地模仿过去那样的大笑，但她已经忘记该怎么笑了。

她只关心生存。有时候睡不着，她就折磨自己——搞得好像纳粹做得还不够彻底似的——回忆起她过去对克劳德说过的那些话，任性的争吵，抱怨，一次次威胁要离开，一次次真的离开。

每次，她都会回来，要不就是他把她找回来。

她已经好几个月没见他了。他在找她吗？她不知道在这回荡着哭声的可怕的监狱外发生的任何事。在哭的人已经精神失常，自己却没意识到；那些不哭的人，知道眼泪救不了她们。

还有靴子，那些重重地踩踏着地面来来回回的钢靴。你一直提心吊胆，怕它们会在你门外停下来；你等着，你知道这一刻来了，但有时你还是会骗自己，"今天不会，也许今天，他们没空来找我。也许今天，同盟军会来"。

今天，他们并不是没空来找她。熟悉的——可怕的——噔噔噔，接着没声音了，再接着，令人毛骨悚然的一声咔嗒，钥匙插进锁孔，再一声咔嗒，锁被打开。又是噔噔，然后，手探到她腋下——如果她还有足够的肉来承受摩擦，上臂和乳房之间那块柔嫩的部位肯定是青一块，紫一块——她被拎起来，双脚已经无法正常行走，她是被拖走的。她头一次发现地上有一条条凹槽，那么多人被强行拖走，已经在地上刻出了一条条的槽。

现在她在另一个——事实上，是两个——不知道叫什么名字的纳粹分子的办公室里。这一次，也是头一次，有把枪指着她的头。

"把她供出来吧，奥泽洛太太。你何苦呢？你明明可以获得自由，你可以回丽兹。你今晚就可以喝香槟，吃蜗牛，泡热水澡。这丫头是你什么人啊？"

"我不知道莉莉是不是犹太人。"她疲倦地开口。她得说多少遍啊？

"好吧，你赢了。"

她抬起头，看着他——使劲摁住胸中开始开花的希望。"什么意思？"

"你赢了，夫人。我们会放过这个莉莉，不再找她麻烦。"

"你会——我——"怎么能感谢德国人呢？布兰琪不知道该怎么说。

"是的，那我们就要来对付你丈夫了。如果你要保你的朋友，我们就逮捕你丈夫，尊敬的奥泽洛先生，丽兹酒店的总经理。我们可以找人顶替他。我们会找到证据指控他——他以前坐过一次牢。我们就说我们查出来那场空袭是他开的灯。"

"不！你们不能——我，是我开的灯！我干的！"

"别嘴硬了。你朋友的事你一个字都不肯说。我们怎么相信你？我觉得还是把你丈夫抓了吧。"那家伙拿起了电话。

那一刻，布兰琪体内有种东西碎了——多年来的伪装和隐藏，像一座巨大的冰山轰然崩塌，把附近的一切击得粉碎，水面全是浮冰，滔天巨浪，震耳欲聋。她的心脏在咚咚狂跳——她知道自己营养不良，心脏肯定很弱，所以在这紧要关头，她很怕，怕还没说出真相，还没来得及救克劳德，自己就先死了。她舔了舔干得像纸片一样的嘴唇，大吼——实际上只是一种嘶哑的气声，她已经没力气吼了——"是我！我才是犹太人！不是莉莉。忘了她吧——你想要犹太人？好吧，这里有一个——是我！布兰琪·鲁宾斯坦！所以放过他——放过克劳德！"她在哭，她在擦眼泪（其实根本没有眼泪，她已经脱水脱得挤不出一点水分了）。"我是犹太人——求求你们，不要抓克劳德！"她跪下来哀求。

两个德国人交换了一下眼色，挑了挑眉毛。其中一个突然咧开了笑容，随后另一个——然后，他们都大声笑起来，笑得她胆战心惊。

"你为什么要撒谎？你是丽兹酒店的奥泽洛夫人。法国人不喜欢犹太人，尤其是丽兹酒店。你在丽兹见过犹太人吗？"他嘎嘎嘎地狂笑不已。

"但这是真的！我发誓——我婚前叫布兰琪·鲁宾斯坦，不姓罗斯。我的护照——是假的。我换了本假的——我老家不是克利夫兰，是曼哈顿上东区！"

她也哈哈哈地笑起来；笑是会传染的。她之所以笑，是因为这实在是太容易了。为了克劳德，她抹去了自己的过去。

为了克劳德，她又认领了它。

"你们全搞错了，"她嘶声说。她抬起头，盯着那个德国人，渴望在他脸上找到她认得的东西——人性，怜悯。即使是仇恨也行啊。"我是犹太人！我是——我是布兰琪·鲁宾斯坦！"

"你是布兰琪·罗斯·奥泽洛，天主教徒。"另一个军官啪的一声合上她的护照，"真是荒唐。你想掩护你的犹太小朋友。我受够了。"他把她拖起来，拿枪顶着她的太阳穴，打开保险销那咔嗒一声在她脑中回荡，她知道这一次自己必死无疑。

"别伤害克劳德。"她小声地说，可她不会闭上眼睛——她不想从他们丑陋的脸上看到他们的得意和嗜血欲，但她也不会让他们看到她的恐惧。

她的身体在剧烈地颤抖，她咽了一下口水，但没有口水。已经没剩下什么了，没了，布兰琪·鲁宾斯坦。

布兰琪·奥泽洛。

然后，枪滑开了。外面一片混乱——听得到靴子在奔跑，还有刹车声、马达的轰鸣和喊叫。审问她的人看了一眼对方；自1940年以来，布兰琪第一次从雅利安人的眼睛里看到了困惑，甚至恐惧。

他们丢下她，走了。她看着窗外的混乱场面，一步步挪向窗边。到处都是纳粹分子，灰绿色的制服到处乱窜，那样子甚至有点滑稽。纸片像雪一样在空中飞舞；她抬头看到有人在往窗外扔纸，有些还在燃烧，橙色的火花像萤火虫一样。

"同盟军！同盟军！"

同盟军！

布兰琪靠在窗台上，隔着窗栏向外张望，她很想相信她所看到的，所听见的，但她做不到，现在还做不到。

"同盟军!"

同盟军——他们一定是来了。谢天谢地,巴黎安全了。

但是,等等——在那边!在两栋建筑物之间一个阴暗的角落,布兰琪看见了,布兰琪看见了她,莉莉,她就在那里,她穿着布兰琪上回看到她穿的那条蓝裙子,褪了色的蓝,像被晒白了的夏日天空。布兰琪看不清她的身体,只看到裙子的蓝色,但那是莉莉,错不了!莉莉在跑,莉莉在飞,莉莉在逃。布兰琪想叫住她,想让她回来救自己。但是莉莉必须得逃走,她得抓住这个机会。

布兰琪不能让她的朋友错失这个机会,因为是她害莉莉被捕的。

"你!"

其中一个德国鬼子回来了,他把布兰琪拖出门,拽上楼梯,穿过另一条走廊,来到室外。这是她几个月来第一次来到室外,可是太亮了,太大了,没有天花板,没有墙壁,她完全暴露在外,她甚至都认不出新鲜空气了,无法让新鲜空气进她虚弱的肺。她一边喘,一边拼命乱动,犹如一条离了水的鱼。

"你。"他又重复了一遍,一把将她推到一堵血迹斑斑的砖墙前,枪又一次对准了她的头。

"我是犹太人,"布兰琪又在很小声地念,"我是犹太人。"

"别管她。"这是另一个声音。先前审过她的另一个军官抱着一堆文件大步走过。"别管她,疯婊子——她胡说八道。犹太人在丽兹?哈!"

他们走了，全都走了，消失得无影无踪，了无痕迹，除了一团灰尘。

不，不，不是的，到处都是痕迹——悬挂在窗户上的纳粹旗帜上的黑蜘蛛，没有烧毁的文件，行刑队留在墙上的深红色的——几乎是黑色的——血迹。地上也有血迹，到处都是血迹。

到处都是人——还是鬼？有几颗黄星星，条纹狱服上的黄星星——曾经是漂亮的姑娘，被关在这里供军官取乐，没被送到集中营去。但弗雷斯纳这里基本上没有星星；法国已经没有黄星星了，也许全世界都没有黄星星了。除非是像她这样的黄星星：藏在众人眼皮底下，被迫沉默着旁观，眼睁睁地看着恐怖上演，这种沉默是保护，也是羞辱。

这些被囚禁的人像梦游一样跟跟跄跄地走出监狱，被耀眼的阳光刺得直眨眼。有些人跪在地上爬，没力气站着走。

布兰琪也在这些梦游的人当中。她朝刚才瞥见那条蓝裙子的地方挪了几步，仔细打量一张张憔悴的脸，伤痕累累、皮包骨头的脸，想找到莉莉。

可她找了一会儿，又开始找另一个人，尽管他在十五公里外的丽兹酒店。

"克劳德！克劳德！"

"奥泽洛？"

在转圈的布兰琪晕乎乎地停下来，她脚边有个"人"，曾经是个男人，现在缺了条胳膊，残肢没有包扎，成了一截干瘪的黑棍，眼珠暴凸，嘴唇肿得发紫，他几乎说不了话。头发剃过，但又长出了一点——黑黑的，糙糙的。他蜷在地上，腿显然断了，像牵线木偶一样向外张开。他只剩下一口气，活不了多久了。布兰琪能看出来他快死了。

她弯下腰，把他捞起来，搂在怀里。"你说什么？"

"克劳德·奥泽洛？"他说不下去，呼吸吃力得布兰琪听不到其他声音，"你是……布兰琪？"他在发烧，浑身滚烫。"他……很勇敢。"

"谁？"她急切地问，"你说的是克劳德吗？"

但他失去了知觉，要是没有死的话。布兰琪不得不丢下他，让别人去埋葬他。她必须离开这里，趁纳粹还没回来。

那些还能站立的，你看看我，我看看你，眼圈红红的，泪汪汪的眼睛里满是困惑。这么长时间以来，这是第一次，没有人来告诉他们该做些什么。

他们一句话也没说，一步一步挪向大门。大门敞开着，砾石路上有新鲜的轮胎印。布兰琪身边的一个女人倒了下去，但布兰琪无力帮她，抬起脚，跨了过去。

走着走着，她停下来抖掉木屐——实在太大了，拖着脚走都碍事。布兰琪转过身，最后一次找那条蓝裙子，找莉莉。

但是莉莉已经走了。布兰琪对自己说，她已经跑了，跑得远远的，那里很安全。她躲在某个地方，看着他们都离开，确定德国人不会再回来，然后她会回来找布兰琪。布兰琪必须这样告诉自己。

因为她得一直走，不能停下脚步。她得回家，回丽兹。

回克劳德身边。

第三十二章

克劳德

1944年8月24日

"奥泽洛先生，有你电话。"

克劳德点点头，把这句话点燃的希望压了下去。几个月过去了，每个电话都让他失望。没有理由认为这次会有什么不一样。

但这次真的不一样。酒店不一样了，街道不一样了，就连空气也不一样了——如果你是属于自称有特异视觉的那一族，如果你是像他的小琪那样的人，你就能看到那种在振动的紧张氛围。

"我来接。"克劳德跟着这个行李员（弗朗索瓦，这是他的名字，他来这里没多久，德国鬼子刚来的时候，他还是个少年，还是个学生仔），穿过光亮的大理石厅廊，走到他的办公室。这里有一部电话；他很清楚他的客人在窃听。

可以说，他的客人今天都在忙别的。出了点事。昨晚有几个军官走了，没结账。"记在维希政府账上。"他们没好气地大吼，克劳德礼貌地鞠躬，向他们保证他会的，尽管维希政府名下一法郎——或者该说一马克——都没有。

似乎他们所有人都面临着一场可怕的最终审判。如果同盟军真的像传闻说的那样已经到了巴黎郊区，这是德国鬼子的报应来了；但克劳德忍不住觉得这也是对所有幸存者的一场清算。

他抓起听筒，准备把它举到耳边，听听对方说些什么——也许只不过是一个鱼贩子想把他刚捕到的鱼卖给他。

也许比这糟糕得多。

"喂？我是克劳德·奥泽洛。"

电话里的声音并不是他渴望听到的，他甚至都不认识这个声音，这是一个陌生人。他心里顿时充满了恐惧，还有希望。

然后，克劳德听到了她的名字。

克劳德一看到她就大叫起来。一个模样惨不忍睹的女人瘫倒在路边，靠着破损的木栅栏。

自从香奈儿明确告诉他布兰琪被带到弗雷斯纳后，克劳德立即就赶了过来；他已经来了无数次，带着食物、酒、糕点、巧克力——"这是丽兹酒店的一点薄礼。"每次他都这么宣告一声，隆重地揭下白色亚麻毛巾，展示美味佳肴。每次，篮子都会被急吼吼地抢过去。

每次，他们都不放他进去，他不仅见不到她，甚至连她是不是在里面都得不到准信。

所以尽管现在一片混乱——克劳德听到了枪声，瞥见岔路上跑着一辆盟军坦克，看到市民跑来跑去不知道该怎么办：庆祝，躲起来，还是投入战斗？——克劳德一挂下电话，就跳上丽兹的一辆卡车，像疯子似的开出了城。电话里的人告诉他，她撑到了距监狱一公里的一所房子那里。她再也走不动了。

但这不是她，不可能是她，不可能是他的小琪。

这个女人比他的布兰琪瘦四十磅。头发花白，斑秃。脸上皮肤干缩。她在挣扎着喘气；门牙间一个窟窿赫然在目，惊得他差点别过脸去。她的手一直在抖，她好像并不在意，任它们抖个不停——曾经那么漂亮的一双手，指甲修得整整齐齐，涂着红色的指甲油，现在别说指甲油，连指甲都撕裂了，剥落了。她光着脚，脚很脏，在流血。

但是她的眼睛，那双眼睛，是布兰琪的。

"布兰琪！"他冲过去，他不敢抱她，她太脆弱了。他搂住她的肩膀，准备扶她上车，她疼得倒抽了一口气。"他们对你做了些什么，亲爱的？"他控制不住自己，尽管他并不想知道。

布兰琪摇了摇头，他刚把她抱上副驾驶座，她就闭上了眼睛。

车子每颠一下，喇叭每响一声，克劳德都咬紧牙关，因为危险还没解除，到处都有危险——有一部分德国人被堵在这里，跟大部队切断；有传闻说抵抗军埋了地雷；小规模的战斗还在持续，甚至连市中心也不太平。

他听到自己在喋喋不休说个不停，他还从来没这样喋喋不休过。他东拉西扯，想用八卦或者随便什么来填补沉默，抑制恐惧，淹没她急促的呼吸声——"冯·丁克拉格走了，现在香奈儿回来了，像丧偶一样失魂落魄，也没人保护。"克劳德很想很想听布兰琪说点什么，他什么都愿意去做——唱一曲咏叹调，告诉她自己杀了希特勒，都行啊——只要她能开口说话，就说一句，就让她唤一声他的名字。"还有阿莱缇——她的纳粹情人走了。有传言说，那些法国公民——通敌，他们是这么叫的，那些通敌的人——被关在德国人留下的监狱里。我想同盟军明天就会拿下这座城市。丽兹的德国人几乎都跑了，只剩下几名侍从了。但我们还是得小心，再稍微熬一阵。然后，亲爱的，我们就可以庆祝了！巴黎会热热闹闹地庆祝，一定比以前哪一次都搞得热闹！"

可她还是没有睁开眼睛，还是没有出声。克劳德又词穷了，他心灰意冷，陷入了沉默。他曾经一度认为法语是世界上最完美的语言；它把妻子送到了他身边，不是吗？她常说她爱上他是因为他的口音；但战争把这个幻觉也粉碎了。因为战争用任何语言都解释不通。

最后，他们方向一转，拐进了旺多姆广场。纳粹的卡车和坦克不见了，尽管卐字仍然悬挂在门口，但他们到家了。他心里充满了喜悦。

夫妇俩回到了丽兹。

克劳德抱着布兰琪走上那几级台阶时，看到全体员工聚集在前门口。布兰琪抬起头，也看到了他们。她挣扎着，想要深吸一口气，但使不上劲；她抬起手捂着胸腔，痛得倒抽了口气。她嘶声说："放我下来，求你。"

他照做了，尽管他觉得她肯定站不住，会倒下。

"从今往后一直走前门。"她轻声地说。骷髅般的脸上，那双眼睛闪着光，明亮，勇敢。

员工们看到她的样子，掩饰不住惊恐的表情。玛丽-路易丝跑到布兰琪身边，眼里含着泪水。克劳德又把妻子抱了起来，穿过走廊（"梦之廊"，他们曾经是这么叫的，但展品都没了，纳粹把所有的梦都带走了），来到康朋街一侧，把她抱进了员工专用电梯。她这样子绝对爬不了楼梯。

他抱着妻子（她像羽毛一样轻）跨过他们房间的门槛，轻轻地把她放到床上后，玛丽-路易丝轻声地念叨："亲爱的克劳德，亲爱的克劳德，亲爱的布兰琪。"里兹夫人哭得抽抽搭搭的，扑了粉的脸颊被冲刷出几道泪痕。"这种事居然会发生在这里，在巴黎，在我丈夫家里。"她摇摇头，同情地握了握克劳德的手，走了。

"亲爱的，"他看着妻子，那么瘦小，那么脆弱，"我……我只想让你平平安安的，"克劳德轻声说，"我只想让我们大家都平平安安地在这里。"

"那你做得很烂啊。"她笑起来，那声音就像玻璃被纳粹的靴子踩碎一样。

"别，"克劳德受不了，可他不得不佩服——她还可以拿这开笑话，拿她忍受的恐怖开玩笑，"别，我配不上你，布兰琪，你为巴黎，为我，做了那么多，我不值得你这样。"

"别再说谎了，克劳德。"她哭了，不笑了。克劳德小心翼翼地躺到她身边，紧紧贴着她，丝毫不介意她身上脏，臭，有虱子。"别再说谎了。我告诉他们——我告诉那些该死的纳粹分子我是犹太人。"

"所以他们才……?"但克劳德说不出折磨这两个字。

"不，他们早就这么干了，但他们不相信我，克劳德，他们不相信这儿——丽兹——会有犹太人。"

"这个咱们以后也不藏着掖着了，"克劳德承诺，"从现在开始，只说实话，宝贝。"

她一动不动，静止了好长时间，他以为她睡着了；他得仔细听，但听得到她的呼吸声，不均匀但稳定。"我保证，我一定会让你平平安安的，"他轻声说，"从今往后直到我死的那天，我会不惜一切代价，让你平平安安的。"

克劳德不知道这两个承诺——承诺说实话，承诺保她平安——最终能否兑现，即使在和平时期。他只知道，至少得试一试。

还有一点：

再也不需要有人来向克劳德·奥泽洛说明他妻子有多勇敢。他每天早上、每天晚上都会看到。从他们的每一次谈话，从他有幸瞥见她的每一眼——每一次微笑，每一次皱眉，每一次流泪，每一次大笑——他都会看到她有多勇敢。

他永远配不上她了。

丽兹酒店

1944年8月25日

"我来解放丽兹了。"他欢呼着从吉普车上跳下来，两条腿像粗壮的树干一样稳稳立住，双手叉腰，胡子比离开丽兹那会儿长了些，浓密了些，也白了些。

但丽兹还认得他。海明威自己——来解放丽兹了！

克劳德·奥泽洛站在门口，压抑着叹息。丽兹已经解放了；最后一个德国人昨晚走了。徒步走的，一边气急败坏地狂吐脏话。他一走，全体员工都欢呼起来，喜极而泣。他们像士兵一样齐步走到各处，拆下所有的卐字；他们在皇家套房里庆祝，在戈林睡过的床上乱蹦，穿上鹳毛的晨衣，伴着留声机播放的音乐跳舞——奇怪，这个德国人非常喜欢安德鲁斯姐妹，尤其是*Bei mir bist du schön*。他们坐在那个大浴缸里（当然先刷洗过才坐进去的），十个人还不挤，喝着克劳德先生背着德国人藏在塞纳河对岸一个仓库里的上好的香槟酒。

海明威从他那宽阔的胸膛上缚着的枪套里拔出一把手枪——德国手枪——把酒店的许多员工吓得忍不住往后缩。他穿着美国士兵的制服，和他一起来的还有四个美国人。

他蹦蹦跳跳地上了台阶；克劳德·奥泽洛向他鞠躬行礼。

"我来解放丽兹酒吧。"海明威说着，头往后一仰，"跟我来，伙计们！"他拿着枪（随时准备开枪的样子），冲进宽敞的门厅，脸上挂着他那招牌式的笑容，咧着嘴，露出一口大白牙；他看上去很健康，吃得很好，很快活。

海明威穿过长廊跑到康朋街一侧，冲进酒吧，大呼："我成功了！丽兹被同盟军夺回了！给每个人上酒！"

很快，酒吧里人头攒动，都是老面孔，全都灰扑扑的，都穿着制服，但显然都吃得很好，都很兴奋，他们不断地拥进来。罗伯特·卡帕，李·米勒，很多战地记者。毕加索也回来了，之前他一直躲在自己的公寓里（不像格特鲁德·斯坦和她的朋友爱丽丝，她们逃到了乡下）。弗兰克·迈耶走后，给他当副手的乔治·舒尔现在成了酒吧的主管酒保，他在忙着开香槟，砰砰啪啪，一时间听起来像是酒店里在开枪。但是没人被吓到，大家该喝的喝，该笑的笑，你拍拍我后背，我拍拍你后背。

这时候——

"你们好，帅哥们。"是玛琳·黛德丽，她悄悄地走向海明威，"老爹。"她柔柔的一声；他跪倒臣服。她穿着军装，但量身定制，贴合曲线；一头闪亮的金发剪成了童花头；脸上的妆化得很细，看起来像是刚从片场过来，但据说，她是陪着美军的一个团乘着一辆军用卡车过来的，刚刚才下车。

"德国佬！德国佬万岁！"每个人都被吓到了，过了一会儿，才反应过来这是海明威给她取的外号。于是，大家都欢呼起来；

在欢呼声中，两人拥抱，热吻。

"你该刮胡子了。"她责怪他。也只有这个德国腔，大家愿意再听到。"但先喝一杯再说。"

大家继续狂欢。他们觉得，他们相信，永远不会散场。

德国人走了，德国人终于滚出了丽兹。

旺多姆广场上的丽兹。

第三十三章

布兰琪

1944年9月

"布兰琪，嘿，布兰琪！"

当她第一次鼓起勇气踏进酒吧时，迎接她的是一阵欢呼；这阵欢呼抬起她踉跄的脚步，把她送到她的老位置上。然而，除了欢呼，还有震惊。海明威想掩饰，但显然不太成功，脸上明明白白地写着担心两个字。

他温柔地为她拉出椅子；这么五大三粗的硬汉，这么温柔，叫人震惊。他给她买了杯喝的，然后开始讲他跟随军队进法国这一路的各种冒险经历，还有他在伦敦等待进攻有多无聊。布兰琪一边听，一边点头，她通常就是这样；但她不由自主地注意到他没问那些已经不在了的"旧人"，比如他的"好哥们"弗兰克·迈耶，比如格里普，比如他最喜欢的擦鞋童雅克，比如以前常给他刮胡子的那个维克多。

身材苗条、一头金发的迪特里希被一群仰慕者围在中间，唱着她那些脍炙人口的歌；她穿的是长裤，这点克劳德很看不惯。布兰琪嗅着玫瑰的香——花瓶里插着单枝玫瑰，那是克劳德放的，亲爱的克劳德，他还是怕她离开他的视线，所以他很高兴（真是破天荒）她整天泡在酒吧里，一杯接一杯地喝马提尼。她怀疑这喝下去的马提尼无法浇愁，脑子还是很清醒，可是，不试一试，又怎么知道呢。

欧内斯特一口喝干了他的那杯马提尼酒。她注意到——这不是她第一次注意到——他的手像棒球手套一样，又大又皱。

"瞧这个，布兰琪。"他摸了摸勒着他大肚子的黑皮带，"我从一个纳粹分子身上扒来的。我叫它我的'德国佬皮带'。"

一看到这个，她就控制不住了；她开始发抖，于是用两只手捧起酒杯送到唇边，尽量稳住手放下杯子，不让它洒出太多。他装作没看到；朋友之间，酒鬼之间，百无禁忌。

"嘿，你那个朋友怎么样了？那个小丫头，管她是哪里蹦出来的小丫头？"

布兰琪看看他。那张五官俊秀但显得略宽的脸庞闪耀着健康，快乐，特权，无知。

布兰琪耸了耸肩——那种很实用的法国式耸肩，就是为这种时候发明的——然后迅速转移话题，问起他目前的婚姻状况来，他的婚姻通常情况下都搞得很复杂。

"哦，玛莎马上就来了，但玛丽已经在这里了，所以我得确保玛莎住到别的酒店去。我们会离婚，我跟玛丽会结婚。"他指了指坐在玛琳旁边的一个棕色短发的年轻女子。她穿得很朴素，甚至有点土气，似乎带着醋意在打量迪特里希。谁都知道迪特里希和海明威一直都很喜欢对方，迪特里希回到丽兹的第一晚，当着大家的面给海明威刮了胡子，当晚两人就一起过夜了；刮胡子的画面被卡帕用相机捕捉下来，已经登上了各家报纸的版面。

布兰琪的生活曾经充斥着这种八卦。她每天早上一起床就迫不及待地想听到新的料。但现在看来毫无意义，而且不公平——这些人经历了一场如此"精彩"的战争，还有心思浪漫，欺骗，还能正儿八经地来玩这些小游戏。他们还有闲情逸致，没被仇恨和愧疚填满。

"玛丽也是记者。我们在伦敦遇到的。玛莎很生我的气，我也很生她的气。她随军过来，跟部队在诺曼底登陆的。"他终于脸色阴沉下来，但那只是一个小孩因为什么事不称心在使性子，"该死的女人跟着第一拨军队登陆，我的证件全毁了，我完了，我受不了，布兰琪，我受不了。太惨了，闻所未闻啊。"

她叫他再给她点杯马提尼，她希望自己不会把酒泼向他那张呱呱呱牛皮吹个不停的脸。但泼了又怎样？还有什么事能令她在乎，担心，害怕？

他们都是这样，所有那些在英吉利海峡对岸度过这场战争的人——太活泼，太聒噪，太他妈的开心了。布兰琪希望她也能像他们那样——天哪，她真的希望！在弗雷斯纳度日如年的那段时间里，她以为——她知道——只要能回到丽兹，一切都会跟从前一样。所以每天早上，她都像以前那样打扮自己；她甚至从香奈儿那里买了条新裙子。香奈儿看了她一眼，说："布兰琪，我喜欢你的发型。"

布兰琪递给女店员一大笔美钞。有一天，从他们房门底下塞进来一个信封，上面写着她名字，她认出那是弗兰克·迈耶的笔迹。里面有几百美元，没有纸条。她以为克劳德会命令她把钱交给里兹夫人，但他竟然没有。

"臭娘们，我看你的头发倒还在。"布兰琪反驳她。没人知道为什么可可没跟其他有纳粹情人的女人一起被抓起来，也没有像她们那样被剃掉头发。她向所有同盟军派发免费的香奈尔5号香水，让他们带回家送给自己的女人，这肯定起了一定作用。他们被她迷昏了头，不让急红了眼的民间法庭碰她那诡计多端的小脑瓜上的一根毛。

但布兰琪很意外，可可竟然没收她的钱，直接吩咐那女孩把裙子包起来。

布兰琪用这笔钱在黑市上买到了尼龙袜；这要感谢一位法国男爵夫人，这位男爵夫人似乎过于急切地想要帮助那些回来的人（显然，她的德国情人没有带她穿过莱茵河回老家，她担心自己眼前的命运）。布兰琪去了美发店，倒不是说那个震惊的年轻女人还能怎么打理她那稀疏的头发，可还是把仅有的几根染了一下，建议她给自己买几顶新帽子。布兰琪喷香水，化妆，戴珍珠首饰。她让丽兹的女裁缝把她所有的衣服都收了去，这些衣服现在穿上都像袍子一样。但这只是一套戏服；从镜子里向外看的是另一个人，不是布兰琪。尽管如此，她还是穿着这身熟悉的、昂贵的华服，大步走出他们的房间，心里还记得弗雷斯纳那脏兮兮的毛线裙和木屐。

但她现在总是从远处看到自己，看到自己还是跟从前一样，跟那些家伙在一起，斗酒，嘎嘎大笑，说长道短。然后，像个漏气的气球一样，飘下来，落进如今这副残破的躯体：肩膀怎么都好不了，头痛，动作太快时身体一侧会痛，呼吸短促，控制不住颤抖，紧张——一点点小动静就会像猫一样惊跳，吓出一身汗。有时候，她甚至还会大便失禁；她想，天哪，一丝尊严都不给她留下吗？

可她还是在努力；哦，她确实在努力！布兰琪喝酒，跟着迪特里希哼唱《丽莉·玛莲》，迪特里希称她"好样的小战士"。她像以前一样逛街，想要重新体验那种魔力，去以前常光顾的地方——老佛爷、利普啤酒屋、蒙田大道上那些新开的商店（尽管能拿出来卖的东西少得可怜）。

有时候，她路过马克西姆餐厅，会不由自主地往那边走，但再也不会进去了。

她在寻找她当初爱上的巴黎，但这很难。墙壁和建筑物上有弹孔，窗户和路灯是破的，还看得到带刺的铁丝网路障——在这些地方，抵抗军成员和老百姓决定在同盟军来之前自己上阵对付惊慌失措的德国军队。路标仍然是德法两种语言，但已经有人迫不及待地把德文涂掉了。博物馆，比如卢浮宫，是过去浩大而空洞的回声；仍然有太多画作和雕塑失踪，被德国人掳走了。谁知道还会不会还回来？

就像那些永远不会回来的人。

巴黎人太瘦了，即使以巴黎人的标准来说也还是太瘦；他们穿着打补丁的裙子和夹克四处走，这些衣服是五年前的流行款——不过谁知道现在流行什么？他们的鞋底仍然是木制的。在贫瘠的小市场里，土豆和韭菜似乎是唯一能买到的蔬菜，尽管鲜花还是一如既往多得很。

那些在德国人占领期间留在巴黎，为德国人表演的法国演员，比如莫里斯·舍瓦利耶，此刻都为了避风头去别的地方"度假"了。

布兰琪在陌生又熟悉的街道游荡；这点丈夫是允许的，克劳德觉得时不时离开丽兹出去走走对她有好处。他担心她，知道她还是非常脆弱。她很感激这个世界上还有一个人记得她所经历的噩梦，允许她讲出来。她顺从地接受了他的过分紧张和担心。"只能白天出去，小琪，我希望你晚上留在家里。""亲爱的，今天别走太远，你看起来很累。""布兰琪，今天肩膀感觉怎么样？要我给你安排个按摩师吗？你今天是不是该卧床休息啊，亲爱的？"

布兰琪像个孩子似的乖乖地点点头。她接受他的关注，尽管他盯得太紧，让她窒息。两人之间有一种惊人的柔情；他们都看到了，却不太好意思说出来。某种年轻而脆弱的东西突然冒了出来，就像一棵枯树长出了一根新枝。在过去几年里，他们各自遭受了不同的摧残。他们是中年夫妇，却如此相亲相爱。有时候，布兰琪在他面前甚至会感到害羞，像个新娘一样。

他每天都给她送花，但从来不送紫罗兰。她盼着能收到这花，另一个人送这花给她。但她盼不到。

伊丽丝还在。她对布兰琪关爱备至，没完没了地为她烹制有营养的美食，尽管她咽得下的只有汤。

有一天晚上，两人静静地坐在公寓里，克劳德对她说："我确实找过了，布兰琪。"近来，他们经常回公寓过夜。好像布兰琪睡着了会尖叫；她总不希望现在让丽兹的客人听到吧？"弗雷斯纳那边没留下任何记录，当然啦，纳粹把东西都烧了，就像你说的那样。马丁好像也不见了——我跟你说起过他。我问了我认识的每一个可能与抵抗军有接触的人，可谁也不知道她的下落。"

"我觉得她一定是死了。"这是布兰琪第一次说出这话，"我觉得是我害死了她。"她还没为莉莉哭过，她哭不出来。自从她回来以后，她对什么都没了感觉——不管是情侣在咖啡馆里耳鬓厮磨的画面，还是邻居阁楼上看到的刚出生的小猫和它们心满意足的妈妈，都不能令她有所触动；甚至连塞纳河沿岸的手风琴音乐也不能像以往那样在她心中激起一点浪漫、幸福或渴望。

克劳德握住她的手，就连这样也不能让她感到满足了。

奥泽洛夫妇隔着桌子笑盈盈地看着对方。他们终于真正了解了对方；她为他感到骄傲，为他在战争期间所做的一切感到骄傲，他保护了丽兹和全体员工，同时还在想办法对付纳粹，他的客人，劫持他的人。布兰琪想不出还有谁在这期间承担的工作跟他的一样困难，一样特别。

布兰琪知道他也为她感到骄傲。有时候，当他谈到她所做的事时，他几乎不敢直视她的眼睛。他在她面前自惭形秽，但他不应该这么想。他们俩，奥泽洛夫妇，鲁宾斯坦夫妇，都是了不起的勇士。

第三十四章

克劳德

1945年秋

当第一批美国人在胜利日后乘船抵达法国时，他们很惊讶。布兰琪和克劳德也是。

"布兰琪！你还活着！"福克西·桑德海姆尖叫着，把毛皮手筒一扔，扑向布兰琪。

"可不是嘛，自己都不敢相信。"布兰琪回答。她被搞得莫名其妙，冲着克劳德挑了挑眉毛；福克西已经开始抹眼泪。

"但是温切尔——沃尔特·温切尔，大约一年前在他的专栏里说，你被纳粹枪杀了！我们都以为你死了，全纽约的人都以为你死了！我们甚至还在丽兹给你守灵！"

"真的吗？"布兰琪脸上笑开了花；她领着福克西走进酒吧。克劳德给她们拿了瓶香槟。福克西是一个身材高挑的纽约时装设计师，战前是丽兹的忠实客户；她是美国国务院最近派遣过来的代表团成员。当然，克劳德也急于提醒这些回来的客人，丽兹还在正常营业。

"温切尔的专栏写我？你听见了吗，噗仔？"

布兰琪是真的觉得这事好笑；她让福克西一遍遍地重复，讲给每个没听到的人听。然后，她跟福克西说起自己在为孤儿做的事——"我可以给你记一笔，多少？五百美元？必须得是美钞——法郎不行，你这个小气鬼！"福克西笑了。她俩聊天叙旧，克劳德没有杵在旁边，走了。

但是后来，福克西又过来找他，表示对布兰琪样貌的变化十分震惊。"她怎么了，克劳德？战争期间这里到底发生了什么？"

"很高兴您能回来，桑德海姆夫人，"克劳德回答说，"您的房间怎么样？但愿还跟以前一样？我们没事，不用担心布兰琪。她是打不垮的。"

"的确。"福克西把她的狗绳递给他，他带着无奈的微笑接了过去，"就像埃菲尔铁塔一样！"

是的，她是的，克劳德骄傲地想。布兰琪是胜利者，是珍宝，是勇士。她不就是活生生的巴黎吗？或者说，不就是巴黎该有的样子吗？——美毫不褪色，没被严酷的岁月染指；灵魂依旧昂扬，没被压垮，击碎。没错，是发生了很不好的事；但巴黎和布兰琪会挺过去的。音乐会再度响起；满载市民而不是士兵的游船会在塞纳河上来来往往；破窗会换成新的，更亮的；被铁蹄践踏过的花园会重新种植花草。

但是会很复杂。

克劳德意识到这一点，是在火车抵达的那一刻。那一刻，拥出来的乘客不是人，而是一具具骷髅。从1945年初秋开始，他们从德国，从波兰，从奥地利，从叫作贝尔根-贝尔森、奥斯维辛、达豪的那些地方回来。这些骷髅几乎无法行走，小臂上文着数字。克劳德看见他们在巴黎跟跟跄跄地走来走去，眨着眼睛，一脸震惊——竟然还活着，竟然能再次看到埃菲尔铁塔、杜伊勒里宫、凯旋门。他们眼中噙着泪水——到家了。克劳德明白，他们这些熬过敌占期幸存下来的人不见得有多高尚；他所做的不见得有多勇敢，多伟大；就连布兰琪所忍受的，跟这些人看到的、听到的和经历的比起来，也不算什么。他也和其他人一样，在遇到他们时，不得不移开视线——他们坐在咖啡馆里，不管温度多高都穿得里三层外三层；他们坐在花园里的长椅上，脸朝着太阳，紧闭双眼，贪婪地大口大口吸着新鲜空气，生命的气息，试图用这种空气、这种生命填满他们的身体。

与这些人所忍受的暴行相比，生活在敌占区又算得了什么？一想到当初纳粹在丽兹时，他那么恼火地做那些违心的事（伺候他们，对他们点头哈腰），他就羞愧难当，发誓再也不提这事，也不提他和马丁做了些什么。这样一来，他也跟其他所有法国公民一样，就好像他们聚到巴黎歌剧院里，举行了一场群众大会，巴黎人共同决定给那些年罩上一层盖布。克劳德意识到，跟之前那场大战结束时的情形不同，这次大家不会聚集在一起分享战争故事。这个特权留给那些战斗过、解放过的盟军。

留给法国人的，太庞大，太复杂，一大团各种颜色、各种重量的线纠缠在一起，让人不知从何下手去拆解。有铮铮铁骨，也有通敌的软骨头。有反抗，也有默许。一些人遭受了苦难，但大多数人没有。

那么，巴黎还能做些什么？只能继续活下去吧？只能往前看吧？只能把自豪感寄托在遥远、英勇的过去，为不太依赖民族自豪感的未来多做打算吧？等到民间法庭处决了一大批法奸，形容枯槁的人们面色又活泛起来后，巴黎人的向心力可以说就来自这种心态，一种心照不宣的共识：战争年代不堪回首，也不宜细究，万众一心向前看才是正道。

就像布兰琪为孤儿所做的；她卖掉自己不能再穿的衣服，她的名牌服装，来筹集资金。几位有影响力的犹太人成立了委员会来调查这些战争孤儿院，天主教社区和犹太社区在这个问题上产生了冲突。但话又说回来，巴黎人之间若没有冲突，那就不是巴黎了，不是吗？所以布兰琪筹集资金，跟修女和神父争论，忙忙碌碌，乐在其中。

这样她就不会老是去想莉莉。

这些回来的客人有不少是去报道纽伦堡审判的。审判结果是十人被处决，一人自杀（他们的老朋友赫尔曼·戈林）。得知这个消息，克劳德悲怆地摇摇头。

"我们刚刚失去了十一位稳定的顾客。"他说。这个小玩笑引起一阵哄堂大笑，听得他颇为得意。

在丽兹，指挥着自己的员工，克劳德不觉得自己老。在丽兹，沐浴着有美颜效果的红粉色灯光，布兰琪看起来也没有实际年龄的两倍。

在丽兹，一切都会和从前一样。因为这就是丽兹的魔力；它使你一踏进这富丽堂皇的空间就忘记刚刚在门外看到的，即使你刚刚看到的是人性最坏的一面。丽兹能让你放松，转移你的注意力，有最好的香槟来冲刷胆汁，有最柔软的毛巾来吸收绝望。

平衡——以前，克劳德一直认为自己能够在生活的各个方面合理分配价值。工作，宗教，休闲，朋友，家庭，教育，锻炼，爱，奉献。在他的脑海里，有一个天平，一边是丽兹，另一边是布兰琪，两边分量一样，是对称的；天平从来不动，一头挂得重了，另一头也不会翘起来。

但是在布兰琪被抓走后，他才意识到他终究没有合理分配她的价值。天平失衡了；他一直把拇指压在丽兹的那一边。

他再也不会犯那样的错误了。他会履行自己的职责，好好尽责。他会继续秉承恺撒·里兹的价值观，务必把里兹先生传下来的推进下去，发扬光大。他会去做弥撒。他会在夜里去街上走走。他会继续欣赏他最爱的风景，看看凯旋门，看看他最喜欢的花园和最喜欢的咖啡馆。他会在听到《马赛曲》时不加掩饰地啜泣。

但他的心只会属于布兰琪一个人。

莉 莉

布兰琪死了。

很久很久以前的那天，在弗雷斯纳监狱，布兰琪喊了我的名字，我很高兴，很高兴交了一个不能抛弃我的朋友，即使这意味着我的命运就此封印。

"小母牛"是不会叫我的，洛伦佐也不会看我一眼，没有人会为我哀悼。但是布兰琪，她会；布兰琪向我冲过来；布兰琪大声呼喊"莉莉！"。当他们把我带走的时候，我不觉得孤独，也不觉得被人遗忘。我从没想过我会在痛苦和绝望中找到希望；我从没想过我会在战争中找到仁慈。

但因为布兰琪，我找到了。

我从一开始她和其他人离开弗雷斯纳时就一直在关注她，我关注她，克劳德，还有丽兹。我看着她勇敢地奋力求生。

很长一段时间，她成功了。

布兰琪和克劳德·奥泽洛老了，仿佛在转眼之间就老了。布兰琪胖了，不再染头发了。克劳德萎缩了，头发白了，稀疏了。

这对吵吵闹闹的冤家，一开始就被强烈的激情冲昏了头脑，以至于多年来，一直看不清真相；可突然间，他们像老夫老妻一样，对待彼此有温柔的时候，也有恼火的时候，但总是不乏爱意；这种爱，经过时间的打磨，已经看不到粗糙的棱角，只泛着平滑的光泽。

布兰琪担心克劳德工作太忙，烟抽得太凶，没完没了地操心她。她很苦恼，看到他受到排挤，拘泥于老路子，跟不上丽兹的发展，无法适应一个新的、更现代的丽兹。他担心她酗酒，担心她头疼，担心她突然崩溃。随着岁月的流逝，在记忆和痛苦的折磨下，她发作得越来越频繁——她会用德语大声叫喊；她会说脏话；她会在大楼梯上朝栏杆外吐口水；她会一连几天躺在床上吃不下东西，见不得光。

克劳德会很绝望。他无力摧毁她的心魔，无力保护她，这让他饱受煎熬。"我得帮助她。"他说得很轻很轻，这样就只有我和罗伯特能听见——但得说一句，也只有我们俩在听。"我得让她平平安安的，我得保护她。"

哦，克劳德。

看到自己爱的人受苦，这种痛是撕心裂肺的；这比你自己的痛苦更难忍受。爱是绝望，爱是快乐。爱是恐惧，爱是希望。爱是仁慈。

爱是愤怒。

当克劳德不情愿地正式退休时，奥泽洛夫妇收到一个银盘子，上面刻着他在这里的供职年份。他们挥手告别，克劳德倚着妻子走出了丽兹。他们离开时承诺会很快回来，喝杯酒或茶，或者吃顿午餐；但这承诺他们是不会兑现的。

因为现在，就在几天后，布兰琪死了。

克劳德也死了。

这肯定是意外，大家都这么说。这是一场悲剧，因为认识克劳德·奥泽洛的人都无法想象他会伤害自己的妻子——看看她在战争中都经历了什么。他一定是在擦枪时意外走火。他肯定是因为失去她，绝望至极，才把枪口对准了自己——大家都这么说。他们听到这个消息，落泪，祈祷，为缅怀丽兹的奥泽洛夫妇举杯；然后，该干啥干啥，继续做他们自己的事，活人的事。

很快，克劳德和布兰琪·奥泽洛就会只存在记忆中。没有人愿意再去回想战争中的这几年，除了海明威的那个故事，他如何大言不惭地见人就说他解放了丽兹。没有人愿意再去讲这位法国总经理和他的美籍犹太妻子的故事，不愿意去讲这两个真的救了丽兹的人是怎么保住旺多姆广场上的丽兹的。

但是，我想讲。我喜欢这个故事，这是一个好故事，尽管我还在琢磨这个结局，还是没搞明白。

那天晚上，克劳德把他饱受折磨的妻子扶到床上躺下后，他在想什么？

他看着她入睡，看到她睡得出奇地安详，还没有宣泄压不住的恐惧，在那一刻，他是否想起了自己第一次见到她的情形？

当他伸手去拿枪，从战争年代起一直带着的那把枪时，他只是想解除她的痛苦吗？当他把枕头捂在她头上，扣动扳机时，是疲惫（他自己的，还有她的）稳住了他的手吗？是自私吗，这样他就不必再照顾她，不必看着她陷入他无法跟随的境地？

还是爱？

因为我想布兰琪在那天夜里上床之前已经有点怀疑。我想她知道丈夫要做什么，她那绝望的丈夫，被剥夺了他的生活，他的丽兹，他的尊严。于是，她给了他解脱。因为毕竟，布兰琪那么善于拯救。

那天晚上，谁的爱更强烈？克劳德的，还是布兰琪的？还是他俩的爱，融合在一起，由战争和痛苦铸成的连接彼此的钢管，稳住了他的手，使她静静地躺着，那么安详？

我把他们的故事讲出来了。

你来判断。

1969年5月29日清晨，蒙田大道上奥泽洛夫妇的一个邻居听到了砰的一声，他以为是轮胎爆了。三个小时后，他又听到了一声，同样的响声。不久，女佣来准备早餐。

当她去叫醒他们时，发现布兰琪躺在床上，死于枪伤，克劳德手里拿着枪，头部一处致命伤，躺在她身边的地板上。

此时，离德国人刚到丽兹那会儿，过了二十九年。

MISTRESS OF THE RITZ by MELANIE BENJAMIN
Copyright © 2019 by Melanie Benjamin
This Translation published by arrangement with Delacorte Press,
an imprint of Random House, a dividion of Penguin Random House LLC.
through BIG APPLE AGENCY, INC., LABUAN, MALAYSIA.
Simplified Chinese edition copyright:
2022 ZHEJIANG LITERATURE & ART PUBLISHING HOUSE
All rights reserved.
本书简体中文版权为浙江文艺出版社独有。
版权合同登记号：图字：11-2019-199号

图书在版编目（CIP）数据

丽兹酒店的女主人 /（美）梅勒妮·本杰明著；王晓
英译. —杭州：浙江文艺出版社，2022.6
　　ISBN 978-7-5339-6565-5

　　Ⅰ.①丽… Ⅱ.①梅… ②王… Ⅲ.①长篇小说—美
国—现代 Ⅳ.①I712.45

中国版本图书馆CIP数据核字（2021）第168991号

责任编辑	王莎惠	
责任印制	吴春娟	
封面插画	刘　洁	
封面设计	尚燕平	
营销编辑	宋佳音	
数字编辑	姜梦冉	

丽兹酒店的女主人

［美］梅勒妮·本杰明 著　王晓英 译

出版发行　浙江文艺出版社
地　　址　杭州市体育场路347号
邮　　编　310006
电　　话　0571-85176953（总编办）
　　　　　0571-85152727（市场部）
制　　版　浙江新华图文制作有限公司
印　　刷　浙江省邮电印刷股份有限公司
开　　本　880毫米×1230毫米　1/32
字　　数　234千字
印　　张　11.375
插　　页　1
版　　次　2022年6月第1版
印　　次　2022年6月第1次印刷
书　　号　ISBN 978-7-5339-6565-5
定　　价　59.00元